JN251341

蘇軾文学の継承と蘇氏一族

和陶詩を中心に

原田 愛

中国書店

序

宋徽宗建中靖國元年（一一〇一）七月，蘇軾病逝於常州，對他的政治歷程而言，未始不是幸事。此年十一月，徽宗即詔改明年年號爲崇寧元年，標誌着重新推行熙寧之政，打擊包括蘇軾在內的元祐黨人，政局又將丕變。果然，次年五月，蘇軾還未安葬，即被貶爲崇信軍節度行軍司馬，但這第四次貶官已是他身後之事了。蘇軾的早一年去世，使他免去了又一次貶逐之哀與流離之苦，豈非幸事？然而，對於北宋文壇和蘇氏家族而言，却確實進入一個艱難的〝後蘇東坡時代〞。文壇失去盟主，家族失去靈魂，士人們普遍從失落而焦慮而困惑，力求有所振興；族人們多方努力，謀求延續蘇氏文脈，以維護蘇學於不墜，於是演繹出種種眩人眼目、耐人深思的歷史故事和文學故事，成爲宋代文學與家族關係研究的一個新課題。這個課題充滿魅力與富蘊價値，不但可爲目前方興未艾的〝跨學科專題研究〞的熱潮提供新的實例，也必然會豐富研究思維、視角和方法。

本書作者原田愛君敏銳地抓住這個好課題，深入開掘，用心拓展，獲得了可喜的成績。面對並不豐厚的前期研究成果和尚待爬梳、整理的零散文獻資料，她選擇重點突破、以點帶面的研究策略，避免概述式的面面俱到的簡單羅列，以〃和陶詩〃爲中心就是她的第一個切入點。

蘇軾的〃和陶詩〃是中國文學史上的一個特殊現象。詩人之間互相唱和原是中國文人日常的交遊活動，但是，要把前輩作者的全部詩歌盡和殆遍，在蘇軾之前是絕無僅有的。如果僅僅着眼於詩歌藝術而言，唱和詩必然面對兩個難題：一是和作應與原唱保持思想內容上的應對銜接、交流碰撞，以及詩風上的風味相類。然而，和作之於原唱，學不像固然不能稱好，學得可以亂眞也未必好，實處於創作前提上的兩難選擇；二是韻律的拘限，如是〃步韻〃、〃次韻〃更有嚴格的押韻要求，眞是〃戴着鐐銬跳舞〃了。深知詩歌真諦的蘇軾自然懂得此理，却自覺選擇對陶詩〃要當盡和其詩乃已耳〃。他說過：〃古之詩人，有擬古之作矣，未有追和古人者也。追和古人，則始於東坡。〃其創作衝動來自〃吾於淵明，豈獨好其詩也；如其爲人，實有感焉〃，他自覺地要以陶爲師：〃欲以晚節師範其萬一也。〃（蘇轍《子瞻和陶淵明詩集引》）這說明他和陶淵明之間存在着深刻的精神認同和相似的審美趣尚，即自然任眞的理想人格和人生智慧層面的深度對話，和他晚年對平淡詩風的傾心追求。這是我們對蘇軾和陶詩意義的一般認識。

我想提醒讀者的是，本書作者對於和陶詩現象的解讀，並不限於從詩歌領域立論，而是聯繫宋代〃黨禁〃清洗的大背景，密切結合北宋文壇和蘇氏家族在〃後蘇東坡時代〃的遭際，進行了別具識見的闡釋。作者以蘇軾生前、死後爲界，細緻地勾畫出蘇軾生前如何用心良苦地把自己的和陶詩分送給他的門人、親族、友朋，這樣的和陶詩達到九十九首（總數爲一百二十四首），僅蘇轍一人就收到乃兄六十五首。蘇軾自覺地擴大他的和陶詩的影響，渴望引起親友們的反饋，也果然形成了眾聲繼和的小熱潮。本書中都有實證性的一一論列。蘇軾還具體要求蘇轍把他的和陶詩編纂成集，〃以遺後之君子〃，視作要傳諸後世的名山事業，顯然也不僅僅把它看成一次單純的文學活動。

我們檢驗和陶詩的內容，一般均是他當時貶謫中的日常情事，看似平淡無奇，不興波瀾，而其內蘊則涉兩類主題：一是仕隱或曰出處，一是生死或曰對生命的終極關懷。蘇軾和陶詩是從元祐七年（一〇九二）揚州時開始的，雖已關乎仕隱問題，但未形成專門性的創作主題，至紹聖元年（一〇九四）貶至惠州，他才決心〃要當盡和其詩乃已耳〃，並普遍寄贈，〃約諸君同賦〃，造成輿論熱點。這一系列活動表明：他的和陶詩寫作，已從個人一己的抒發擴展到盡可能廣泛的群體，體現了他作爲文壇盟主的作派和影響力；也說明此非一般性的詩歌唱和，而是元祐黨人在横遭折磨打擊的困難時期借以相互慰藉和心靈交流，發抒這一特定政治群體在〃大清洗〃中的心聲的重要方式，應看作〃蘇門〃一次特殊的文學活動，而蘇軾依然發揮着引領和核心的作用。自然，〃蘇門〃對此事的反應並非鐵板一塊，黄庭堅就是〃蘇門四學士〃中唯一不寫和陶詩的人。雖然他曾高度評價蘇軾之作，〃飽吃惠州飯，細和淵明詩。彭澤千載人，東坡百世士。出處雖不同，風味乃相似〃（《跋子瞻和陶詩》），但當蘇轍致函親邀他參與唱和時，他却未應命。內中情由，頗堪玩索。

蘇軾死後，文壇和蘇氏家族的領袖人物一時發生中斷，其實有一位現成的人選，那就是蘇轍。蘇過《叔父生日四首》其一云："斯文有盟主，坐制狂瀾漂"，"手持文章柄，爛若北斗標"，"造物真有意，俾公以後凋"，就是這種願望的表達。蘇轍時居潁昌，處於政治的低谷期，但他仍在推動"許黨"新生門人繼寫和陶詩活動中作了巨大努力。本書作者對此提供了較爲豐富的資料和引人入勝的描述，不少還是第一次見於引用，多少展現出蘇轍領袖群彥的盟主風采。但他畢竟與乃兄年歲相間的密度太小，還不足以形成代代相沿的序列（當時士人中也有推舉"巋然獨存"的張耒爲蘇軾繼承人選，不過反映文壇的一種焦慮而已），加之處於政治上的低谷期，其個人的文學成就、人際關係的親和度尚不足與蘇軾匹配，因而北宋文壇盟主只能歷史地終結於東坡。本來，某個文壇的形成和盟主的出現，是多種政治社會條件和盟主個人綜合素質交互作用的結果，而不是人爲刻意製造的。

"一門父子三詞客，千古文章四大家"，作爲文化家族，蘇氏一族在"貴經術而重氏族"的眉山地區首屈一指，蜚聲海內外，其地位和影響遠勝於同時的澶州晁氏、臨川王氏、南豐曾氏等。蘇洵十分重視氏族的建設，他撰作的《蘇氏族譜》與歐陽修的《歐陽氏族譜》，發凡起例，開創了宋代族譜編纂的先河。蘇軾的家族觀念也根深蒂固，在他詩文中多有表露。在海南所作《和陶郭主簿二首》中，記敘他偶聽幼子蘇過朗讀詩書，"誦詩如鼓琴"，就聯想到自己四十年前，因吟誦詩書而得到父輩的稱讚，不由得使他"追懷先君宮師之遺意"，入夜還夢見兩位孫子。這個"遺意"就是"家世事酌古，百史手自斟〃的苦讀精研的旨趣。從一個偶然性的日常經歷，能聯想到與父、子、孫、四代人的關聯，充分說明家族文脈的傳承和延續，始終是蘇軾念茲在茲的情結。在蘇軾死後，蘇轍在潁昌聚集蘇氏家族近二百餘口，傳爲一時盛事。他親自教育子、孫兩代，現存蘇籀所輯《欒城先生遺言》即可見諄諄教誨的情景，他並叮囑〃傳諸筆墨以示子孫〃。他爲〃諸子才不惡〃（《示諸子》）而感到自慰，又以〃少年眞力學，玄月閉書帷〃（《示諸孫》）相勵，都表現出力求文化世家綿延不衰的自覺性。

比起晁氏、王氏、曾氏等家族來，眉山蘇軾一族有幾點特徵更較突出。一是子嗣繁衍，家族成員眾多。蘇軾、蘇轍各有三子，蘇軾有十三孫，蘇轍有九孫，兩人的曾孫、玄孫輩已不能詳知，可謂綿綿瓜瓞，人丁興旺，屬於綿延長久型的家族。〃君子之澤，五世而斬〃，而蘇氏却是少見的例外，便於從歷時性上考察家族的發展和演化。二是地域的展延性較廣。二蘇後人分佈大江南北，主要有許昌、眉山、宜興、婺州四支。眉山乃其發祥地，許昌和宜興分別是二蘇終焉之地，均留有子脈。蘇遲遷官婺州，開創浙東一支，也頗令世人矚目。區域擴展和聯動，有可能發展出更爲廣泛的人際網絡關係，增加文人交遊的頻率和深度，也使整個家族具有面向全社會的開放性。三是家族成員多具文化修養和文學才能。二蘇後代在當時士人心目中均留下能夠繼承家風的良好印象，〃況其子孫，且有典型〃，〃尚有後昆，克紹其門〃，〃學有家法〃之類的評語，隨處可見。雖然他們之中很少大家、名家，但都保持相當的水平。其中如蘇過，有〃小東坡〃之稱，其《斜川集》亦有不俗的成就。

錢穆先生有言：〃家族是中國文化的一個最主要的柱石。〃蘇氏家族應是極具研究內涵的個案。深入探討其社會功能和文化功能，尤其着重其文人交遊網絡中所蘊含的信息，對促進文學生產的互動和激勵，就是一個值得關注的方面。即使是家族內部的文化教育和文學訓練，乃至文獻圖書的整理和積累等，也有開發的空間。事實上，近年來也獲得了一些成果；限於材料的分散，這些成果只能說是初步的。原田愛君的這部著作也不是全面的系統性著作，她仍然採取以重點專題切入的方法，從一個側面來揭示蘇氏家族與文學關係的面貌，即二蘇文集的系統整理、刊刻、傳佈的研究，成爲本書的第二個切入點。

本書作者花費巨大精力，鉤沉闡幽，細緻地推原出二蘇後人對先人文集編印的全過程。蘇軾文集在他生前已初步編纂，但遭遇黨禍，毀版禁行。後人們抓住政局轉變的有利時機，適應高宗、孝宗對蘇軾文學的愛賞，及時重新編印。其中蘇過的編纂和講釋，兩位曾孫蘇嶠、蘇峴的刻印，均產生重大的作用和影響。從本書描述中，我們看到蘇軾的文集如何從蘇軾本人開始，延及蘇過、蘇嶠、蘇峴等幾代人不懈的努力，才獲得頗爲完善的面貌，強烈地表達了對家族文化資源的堅守與堅持。書中還討論到蘇嶠編印《東坡別集》，前此還少有學者論及。蘇峴參與刻印《許昌唱和集》，內收他祖輩蘇過、蘇迨的作品，論敘也頗爲詳盡。蘇詡爲曾祖蘇轍編印《欒城集》，也功不可沒。這都體現了家族的凝聚力和自豪感，以及恐墜家聲的憂患意識，而對傳播蘇氏文化而言，却是功在千秋的大事，直到今天，我們仍在享用他們的勞績。

原田愛君此書內容豐富，涵意深長，我僅就兩個〃切入點〃說開去，借以表述我對文壇盟主、家族文化問題的一些想法，不當之處難免，敬請讀者教正。同時期望本書作者以此爲良好開端，繼續精進，貢獻出更好的成果。

二〇一四年十月於上海復旦大學

王水照

序
（日本語訳）

宋の徽宗建中靖国元年（一一〇一）七月、蘇軾は常州にて病歿した。しかし、彼の政治上の経歴に鑑みれば、或いはこれが幸運であると言えなくもない。同年十一月、徽宗は詔をして翌年の年号を崇寧元年に改め、熙寧の政策を再び推進することを表明し、蘇軾を含めた元祐党人への攻撃を再開したため、政局は再び大きく変化した。果たして翌年五月、蘇軾は未だ埋葬も済まぬうちに、崇信軍節度行軍司馬に落とされたが、この四度目の貶官は彼の死後のことであった。蘇軾が一年前に逝去したことは、彼を再びの貶謫の哀しみと流離の苦しみから免れさせたのであるから、何と幸いなことではないか。しかしながら、北宋の文壇と蘇氏一族について云えば、確かに艱難なる「後蘇東坡時代」に突入したのである。文壇は盟主を失い、一族は主柱を失った。士人たちは遍く盟主の喪失により焦慮し困惑しながら、何としても再興を期さんとした。族人たちは多方面に亙って尽力しながら、蘇氏の脈々たる文業を引き継ぐことを図り、蘇学が失墜せぬように守った。それにより、魅惑的で興味深い様々な歴史事象及び文学故事が生まれ、宋代文学と宗族関係についての研究の一つの新たな課題となったのである。この課題は魅力に溢れ、また学術的な価値に富んだものであり、目下発展の直中にある「学問分野を跨ぐ専門研究」のブームに新たな研究実例を提供したのみならず、必然的に研究の思考や視野、方法を広げ得るものでもあった。

本書の筆者である原田愛さんは、この良き課題を鋭敏に捉えて、深く掘り下げつつ一心に開拓を行い、喜ばしい成果を得た。決して十分ではない先行研究の成果と未整理でまとまっていない文献資料に対して、彼女は重点を置くことで打開し、その一つの成果を以て全体を俯瞰する研究法を選択し、周到且つ単純な羅列となる概説スタイルを避けたのである。そして、「和陶詩」を中心にすることこそ、彼女の第一の切り口であった。

　蘇軾の「和陶詩」は、中国文学史上における一つの特殊な事象である。詩人の間で互いに唱和を行うことは、中国文人の日常的な交遊活動ではあったが、先人の詩を全て和韻し尽くすことは、蘇軾の前には絶無であった。ただ詩の芸術性にのみ着眼した場合でも、唱和詩は必然的に二つの難題に直面することになる。一つ目は、和韻によって詩に応ずるには、思想や内容において、ある程度原作を継承しながらも、ある程度原作と衝突し、その上で、詩風においてその味わいを相似するようにせねばならないということである。しかも、原作に和韻して創作する際、全く相似しないことは無論良いものとは見なされないが、見紛うほどに似通っていることも必ずしも好ましくはなく、実に創作の前提においてジレンマに陥りやすいのである。二つ目は、韻律の制限である。「歩韻」や「次韻」の場合にはより厳格な押韻が要求され、正に「手枷足枷を着けて踊る」ようなものである。詩の神髄を熟知する蘇軾は、そのことを勿論解っていたが、彼は敢えて意識的に陶淵明詩について「要當盡和其詩乃已耳（要ず当に尽く其の詩に和して乃ち已むべきのみ）」とすることを選択した（訳者注・蘇軾「和陶歸園田居六首」序文）。また、蘇軾は、「古之詩人、有擬古之作矣、未有追和古人者也。追和古人、則始於東坡（古の詩人、擬古の作有るも、未だ古人に追和する者有らざるなり。古人に追和するは、則ち東坡に始まる）」と云い、その創作に駆られたのには「吾於淵明、豈獨好其詩也。如其爲人、實有感焉（吾淵明に於いて、豈に独り其の詩を好むのみならんや。其の為人の如きは、実に感有り）」と、陶淵明の人格に感動したためでもあったとした。そして、「欲以晩節師範其萬一也（晩節を以て其の万一を師範とせんと欲す）」とあるように、意識的に陶淵明を師としたのである（蘇轍「子瞻和陶淵明詩集引」）。こうしたことは、蘇軾と陶淵明の間に同様の価値観と相似した美的感覚が存在していたことを証明するものであり、それは即ち自然のままに生きる理想的人格と透徹した人生観による高度な精神的対話であり、また、蘇軾の晩年の平淡な詩風への強い傾倒であった。これが、我々の持つ蘇軾の和陶詩の意義についての共通認識である。

私が読者に注意を喚起したいのは、本書の筆者が和陶詩という事象についての解釈において、必ずしも詩の領域のみによって論を展開するという制限をせず、宋代の「党禁」による粛正という時代背景と関連させ、また、北宋の文壇と蘇氏一族が「後蘇東坡時代」に在った苦境と密接に結びつけ、独創的な視野から詳しい考察を行ったということである。筆者は、蘇軾の生前と死後を境として、蘇軾が生前に如何に苦心惨憺して自らの和陶詩を門人、親族、友人に送ったのかを緻密に描出しており、このような和陶詩は九十九首に達し（総数は一百二十四首である）、蘇轍は一人だけで兄から六十五首もの和陶詩を受け取ったという。蘇軾は自らの和陶詩の影響を意図的に広げ、親族と友人たちの反応を喚起せんと切に望んだ。その結果、多数の継和が行われるというちょっとしたブームが起こったのである。これについては、本書の中で一つ一つ実証的な論究が行われている。蘇軾は、更に蘇轍に彼の和陶詩を詩文集として編纂することを求め、「以遺後之君子（以て後の君子に遺さんと）」したとあるように、何としても後世に伝えるべき一大編纂事業と見なしており、ただの単純な文学活動とは思っていなかったのは明らかである。

和陶詩の内容を検証してみると、それらはみな蘇軾の貶謫時代の日常生活の実態を詠んだものであり、詩風も平淡にして変化に乏しく、聊かも波瀾がないと思われるが、実はそこに二つの主題が潜んでいる。一つは仕官と帰隠の問題であり、或いは出処進退ともいう。もう一つは生死の問題であり、或いは命の最終的な段階においてそれを如何にして全うするか、思慮を重ねるということである。蘇軾の和陶詩は元祐七年（一〇九二）の揚州時代から創作を開始し、そこでは既に仕官と帰隠の問題に言及していたが、和陶詩独自の創作主題の形成にはまだ至らなかったようである。紹聖元年（一〇九四）の恵州への流謫に至って、彼はやっと「要(かなら)ず当に尽く其の詩に和して乃ち已むべきのみ」と決心し、自らの和陶詩を遍く寄贈して「約諸君同賦（諸君の同(とも)に賦するを約）」させんとし（訳者注・李之儀「跋東坡諸公追和淵明帰去來引後」）、時の輿論を沸騰させたのである。そして、この一連の動きから、蘇軾の和陶詩創作が既に一個人の思いの表明からできる限り広範な集団活動にまで拡大したことが明らかであり、これによって、蘇軾の文壇の盟主としての気勢と影響力を表したのであろう。また、これは和陶詩が普通の詩の唱和ではないことをも証明するもので、元祐党人が困難や攻撃にさらされるという苦境の時期に在って、互いに慰め支え合う方法であり、心の交流であり、また、この特定の政治的集団が「大粛正」の直中において心の声を表明するための重要な手段であったと考えられる。よって、和陶詩創作とは、「蘇門」による一つの特殊な文学活動と見なすべきであり、ここから蘇軾が依然として統率力と求心力を発揮していたと見なせるのである。当然ながら、「蘇門」のこのことに対する反応は必ずしも一枚岩ではなく、黄庭堅は「蘇門四学士」の中では唯一和陶詩を詠まなかった人物である。確かに、彼はかつて蘇軾の和作を高く評価し、

飽　喫　恵　州　飯　　飽くまで喫す恵州の飯、
細　和　淵　明　詩　　細かに和す淵明の詩。
彭　澤　千　載　人　　彭沢は千載の人、

東坡百世士　東坡は百世の士なり。
出處雖不同　出処は同じからずと雖も、
風味乃相似　風味は乃ち相ひ似たり。

黄庭堅「跋子瞻和陶詩」（『山谷集』巻七）

と詩に詠んだこともある。しかしながら、後に蘇轍が書簡を送って唱和詩への参加を求めても、彼はそれに応じなかった。このことについての黄庭堅の内心の事情は、じっくりと吟味すべきものであろう。
蘇軾の死後、文壇と蘇氏一族の領袖となる人物がしばらく出現しなかったようであるが、実際は既に相応しい候補者が一人おり、それこそが蘇轍であった。蘇過が蘇轍に寄せた詩に、

斯文有盟主　斯文に盟主有り、
坐制狂瀾漂　坐ながらにして狂瀾の漂ふがごときを制す。
……
手持文章柄　手に文章の柄を持ち、
爛若北斗標　爛たること北斗の標の若し。
……
造物眞有意　造物真に意有り、
俾公以後凋　公をして凋むに後らしむ。

蘇過「叔父生日四首」其一（『斜川集校注』巻三）

とあるが、これは蘇轍の盟主就任への期待の表れと言えよう。時に蘇轍は潁昌府に居り、政治的低迷期にあったにも関わらず、依然として「許党」の新たな門人に和陶詩創作活動の継続を促すことに尽力していた。本書の筆者は、このことについて豊富な資料と魅力溢れる叙述を以て示しており、従来の研究に見えない引用資料も多く、優れた文人たちを牽引する蘇轍の盟主としての風貌の一端を描き出した。しかし、畢竟、蘇轍は兄との年齢差が僅かなため、代々相伝する序列系統の形成には至らなかった（当時の士人の中には「歸然獨存（歸然として独り存す）」る様の張耒を蘇軾の後継者候補に推す者もいたが、これはあくまで文壇の一種の盟主不在に対する焦慮を反映したに過ぎない）。これに加えて、蘇轍自身も政治的低迷期に在って、個人の文学的な業績や人間関係における求心力に関して、とても蘇軾に匹敵するレベルに達していない。故に、北宋文壇の盟主の継承は東坡のところでその歴史の幕を降ろすことを余儀なくされたのである。そもそも、文壇の形成と盟主の出現は、複雑な政治や社会における条件と盟主個人の総合的な素質が相俟った結果であり、人為的に作り上げられるものではないのである。

「一門父子三詞客、千古文章四大家（一門の父子は三詞客にして、千古の文章もて四大家たり）」と云われるように（訳者注：清の張鵬翮が三蘇祠に題した対聯）、文化的一族として、蘇氏一族は「貴經術而重氏族（経術を貴びて氏族を重んず）」る眉山地区の筆頭であり（訳者注：蘇軾「眉州遠景樓記」）、国の内外で名を揚げ、その地位と影響力は同時代の澶州の晁氏、臨川の王氏、南豊の曾氏などに勝るものである。蘇洵は一族繁栄の維持を甚だ重視しており、彼の撰述した「蘇氏族譜」と欧陽脩の「欧陽氏族譜」は、その体裁と凡例を定めたもので、宋代族譜編纂の先駆を為した。蘇軾の宗族意識も深淵にして堅固であり、そのことは彼の詩文にもしばしば表れている。海南島で創作した「和陶郭主簿二首」では、彼が偶然に末子蘇過の詩書の朗読を耳にしたことを述べており、それを「誦詩如鼓琴（詩を誦すること琴を鼓するが如し）」と詠み、そこで自らの四十年前——詩書を吟誦して父たちの称賛を得たことを連想した。それは蘇軾に「追懐先君宮師之遺意（先君宮師の遺意を追懐）」させ、夜になると彼は更には二人の孫を夢に見たという。この「遺意」とは、「家世事酌古、百史手自斟（家世古に酌むを事とし、百史手自ら斟す）」とあるように、苦学して研鑽を積むことであった。偶然による日常的な体験から、自分と父・子・孫という四世代の繋がりまで連想したことは、一族の脈々たる文業の伝承と継続を物語るものであり、これこそが一貫して蘇軾の念頭から離れない深層意識からの願いであった。蘇軾の歿後、蘇轍は潁昌府に蘇氏一族二百人余りを集めたことは、時の一大事業として世に伝わった。蘇轍は自ら子・孫二代に教育を施し、現存する蘇籀撰『欒城先生遺言』に諄々と教誨する情景が見られ、且つ、彼は「傳諸筆墨以示子孫（諸を筆墨に伝えて以て子孫に示さん）」ことを言い含めた。蘇轍は「諸子才不惡（諸子は才悪しからず）」として自ら慰めながら（「示諸子」）、「少年眞力學、玄月閉書帷（少年　真に力めて学び、玄月　書帷を閉づ）」ることを奨励した（「示諸孫」）。これらはみな、代々文化的な家風が連綿と続くように尽力する、そのことに自覚的であったことを表す。

晁氏、王氏、曾氏などの一族と比べると、眉山の蘇軾の一族は幾つか突出した特徴がある。一つ目は、子孫繁栄、即ち一族の成員が多いことである。蘇軾と蘇轍にはそれぞれ三人ずつ息子がおり、蘇軾には十三孫、蘇轍には九孫おり、二人の曾孫や玄孫たちは詳しく解明できないほど、成員がどんどん増えていったのであり、連綿長久型の一族に属す。「君子之澤、五世而斬（君子の沢は、五世にして斬く）」と云われているが（訳者注・『孟子』離婁章句下）、蘇氏はまさしく稀なる例外であり、比較的時系列に沿って一族の発展と進化を考察しやすい。

二つ目は、拠点とする地域の展開が比較的広いことである。二蘇の子孫は長江の南北に分布しており、主に許昌、眉山、宜興、婺州の四系統がある。眉山は蘇氏の発祥の地であり、許昌と宜興はそれぞれ二蘇終焉の地であり、それぞれの子孫の分家がある。また、蘇遲が遷って婺州に任官したことにより、浙東にも一系統が開かれ、これもまた世人の嘱目を集めた。それぞれ異なる地域への展開と連動は、更なる人脈を広げることを可能にし、それにより文人交遊の頻度や密度が弥増し、一族全体が社会に対して開放的になったのである。三つ目は、一族の成員の多くが文化的な素養と文学の才能を備えているということである。二蘇の後の代は、当時の士人の心中に家風を継承することができているという好印象を残しており、「況其子孫、且有典型（況んや其の子孫をや、且つ典型有り）」や「尚其後昆、克紹其門（尚ほ其の後昆あり、克く其の門を紹ぐ）」、「學有家法（学びて家法有り）」に類する評語が随処に見える（訳者注・韓元吉「朝散郎祕閣修撰江南西路轉運副使蘇公墓誌銘」）。彼らの中で大家や名人となった者は少なかったが、みな相当のレベルを保持していた。中でも蘇過などは、「小東坡」の称号を持ち、彼の『斜川集』もまたなかなかの業績と言える。

銭穆先生は「一族とは中国文化における最も主要な柱石の一つである」と仰ったが（訳者注・銭穆著『中国文化史導論（修訂本）』、商務印書館、一九九四年）、蘇氏一族はまさしく研究すべき意義を持つ事例であると言えよう。文人の一族の社会的、文化的影響を深く掘り下げて探求し、その文人の交遊ネットワークの中に含まれる情報を重点的に分析することは、新たな文学創作を促すために相互に影響し合い、激励し合っていたことなど考えると、まさに注目すべきところである。一族内の文化教育や文学訓練、ひいては文献図書の整理や収蔵などでも、新たに探求する余地がある。実際、近年来いくつかの研究成果を得てきたが、参考となる資料が分散していたことにより、それらの成果はいずれも初歩的なものとなるほかなかった。この原田愛さんの著作も、この課題を全体的に明らかにするものではないが、彼女は重要なテーマによって切り込んでいく手法を採った。一つの側面から蘇氏一族と文学の関係性の様相、即ち二蘇の文集の系統整理・刊刻・伝播の研究を明らかにしたのである。これが本書の第二の切り口となった。

本書の筆者は全精力を注いで、隠れた真相を明らかにするために、二蘇の子孫による先人文集の編纂及び出版の全過程を俯瞰して捉えたのである。蘇軾の文集は彼の生前に一応の編纂が為されていたが、党禍に遭い、版木が毀され禁書となった。子孫たちは、政局の転換による有利な時機を捉え、高宗・孝宗の蘇軾文学への愛好に応じて、折好く新たに編纂と出版を行った。中でも蘇過の編纂と講釈や、二人の曾孫蘇嶠・蘇峴の出版刊行は、いずれも重要な役割を果たし、多大な影響を及ぼした。本書の考察により、我々は、如何なる経緯で、蘇軾の文集が蘇軾本人から始まって、それを受け継いだ蘇過・蘇嶠・蘇峴等数世代の人々の弛まぬ努力によって、何とか十全な状態を獲得したのかを見て取ることだろう。そこで一族の文化遺産を堅く守り、それを最後まで通した姿勢について強烈に伝えている。本書の中で、蘇嶠の編刻した『東坡別集』について検討しているが、これは今まで学者がほとんど論及するに至らなかったところである。蘇峴が『許昌唱和集』の出版に関わったこと、そこには彼の父祖である蘇過・蘇迨の作品が収録されていたこともあるが、その論述も甚だ詳悉である。蘇詡が曾祖父蘇轍のために『欒城集』を刊行したことも、埋没すべからざる大きな功績である。これらのことは、いずれも一族の結束力と誇り、ひいては家名の失墜を憂慮する思いを具現化したものであり、蘇氏の文化継承に鑑みれば、これこそ千載に遺る重大な功績であり、今日に至るまで、我々も彼らの遺沢に浴しているのである。

原田愛さんの著した本書は内容が広汎で且つ重層的な意義を有しているが、ただ、私は僅か二つの「切り口」

によって論を始め、それによって文壇の盟主や一族文化の問題などについての私の考えを述べたにすぎない。きっと的を射ないところもあろうと思う。それは読者のご批正をお願いする。同時に本書の筆者がこれを良き端緒として、精進を重ね、力を尽くした上で更に素晴らしい成果を示してくれることを期待している。

二〇一四年十月　上海　復旦大学において

王　水　照

蘇軾文学の継承と蘇氏一族——和陶詩を中心に◉目次

上篇 蘇軾「和陶詩」の継承と蘇氏一族

下篇　蘇軾文集の成立と蘇氏一族

蘇軾文学の継承と蘇氏一族

——和陶詩を中心に

序　章

一　中国の文人と子孫

中国の文人にとって、父系の血縁によって繋がる集合体、即ち「宗族」の子孫と門下の弟子は、その「立言」(1)の伝承において重要な役割を担っていた。特に、不遇な文人の学術が後世に評価されるか否かは、その子弟の能力と運命に大きく左右された。かの孔子が高弟である顔回の早世に際して「噫、天喪予、天喪予（噫、天　予を喪せり、天　予を喪せり）」と激しく悲嘆したことは有名であるが（『論語』先進篇）、南宋の朱熹が「悼道無傳、若天喪己也（道の伝ふるもの無きことを悼むは、天の己を喪すが若し）」と注するように、これは顔回を自らの後継者と目していたが故であるという見方もある。(2) よって、未来に望みを繋ぐ子弟、特に子孫への期待や不安は、文学作品においてもしばしば重要な主題となったのである。

例えば、六朝の東晋から劉宋を生きた陶淵明は、息子たちの不出来を責めて次のように詠んだという。

白髪被兩鬢　　白髪　両鬢を被ひ、

肌膚不復實
雖有五男兒
總不好紙筆
阿舒已二八
懶惰故無匹
阿宣行志學
而不愛文術
雍端年十三
不識六與七
通子垂九齡
但覓梨與栗
天運苟如此
且進杯中物

肌膚　復た実たず。
五男児有ると雖も、
総て紙筆を好まず。
阿舒は已に二八なるに、
懶惰なること　故(もと)より匹(たぐ)ひ無し。
阿宣は行(ゆくゆ)く志学なるに、
而(しか)も文術を愛さず。
雍と端とは年十三なるも、
六と七とを識らず。
通子は九齢に垂(なんな)んとするも、
但だ梨と栗とを覓(もと)むるのみ。
天運　苟くも此くの如くんば、
且(しばら)く杯中の物を進めん。

陶淵明「責子」（『陶淵明集』(3) 巻三）

当時の陶淵明は、十六歳の「阿舒」、即ち長子の儼を筆頭に、十四歳の「阿宣（俟）」、十三歳の「雍（份）」と「端（佚）」、八歳の「通（佟）」という五人もの息子に恵まれていた。しかし、まだ少年である息子たちに過剰な期待を寄せていることを自覚しながらも、「五男児有ると雖も、総て紙筆を好まず」と詠むように、文業を疎かにする彼らの有様を嘆き、その苦悩を暫し忘れんとして酒杯を進めたのである。
また、中唐の白居易の場合は、待望の嗣子であった阿崔の死を歎き、以下のように詩を賦した。

掌珠一顆兒三歳
鬢雪千莖父六旬
豈料汝先爲異物
常憂吾不見成人
悲腸自斷非因劍
啼眼加昏不是塵
懷抱又空天默默
依前重作鄧攸身

掌珠一顆　児は三歳、
鬢雪千茎　父は六旬。
豈に料らんや　汝　先に異物と為らんとは、
常に憂ふ　吾　成人するを見ざるを。
悲腸　自ら断つは　剣に因るに非ず、
啼眼　加ます昏きは　是れ塵ならず。
懐抱　又た空しくして　天黙黙たり、
前に依りて重ねて鄧攸の身と作る。

白居易「哭崔兒」（『白氏文集』[4]巻五十八）

白居易は六十歳を前に掌中の珠と言うべき阿崔に先立たれた。時に阿崔は三歳、彼の唯一の息子であった。その誕生の折、白居易は親族とともに大いに歓喜し、「何時能反哺、供養白頭烏[5]（何れの時にか能く反哺し、白頭の烏を供養せん）」と、成人した暁には阿崔が父祖に報恩せんことを切望したが、結局、阿崔の夭折によってその望みは絶たれてしまった。該詩からは、老境に至って嫡子を喪った白居易の激しい悲嘆と絶望が感じられる。

このように、文人たちは子孫に対して父祖の業績の継承と一族の繁栄を委嘱し、子孫はその期待に沿うものであったが、陶淵明や白居易のように理想通りに行かないこともしばしばであった。そして、中国の長い歴史において、「歴代の大帝国のうち、もっとも文化的な国家である」[6]と評される「宋代」は、文学・哲学・史学の人文学三分野において集大成が為された時代であり、折しも印刷技術の発展・普及に伴い、それらの成果が伝播してゆく範囲及び速度に甚大なる変化が生じた時代でもある。そうした時代にあるが故に、文人の子孫は父祖の「立言」を文集という形にして顕彰し、後世に継承することを強く意識するようになった。また、それは実子などの直系子孫のみならず——彼らが最も重要視される存在であることは確かであるが——宋代に至っては一族全体で行われるものとなった。中でも蘇軾（字は子瞻、号は東坡居士）は宋代文学の大成者であり、蘇軾の「あたたかい大きな人格の生む充実した言葉」[7]から成る文学は、多くの読者を獲得し、長く読み継がれた。かかる背景には、蘇軾の立言を総力を挙げて伝承した蘇氏一族による献身があったのである。

二　蘇氏一族の系譜

そもそも、蘇軾の属する蘇氏一族は、祖を趙郡欒城県（河北省石家荘市）の蘇氏に求め、唐代の蘇味道の子が眉州（四川省眉山市）に土着したと主張するが、確かな根拠はない。蘇軾の父蘇洵（字は明允、号は老泉）の編んだ「族譜後録下篇」[8]に、蘇洵の父蘇序の言として「蘇氏自遷於眉、而家於眉山、自高祖涇則已不詳、自曾祖釿而後稍可記（蘇氏は自ら眉に遷り、眉山に家するに、高祖涇より則ち已に詳らかならず、曾祖釿より後稍や記すべし）」とあるように、結局のところ、眉州蘇氏一族とは蘇釿より以前の先祖についてはその事跡も判然としない新興豪族であった。

蘇釿とその妻黄氏との間には、五人の子が生まれ、その末子蘇祜は李氏を妻とした後、五人の子に恵まれた。その第四子である蘇杲は妻宋氏との間に九人の子をもうけたが、詳細は不明ながら、そのうちの一子蘇序のみを残し、他の八子は逝去したという。蘇洵は、蘇序の事跡について次のように述べている。

先子諱序、字仲先、生於開寶六年、而歿於慶曆七年。娶史氏夫人、生子三人。長曰澹、次曰渙、季則洵也。先子少孤、喜爲善而不好讀書。晚迺爲詩、能白道、敏捷立成、凡數十年得數千篇。……以渙登朝授大理評事。

先子諱は序、字は仲先、開宝六年（九七三）に生まれ、慶暦七年（一〇四七）に歿す。史氏より夫人を娶り、子三人を生む。長は澹と曰ひ、次は渙と曰ひ、季は則ち洵なり。先子少（わか）くして孤たり、善を為すを喜び読書を好まず。晩に迺（すなは）ち詩を為（つく）り、能く道を白（あき）らかにし、敏捷にして立成し、凡そ数十年に数千篇を得たり。……渙の登朝を以て大理評事を授けらる。

蘇洵「族譜後錄下篇」（『嘉祐集』巻十四）

このように、蘇序は、妻史氏との間に澹・渙・洵の三子をもうけた。そして、蘇氏一族から科挙及第者を輩出したのは、彼の次子蘇渙が嚆矢であり、晩学ながら蘇洵も科挙を志したという。蘇序が「晩に迺（すなは）ち詩を為（つく）り、能く道を白（あき）らかにし」たという事実に鑑みても、蘇氏一族は元来読書人の家柄ではなく、所謂成り上がりであったと言える。

しかし、このように歴史の浅い蘇氏一族においても、時間の経過とともに疎遠になり、縁が途絶えて他人となる者があらわれた。蘇洵はそうした風潮を危惧したために「蘇氏族譜」を撰述し、そこに次のような詩を付した。

吾父之子　　吾が父の子、
今爲吾兄　　今　吾が兄為り。
吾疾在身　　吾　疾　身に在れば、
兄呻不寧　　兄　呻して寧んぜず。
數世之後　　数世の後、
不知何人　　何人なるやを知らざらん。
彼死而生　　彼　死して生まるるも、
不爲戚欣　　戚欣を為さず。
兄弟之情　　兄弟の情、
如足與手　　足と手との如きは、
其能幾何　　其れ能く幾何ぞ。
彼不相能　　彼　相ひ能くせざるは、
彼獨何心　　彼　独り何の心ぞ。

蘇洵「蘇氏族譜引所付詩」（『嘉祐集』巻十四）

このように、蘇洵は、父を同じくする兄弟は互いの病苦を心配し合う、かけがえのない存在であるとした。しかし、数世代を経ると、同族でありながら互いの関係が判らなくなり、族人の生死に対しても「戚欣」、即ち哀しみや喜びの情が湧かなくなるのが現状であった。故に、「蘇氏族譜引」に「幸其未至於塗人也、使其無至於忽忘焉、可也。嗚呼、観吾之系譜者、孝悌之心、可以油然而生矣（幸ひに其れ未だ塗人に至らざるや、其れをして忽ち忘るるに至ること無からしむれば、可なり。嗚呼、吾の系譜を観る者は、孝悌の心、以て油然として生ずべし）」と総括するように、蘇洵は、蘇氏一族の系譜を明らかにすることで一族の連携を図ろうとしたのである。

この蘇洵の子である蘇軾と蘇轍（字は子由、号は潁濱遺老）によって、眉州蘇氏一族の名望は蜀のみならず、世上に燦然と輝くものとなった。そして、蘇洵の「兄弟の情、足と手との如き」とする存念は、その息子たちによって受け継がれ、蘇氏一族全体に脈々と伝えられたのである。

三　蘇軾の人生

では、その蘇軾の人生とはどのようなものであったのか、ここで簡単に述べておく。

景祐三年（一〇三六）十二月十九日、蘇軾は眉州の眉山県、城内紗縠行において、父蘇洵、母程氏の次子として生まれた。蘇洵の長子であり、蘇軾の長兄である景先は宝元元年（一〇三八）に夭折したため、蘇軾は実質的に蘇洵の嫡子であった。また、景先が歿した翌年の宝元二年（一〇三九）二月二十日には、蘇轍が生まれた。晩学で結局科挙に及第することが出来なかった蘇洵は、この二子にその夢を託すことにしたのである。

嘉祐元年（一〇五六）三月、二十一歳の蘇軾は、十八歳の蘇轍とともに科挙を受けるために、蘇洵に連れられて故郷を出、翌年兄弟揃って及第した。当時の知貢挙は欧陽脩（字は永叔、号は酔翁、六一居士）であり、欧陽脩の薫陶を受けた蘇軾は、王安石（字は介甫）による新法に反対し、更にそれを詩賦に詠んだのである。その詩賦は文集として出版され、広く世間に流布したという。

元豊二年（一〇七九）八月、その影響力の強さ故に起こったのが、有名な文字の獄である「烏台詩案」である。御史台の獄において、獄吏に殊更苛酷に扱われた蘇軾は死を覚悟し、以下の詩を詠んだ。

聖主如天萬物春　　聖主　天の如く　万物　春なるに、
小臣愚暗自亡身　　小臣　愚暗にして　自ら身を亡ぼす。
百年未滿先償債　　百年　未だ満たざるに　先づ債を償ひ、
十口無歸更累人　　十口　帰するところ無く　更に人を累せん。
是處青山可埋骨　　是（いた）る処の青山　骨を埋むべし、
他年夜雨獨傷神　　他年の夜雨　独り神を傷ましむ。
與君世世爲兄弟　　君と世世　兄弟と為りて、
又結來生未了因　　又た来生　未了の因を結ばん。

蘇軾「予以事繫御史臺獄、獄吏稍見侵。自度不能堪、死獄中、不得一別子由。故作二詩、授獄卒梁成、以遺子由二首」其一（『蘇軾詩集』[9]巻十九）

詩題に「予　事を以て御史台の獄に繫がるるに、獄吏　稍や侵さる。自ら度（はか）るに堪ふる能はず、獄中に死して、子由と一別することを得じと。故に二詩を作りて、獄卒の梁成に授け、以て子由に遺る」とあるように、蘇軾は最期に「子由」こと蘇轍に言葉を寄せることを望んだ。そこで、彼は、後事を蘇轍に委せつつ、自らはどこであっても死ぬ覚悟があることを述べたが、ただ一つの心残りが後年の蘇轍の孤独であった。官途に就いたばかりの頃、彼ら兄弟は、いつか共に隠棲しようという思いを、韋応物詩の「夜雨対牀」という詩句に込めて詠み合ったことがあった。[10]それを思い起こした蘇軾は、将来兄を喪った蘇轍が独りで「夜雨」の音を聴いて、心を痛めるであろうと思い、来世においてまた兄弟となり、今生で果たせなかった因縁をまた結ぼうと呼びかけた。死を覚悟するほどの辛い境涯に追い込まれながら、蘇軾は却って蘇轍を思い遣り、励ましたのであった。

結局、翌元豊三年（一〇八〇）正月、蘇軾は死罪を免れて黄州（湖北省黄岡市）に配流され、蘇轍も連座して筠州（江西省高安市）に左遷された。しかし、蘇軾はそこで悲哀に沈むのではなく、白居易縁の耕作地に因んで自ら「東坡居士」と号し、その詩境を一層深めていったのである。

雨洗東坡月色清　　雨　東坡を洗ひて　月色清し、
市人行盡野人行　　市人行き尽して　野人行く。
莫嫌犖确坡頭路　　嫌ふこと莫し　犖确たる坡頭の路、
自愛鏗然曳杖聲　　自ら愛す　鏗然たる曳杖の声。

蘇軾「東坡」（『蘇軾詩集』巻二十二）

これは、元豊六年（一〇八三）、雨が洗った後のさやけき月明かりの下で「東坡」の坂道を登って行った時の詩である。ごつごつとした坂道を厭わず、その杖をつく音に気分を良くしながら歩む蘇軾の姿からは、「吾生如寄耳（吾が生　寄するが如きのみ）」として、有限の人生を最大限に楽しもうとする明朗闊達な処世観が窺える。[11]

元豊八年（一〇八五）三月、新法改革を推進していた神宗が崩御し、翌元祐元年（一〇八六）、哲宗の即位とともに旧法党を支持する太皇太后高氏による垂簾政治が開始された。それに伴い、蘇軾も中央に礼部郎中として召還され、中書舍人、翰林侍読学士兼知制誥などを歴任したが、旧法党内の抗争、即ち「洛蜀の党議」を受けて、自ら希望して地方官に転出した。但し、この元祐年間（一〇八六―九三）は、党内抗争はあったものの、旧法党が政権を執って新法の廃止を推進した所謂「元祐更化」の時代であり、蘇軾の生涯全体を見た場合には比較的穏やかな時期であったと言える。蘇軾を師とする門弟たちのグループである「蘇門」が組織されたのもこの頃であった。

しかし、新法党・旧法党の対立は、両党の領袖である王安石・司馬光の歿後には泥仕合の様相を呈し、「元祐更化」の終結後、新法党が再び政権を担当することになった際には、旧法党の党人たちは致仕や辺境への左遷などに追い込まれた。蘇軾も例外ではなく、瘴癘の地とされる嶺南の恵州（広東省恵州市）に謫せられたが、彼は悠然とその地の風物を楽しんだ。また、こうした姿勢が却って新法党の人々の敵愾心を刺激したのか、紹聖四年（一〇九七）、蘇軾は海南島の儋州（海南省儋州市中和鎮）に再遷された。しかし、彼はそこでも優れた詩文を創作し続けた。恵州時代から本格的に創作を開始していた「和陶詩」などは、海南島で完成を見た。苛酷な境遇にあって彼の詩境は更に深化したのである。

中でも、元符三年（一一〇〇）、蘇軾が海南島の北岸の澄邁駅で詠んだ以下の詩は有名である。

餘生欲老海南村
帝遣巫陽招我魂
杳杳天低鶻沒處
青山一髮是中原

余生　老いんと欲す　海南の村、
帝　巫陽を遣はして　我が魂を招かしむ。
杳杳として　天低れ　鶻没する処、
青山一髪　是れ中原。

蘇軾「澄邁驛通潮閣二首」其二（『蘇軾詩集』巻四十三）

既に老境に至っていた蘇軾は、海南島にて人生を終える覚悟をしていたが、哲宗崩御に伴う恩赦によって北帰が許された。彼は、海の彼方にあるであろう「青山」の一筋から「中原」を想像することで、その歓喜を表したのである。その後、蘇軾は常州（江蘇省常州市）にて致仕し、そこを終の住処としたが、閑適の楽しみを尽くす前に病に伏した。そして、建中靖国元年（一一〇一）七月二十八日、その変転極まりない人生の幕を閉じたのである。享年六十六。

儋州東坡書院の東坡居士像

前に挙げた陶淵明・白居易は、ともに蘇軾が特に尊崇した文人であるが、各々後継者についての苦悩を抱えていた。蘇軾の場合は、息子が三人——邁（字は伯達）・迨（字は仲豫）・過（字は叔党、号は斜川居士）、甥も三人——遅（字は伯充）・适（字は仲南）・遠（字は叔寛、後に名を遜に改める）おり、彼らの性質・才知等に対する不満は無かったらしい。その上、「蘇門」と称される当世随一の優秀な門弟が蘇軾を慕って結集し、それぞれ才華を競っていた。しかし、晩年の蘇軾が自らの詩文の保存について少なからず不安を感じていたことは確かである。というのも、蘇軾が晩年に編んだ書は、ほぼ草稿のままの状態であり、[12] それを流通させることがほぼ不可能であったからである。それ故、蘇氏一族は団結してそれらの詩文集を守り、いつか出版せねばならない使命を持っていたのであった。

四　現存する蘇軾文集について

ここで現代に伝わる蘇軾の詩文集に言及しておきたい。これについては、小川環樹著『蘇東坡詩集』第一冊の「はしがき」を始めとする先達の著書によって整理されており、また、中国においても劉尚栄氏や祝尚書氏の各著書において詳述されている。[13] それらを参照しつつ、以下列記する。

まず、蘇軾は生前から沢山の愛読者を獲得したが、彼の詩文集については蘇轍の撰述した蘇軾の墓誌銘に、次のように記されている。

先君晩歳讀『易』、玩其爻象、得其剛柔・遠近・喜怒・逆順之情、以觀其詞、皆迎刃而解。作『易傳』未究、疾革、命公述其志。公泣受命、卒以成書。然後千載之微言、煥然可知也。復作『論語說』、時發孔氏之秘。最後居海南、作『書傳』。推明上古之絕學、多先儒所未達。既成三書、撫之嘆曰「今世要未能信、後有君子、當知我矣。」至其遇事、所爲詩・騷・銘・記・書・檄・論・譔、率皆過人。有『東坡集』四十卷、『後集』二十卷、『奏議』十五卷、『內制』十卷、『外制』三卷。公詩本似李杜、晩喜陶淵明、追和之者幾遍、凡四卷。

先君（蘇洵）晩歳に『易』を読み、其の爻象を玩し、其の剛柔・遠近・喜怒・逆順の情を得、以て其の詞を観れば、皆刃を迎へて解す。『易伝』を作るも未だ究めずして、疾革り、公（蘇軾）に命じて其の志を述べしむ。公　泣して命を受け、卒に以て書を成す。然る後に千載の微言、煥然として知るべし。復た『論語説』を作り、時に孔氏の秘を発す。最後は海南に居り、『書伝』を作る。上古の絶学を推明し、多くは先儒の未だ達せざる所なり。既に三書成るに、之を撫して嘆じて曰く「今世　要して未だ能く信ぜずとも、後に君子有らば、当に我を知るべし」と。其れ事に遇ふに至り、為る所の詩・騒・銘・記・書・檄・論・譔は、率ね皆人に過ぐ。『東坡集』四十巻、『後集』二十巻、『奏議』十五巻、『内制』十巻、『外制』三巻有り。公の詩は本もと李杜に似たり、晩は陶淵明を喜び、之に追和する者幾遍、凡そ四巻なり。

蘇轍「亡兄子瞻端明墓誌銘」（『欒城後集』[14]巻二十二）

このうち、『東坡集』及び『奏議集』・『内制集』・『外制集』などは蘇軾の自編であり、それらは生前から既に編纂され、刊行されていた。但し、『東坡後集』は末子の蘇過による補撰が行われた可能性が高く、「和陶詩」の文集も、蘇軾逝去の頃にも正式な書名が未定であり、墓誌銘にも書名の言及が見えない。また、現存する「和陶詩」の文集には蘇軾の歿後に詠まれた蘇轍詩も収録されていることから、蘇轍によって増補されたと見なすべきであろう。これら六集に、蘇軾の歿後にまとめられたと考えられる『東坡応詔集』を加えたものが、蘇軾文集の基本資料として世に〈東坡七集〉と称される。現在、以下の刊本が確認される。

①『東坡集』四十巻

②『東坡後集』二十巻
③『東坡奏議集』十五巻
④『東坡内制集』十巻
⑤『東坡外制集』三巻
⑥『東坡應詔集』十巻
⑦『東坡先生和陶淵明詩』四巻

①『東坡集』と②『東坡後集』については、一部欠本があるものの、日本の宮内庁にその南宋刊本が保存されている。近年、①は中国においてもその復刻本が刊行された[15]。⑦『東坡先生和陶淵明詩』(以下、『和陶詩集』と略)も貴重な南宋刊本が存するが、『四部備要』などのように、⑦『和陶詩集』に代わって後掲の⑪『東坡續集』を挙げて〈東坡七集〉と為す例もある。
南宋に至ると、蘇軾の詩文に注釈を施したものが刊行されるようになり、次に挙げる三集がそれに当たる。

⑧施元之・施宿・顧禧撰注『施顧註東坡先生詩』四十二巻
⑨伝王十朋撰注『王狀元集百家註分類東坡先生詩』二十五巻
⑩郎曄撰注『經進東坡文集事略』六十巻

⑧は、南宋の嘉定六年(一二一三)に刊行され、景定三年(一二六二)に補編の上で再刊された、施元之・施

宿父子と顧禧による注釈本であり、時代順に並べられている。⑨は、題目別に分類された、多くの注釈家による蘇軾詩集であり、状元であった王十朋の編と伝わるが、当時の書肆による刊行とする説が有力である。⑩は散文の選集であり、これにも簡潔ながら注釈が付されており、『四部叢刊』に宋本が収められている。

⑪『東坡續集』十二巻
⑫毛九苞編『重編東坡先生外集』八十六巻

⑪⑫は、明代に編纂されたもので、①②に未収録の詩文の補編である。⑪は、時に〈東坡七集〉に数えられることもある。また、⑫の原本は南宋の編集である可能性が高い。この二集には注が付されていない。
そして、清代には、これまでの成果を集大成した全集が編纂されるようになる。

⑬査愼行撰『補注東坡先生編年詩』五十巻
⑭馮応榴撰『蘇文忠詩合註』五十巻（『蘇軾詩集合注』として上海古籍出版社から出版、二〇〇一年）
⑮王文誥撰『蘇文忠公詩編注集成』四十六巻（『蘇軾詩集』として中華書局から出版、一九八二年）
⑯沈欽韓撰『蘇詩査註補正』四巻

清代の編である⑬〜⑯は、それぞれの編纂者の考察に従って詩を編年で並べたもので、また、歴代の注釈とともに、編纂者の記した注も新たに加えている。清代の詩文集は、独自の編年や注釈が行われており、大変意義深いものである。

また、散文集である『東坡志林』（一巻本・五巻本・十二巻本がある）や蘇学の書である『東坡易伝』九巻及び『東坡書伝』二十巻なども今に伝わっている。これらは蘇軾の生前に彼自身によって編纂されたものであるが、正式な出版は歿後に行われたものと考えられる。

蘇軾の文学は海を越えて日本にも影響を及ぼした。日本において編纂された主な蘇軾詩文集の訳注本を以下挙げる。

（1）笑雲清三等撰注『四河入海』二十五巻
（2）『続国訳漢文大成　蘇東坡詩集』六冊（国民文庫刊行会、一九二八―三一年）
（3）小川環樹・山本和義編訳『蘇東坡詩集』既刊四冊（筑摩書房、一九八三年―）

（1）は室町時代の五山僧による注釈で、日本における蘇軾文学の影響を探る上で、最も注目されるべき書である。（2）は⑭の編年に従って、蘇軾詩をほぼ全て訳注している。（3）は、小川環樹・山本和義両氏による訳注本である。⑭に従って並べられており、諸事情により巻十六・第四冊までの訳出で止まっているが[16]、これまでの全ての書を踏まえた上で、豊富な知識を有する両氏の訳注が施された好著である。このように、蘇軾の文集は、注釈本や全集、そして、日本でも訳注本が各時代で行われるなど、大きな影響を及ぼしたのであった。

五　本書の目的

今日、日本の宋代文学研究は活況を呈しており、中国において日本の宋代文学・史学の研究が続々と紹介されるなど、国外からの注目も高い[17]。蘇軾については、山本和義著『詩人と造物――蘇軾論考』（研文出版、二〇〇二年）、内山精也著『蘇軾詩研究――宋代士大夫詩人の構造』（研文出版、二〇一〇年）を始めとする優れた論著が上梓されている。それらは蘇軾の文学の内容的特徴をテーマ別に論じるものが多く、また、蘇軾の晩年から歿後の時期については、主に「元祐党禁」及びそれに伴う歴史的背景、そして、その後の蘇軾文学の流行について詳しく解明するもので、それぞれが示唆に富んだ大変素晴らしい研究である。また、蘇軾晩年の代表作とされる「和陶詩」は、彼の人生の集大成とも言える作品群であるため、日本の学界においても先達によって優れた研究が行われ、多くは蘇軾と陶淵明の人生観や詩境における関係性に着目するものである。近年は、内山精也氏を先魁として、宋代に盛行した「和韻」という技法に注目し、文学史的に考察されるようにもなった。

しかし、蘇軾の創作した文学作品及びそれを集めた文集の、中でも「和陶詩」の成立と継承の過程を、「宗族」との関連性やその各人の活動といった視点から論究したものはこれまで見られなかった。そこで、筆者は、「和陶詩」を中心に、蘇軾の文学とそれを記した詩文集が成立していく過程、及びそこで蘇氏一族が果たした役割について、主に上篇・下篇による二部構成のもと、具体的、且つ体系的に明らかにしたい。まず、上篇の「蘇軾「和陶詩」の継承と蘇氏一族」では、蘇軾の「和陶詩」の編纂及び精神における継承過程を考察する。その対象として、第一章では弟の蘇轍を、第二章では蘇轍以外の一族の人々、特に末子の蘇過を照射し、それぞれの役割と後世への影響を詳しく論述する。下篇の「蘇軾文集の成立と蘇氏一族」では、第三章にその蘇過が晩年の蘇軾を如何に支え、その文学伝承に如何に寄与したかを論じる。第四章では、蘇過の孫にあたる蘇嶠（字は季真）・蘇峴（字は叔子）兄弟が南宋初期に父祖の文集を出版した過程について、その背景とともに明らかにする。また、第五章において、蘇軾を終生支えた蘇轍とその後裔の編纂活動について分析する。また、最後に母程氏の一族が苦境下の蘇軾を如何に支えたか、蘇軾の文学作品の継承も視野に入れて論じ、それを補論としたい。

本書の考察によって、従来の蘇軾研究には見られなかった新しい一面を探ると同時に、中国書籍出版史における宋代の特異性や、出版事業と宗族との関連性についても、少なからず明らかにすることが出来ると考える。

▽注

（1）「立言」とは世上に流布され、後代に伝承されるべき言辞・詩文のことである。『春秋左氏傳』襄公二十四年（前五四九）によると、魯の叔孫豹が晋の士匄に「古人有言、曰『死而不朽。』何謂也（古人に言有り、曰く『死して朽ちず』と。何の謂ひぞや）」と尋ねられ、士匄が虞舜より連綿と続く家柄を不朽として誇ったのに際し、叔孫豹が「以豹所聞、此之謂世祿、非不朽也。魯有先大夫、曰臧文仲、既沒其言立於世。其是之謂乎。豹聞之『大上有立德、其次有立功、其次有立言。』雖久不廢、此之謂不朽。若夫保姓受氏、以守宗祊、世不絶祀、無國無之。祿之大者也。不可謂不朽（豹の聞く所を以てすれば、此を之れ世禄と謂ひ、不朽に非ず。魯に先大夫有り、臧文仲と曰ひ、既に没するも其の言 世に立てり。其れ是を之れ謂ふか。豹 之を聞く『大上は徳を立つる有り、其の次は功を立つる有り、其の次は言を立つる有り』と。久しと雖も廃せず、此を之れ不朽と謂ふ。夫の姓を保ち氏を受けて、以て宗祊を守り、世よ祀を絶たざるが若きは、国として之れ無きは無し。禄の大なる者なり。不朽と謂ふべからず)」と答えたという。これは中国の士人の金言であり、彼らは宗族の存続は勿論だが、徳・功・言を立てること、特に文人は「立言」に重きを置いた。以下、引用文中の（）や〔〕内の解説は筆者の付すものである。

（2）同じく『論語』先進篇に、顔回の葬儀の際、孔子の反対を振り切って厚葬を断行した門人たちを見た孔子が、「回也視予猶父也。予不得視猶子也。非我也、夫二三子也（回や予を視ること猶ほ父のごとし。予は視ること猶ほ子のごとくするを得ず。我に非ざるなり、夫の二三子なり）」と憤慨したことが述べられている。孔子は、生前の顔回が孔子を父のように慕い、孔子も子のように思っていたにも関わらず、葬儀において厚葬を望む門人たちを抑止できず、その父子の如き交情に応えられなかったことを哀しんだのである。これについて、朱熹も「歎不得如葬鯉之得宜、以責門人也（鯉を葬むるの宜しきを得るが如くするを得ざるを歎き、以て門人を責む）」と、孔子が息子の孔鯉を葬ったときのように出来なかったことを歎いたと注する。

（3）以下、陶淵明詩は『陶淵明集』（中華再造善本、北京図書館出版社、二〇〇三年）を底本とし、また、台湾国立中央図書館所蔵『東坡先生和陶淵明詩』こと『和陶詩集』（王水照編『宋刊孤本三蘇温公山谷集六種』全六冊、国家図書館出版社、二〇一三年）を参照して適宜改めた。本書三十六頁の写真も後者より引く。

（4）『白氏文集』（平岡武夫・今井清編『白氏文集歌詩索引』全三冊のうち下冊に所収、同朋舎出版、一九八九年）を底本とする。

（5）白居易「阿崔」（『白氏文集』巻五十八）。

（6）吉川幸次郎『宋詩概説』（岩波文庫、二〇〇六年）、その一七〜一八頁より引く。これは同著『宋詩概説』（中国詩人選集二集第一巻、岩波書店、一九六二年）を底本とする。

（7）吉川幸次郎『宋詩概説』（岩波文庫、二〇〇六年）の一六〇頁より引く。

（8）蘇洵の詩文は、『嘉祐集』（上海古籍出版社、一九九三年）を底本とする。彼が撰述した族譜類は、全て『嘉祐集』巻十四所収。蘇洵がここで述べる宗族の系譜は「大宗」ではなく「小宗」であり、蘇洵「大宗譜法」（『嘉祐集』巻十四）にも「蘇氏族譜、小宗之法。凡天下之人、皆得而用之、而未及大宗也（蘇氏族譜は、小宗の法なり。凡そ天下の人、皆得て之を用ひ、未だ大宗に及ばず）」とある。また、蘇洵「族譜後録下篇」に蘇序の言として、蘇釿から蘇序に至るまでの父祖及びその姻戚について詳しく述べている。

（9）以下、和陶詩以外の蘇軾詩は、『蘇軾詩集』（全八冊、中華書局、一九八二年）を底本とする。

（10）蘇轍「逍遙堂會宿二首幷引」（『欒城集』巻七）の序文に「既壯將遊宦四方、讀韋蘇州詩至『安知風雨夜、復此對床眠』、惻然感之、乃相約早退爲閑居之樂（既に壮にして将に四方に遊宦せんとするとき、韋蘇州の詩を読みて『安んぞ知らん　風雨の夜、復た此に対床して眠るを』に至り、惻然として之に感じ、乃ち早に退きて閑居の楽を為さんことを相ひ約す）」とある。これについては、加納留美子「夜雨對牀――蘇軾兄弟を繋いだもの」（『日本中国学会報』第六十一集、日本中国学会、二〇〇九年）に詳しい。

（11）「吾生如寄耳（吾が生　寄するが如きのみ）」は蘇軾詩に頻出する詩句であり、これについては山本和義『詩人と造物――蘇軾論考』（研文出版、二〇〇二年）の第一部第二章「蘇軾詩論」に詳しい。

（12）蘇軾「記過合浦」（『東坡志林』巻一）によると、元符三年（一一〇〇）七月の北帰の際、蘇軾は「所撰『書』『易』『論語』、皆以自隨、而世未有別本（撰する所の『書』『易』『論語』は、皆以て自ら随ひて、世に未だ別本有らず）」と述べ、また、蘇軾「與鄭靖老」第三簡（『蘇軾文集』巻五十六）によると、「『志林』竟未成、但草得『書傳』十三巻（『志林』は竟に未だ成らず、但だ『書伝』十三巻を草し得るのみ）」と言及している。同時期に編纂していた『東坡後集』『和陶詩集』も同様に草稿であったと思われる。

（13）小川環樹著『蘇東坡詩集』第一冊（筑摩書房、一九八三年）の「はしがき」に注釈・校訂に用いた諸書としてまとめられ、向島成美・高橋明郎著『新釈漢文大系　唐宋八大家読本　五』（明治書院、二〇〇四年）の巻頭に付された向島成美「蘇軾の生涯とその作品集」にも散文集も含めて整理されている。中国においては、劉尚栄『蘇軾著作版本論叢』（巴蜀書社、一九八八年）や祝尚書著『宋人別集敍録』（中華書局、一九九九年）に詳しい。

（14）和陶詩以外の蘇轍の詩文は、『蘇轍集』及び、台湾国立中央図書館蔵宋慶元間黄州刊本『東坡先生和陶淵明詩』（全

四冊、中華書局、一九九〇年）を底本とする。

（15）日本宮内庁書陵部蔵宋建安刻本『東坡集』は、王水照編『宋刊孤本三蘇温公山谷集六種』（全六冊、国家図書館出版社、二〇一二年）の第一冊において影印され刊行されている。

（16）宋代詩文研究会刊『橄欖』第十六号（二〇〇九年）・第十七号（二〇一〇年）・第十九号（二〇一二年）に、山本和義氏が小川環樹氏の遺稿（蘇軾詩三十五編）を補訂され、「蘇東坡詩集補」として寄稿された。

（17）王水照主編『日本宋學研究六人集』（全六冊、上海古籍出版社、二〇〇五年）に副島一郎・東英寿・高津孝・浅見洋二・内山精也・保苅佳昭各氏の論著が、同『日本宋學研究六人集　第二輯』（全六冊、上海古籍出版社、二〇一〇年）に土田健次郎・近藤一成・遠藤隆俊・平田茂樹・高橋弘臣・久保田和男各氏の論著が、翻訳された上で単行本として出版されている。前者が宋代文学研究の、後者が宋代史学研究の日本を代表する研究成果である。

上篇　蘇軾「和陶詩」の継承と蘇氏一族

第一章▼蘇軾「和陶詩」と蘇轍

――蘇軾から蘇轍に継承されたもの

蘇軾は、晩年に嶺南に流謫され、そこで陶淵明の詩に和韻する「和陶詩」百二十四首を完成させた。その端緒である「和陶飲酒二十首」において、彼は次のように序している。

吾飲酒至少、常以把盞爲樂、往往頽然坐睡。人見其醉、而吾中了然。蓋莫能名其爲醉爲醒也。在揚州時、飲酒過午輒罷、客去解衣盤薄。終日歡不足而適有餘。因和陶淵明「飲酒二十首」。庶以髣髴其不可名者、示舍弟子由・晁無咎學士。

吾　酒を飲むこと至(いた)って少なきも、常に盞を把るを以て楽しみと為し、往往にして頽然として坐睡す。人其の酔ふを見れども、吾が中(うち)了然たり。蓋し能く其の酔ふと為し醒むると為すを名づくる莫し。揚州に在りし時、酒を飲みて午(ひる)を過ぐれば輒ち罷め、客去るに衣を解きて磐薄す。終日歓は足らざるも適は余り有り。因りて陶淵明の「飲酒二十首」に和す。庶(ねが)はくは其の名づくべからざる者を髣髴するを以て、舎弟子由・晁無咎学士に示さん。

蘇軾「和陶飲酒二十首」引（『和陶詩集』[1] 巻一）

即ち、蘇軾は、酒量は多くないものの、平素友人との酒宴を好み、飲酒において「酔」と「醒」が交錯する境地を楽しんだ。(2) 知揚州軍州事として赴任した元祐七年（一〇九二）の夏、飲酒を楽しんだ際に、陶淵明の「飲酒二十首」に和韻することで、その「名づくべからざる」ほろ酔いの境地を、三歳下の実弟蘇轍と、当時通判揚州軍州事であった門人晁補之（字は無咎）に示したのである。蘇轍と晁補之はこれに続いて和韻し、その四年後の紹聖三年（一〇九六）には、張耒（字は文潜）もこのうちの十九首に継和したという。(3) 蘇轍は、蘇軾にとって生涯最大の理解者であり、晁補之・張耒は、蘇軾・蘇轍を師とする蘇門の中でも、「蘇門四学士」として称揚された人物であった。このように、蘇軾が最初の和陶詩において重視したのは、陶淵明詩に託した己の心情を、同志と共有することであった。

蘇轍は、以後も蘇軾から和陶詩の継和を求められ、計五十二首の和陶詩を詠んだ。現存する南宋黄州刊本『東坡先生和陶淵明詩』全四巻には、陶淵明の原詩と蘇軾の和陶詩に続いて、蘇轍の和陶詩も併録されている。和陶詩に表れる蘇軾の「澄明な心情」(4) は絶賛され、多くの先行研究も存在する。しかし、その心情を最も理解したであろう蘇轍とその作品については、未だ十分な論究が行われていない。本章では、和陶詩の制作と伝承において蘇轍が果たした役割を考察し、和陶詩の後世への継承における重要な一面を明らかにしたい。

一　「和陶詩」の成立過程——古人に追和するは則ち東坡に始まる

蘇軾が最初の和陶詩である「和陶飲酒二十首」を詠んだ元祐七年（一〇九二）は、旧法党が政権を執った所謂「元祐更化」の時期であり、蘇軾が生涯最高の官位に至った年でもあった。(5) しかし、蘇軾の「和陶飲酒二十首」

の内容を見ていくと、彼が自分の将来に不安を感じていたことが読み取れる。陶淵明の「飲酒二十首」其五（結廬在人境）[6]において、蘇軾は次のように和韻した。

小舟眞一葉　　小舟は真に一葉なり、
下有暗浪喧　　下に暗浪の喧しき有り。
夜棹醉中發　　夜に棹して酔中に発すれば、
不知枕几偏　　枕几の偏くを知らず。
天明問前路　　天明に前路を問へば、
已度千重山　　已に千重の山を度れり。
嗟我亦何爲　　嗟 我 亦た何をか為さん、
此道常往還　　此の道 常に往還す。
未來寧早計　　未来 寧んぞ早に計らん、
既往復何言　　既往 復た何をか言はん。

蘇軾「和陶飲酒二十首」其五（『和陶詩集』巻一）

このように、蘇軾は、これまでの人生を夜河の「暗浪」に翻弄される「一葉」の「小舟」に比喩した。「嗟我 亦た何をか為さん、此の道 常に往還す」という「天明」後の自問からは、蘇軾の透徹した人生観とともに、推測し難い「未来」への不安も窺える。酒を飲んでもその不安を完全に払拭し得なかった蘇軾は、心から飲酒を楽しんだ陶淵明のように隠遁することを志すに至る。そして、其十四（故人賞我趣）の和韻において、蘇轍に隠遁を持ちかけた。

我家小馮君　　我が家の小馮君、
天性頗淳至　　天性　頗る淳至たり。
清坐不飲酒　　清坐して酒を飲まず、
而能容我酔　　而れども能く我が酔ひを容る。
歸休要相依　　帰休は相ひ依るを要むるも、
謝病當以次　　謝病は当に次を以てすべし。
豈知山林士　　豈に知らんや　山林の士の、
骯髒乃爾貴　　骯髒として乃ち爾く貴きを。
乞身當念早　　身を乞ふるは当に早きを念ふべし、
過是恐少味　　過ぐれば是れ恐らく味はひ少なからん。

蘇軾「和陶飲酒二十首」其十四（『和陶詩集』巻一）

蘇軾は、蘇轍の「淳至」な性質を称え、酒に酔う蘇軾を快く受け容れる蘇轍の温順なる風貌を詠った。兄弟は、官界に入った当初から、致仕後に共に帰隠して「夜雨対牀」の夢を果たすことを望んでいたが、蘇軾は蘇轍に対して時機を逸せずに実行し、酔酒と隠遁の快い味わいを享受すべきであると諭したのであった。

但し、元祐七年（一〇九二）当時の蘇軾には、これらの和陶詩を詠み進めて一書とするまでの意志はなく、平素の隠遁への思いを興に乗じて陶淵明「飲酒二十首」に託したに過ぎなかった。しかし、翌元祐八年（一〇九三）九月、太皇太后高氏の崩御及び哲宗の親政を発端にして政局が急変し、それによって再び政権を掌握した新法党は、旧法党に対する報復を開始した。旧法党の中枢にいた蘇軾・蘇轍兄弟も処罰の対象となり、紹聖元年（一〇九四）、蘇軾は恵州に、蘇轍は筠州に左遷されたのである。この苦境に直面したことで、陶淵明への共感を一層強くした蘇軾は、「和陶飲酒二十首」の制作から三年後にあたる紹聖二年（一〇九五）三月四日、第二の和陶詩である「和陶帰園田居六首」を詠んだ。(7)

昔我在廣陵　　昔 我 広陵に在りしとき、
悵望柴桑陌　　柴桑の陌を悵望す。
長吟飲酒詩　　飲酒の詩を長吟し、
頗獲一笑適　　頗る一笑の適を獲る。
當時已放浪　　当時　已に放浪し、
朝坐夕不夕　　朝に坐するも夕は夕にあらず。
矧今長閑人　　矧(いは)んや今　長閑の人の、
一劫展過隙　　一劫　展べて隙を過ぐるをや。
江山互隱見　　江山　互ひに隠見し、
出沒爲我役　　出没して　我が役と為る。

斜川追淵明　　斜川に淵明を追ひ、
東皋友王績　　東皋に王績を友とす。
詩成竟何用　　詩成りて竟に何にか用いん、
六博本無益　　六博　本もと益無し。

蘇軾「和陶歸園田居六首」其六（『和陶詩集』巻一）

このように、流転する人生の中で各地を放浪した蘇軾は、かつての「飲酒二十首」の継和と、そこで得た「一笑の適」とを想起した。そして、和陶詩を制作することを通して、斜川で友人たちと川遊びに興じた陶淵明や東皋に隠棲して平安を得た王績に、今度こそ倣わんとした。この序文に「始余在廣陵、和淵明「飲酒二十首」、今復爲此。要當盡和其詩乃已耳（始め余　広陵に在りしとき、淵明の「飲酒二十首」に和し、今復た此を為る。要ず当に尽く其の詩に和して乃ち已むべきのみ）」と述べるように、蘇軾は、この時に陶淵明詩の全てに唱和することを決意したのである。蘇軾は、この「和陶帰園田居六首」も門人釈道潜（号は参寥子）に寄せており、以後も和陶詩を門人や親族、配所の友人などに伝えた。その結果、蘇軾が他者に贈与した和陶詩は、実に九十九首を数えることになった（巻末附録1《蘇軾和陶詩編年表》参照）。

紹聖二年（一〇九五）当時、筠州にいた蘇轍も、同年初冬に蘇軾から「和陶読山海経十三首」を寄贈されており、そこで蘇軾の全陶淵明詩唱和の決意を知ったと思われる。更に、紹聖四年（一〇九七）、海南島に流謫された蘇軾は、同時期に雷州（広東省湛江市雷州市）に遷った蘇轍に書簡を寄せ、『和陶詩集』序文の制作を求めた。その序文には、蘇軾の書簡がそのまま引用されている。

是時、轍亦遷海康、書來告曰「古之詩人、有擬古之作矣、未有追和古人者也。追和古人、則始於東坡。吾於詩人無所甚好、獨好淵明之詩。淵明作詩不多、然其詩質而實綺、癯而實腴。自曹・劉・鮑・謝・李・杜諸人皆莫及也。吾前後和其詩凡百數十篇、至其得意、自謂不甚愧淵明。今將集而幷錄之、以遺後之君子。子爲我志之。……」

是の時、轍も亦た海康に遷るに、書来りて告げて曰く「古の詩人、擬古の作有るも、未だ古人に追和する者有らざるなり。古人に追和するは、則ち東坡に始まる。吾は詩人に於いて甚だ好む所無く、独り淵明の詩を好むのみ。淵明の詩を作ること多からざるも、然るに其の詩　質にして実は綺、癯にして実は腴たり。曹〔植〕・劉〔楨〕・鮑〔照〕・謝〔霊運〕・李〔白〕・杜〔甫〕より諸人皆及ぶこと莫し。吾　前後其の詩に和すこと凡そ百数十篇、其の意を得るに至り、自ら謂ふに甚だしくは淵明に愧ぢず。今将に集めて之に幷録し、以て後の君子に遺さんとす。子　我が為に之を志せ……」と。

蘇轍「子瞻和陶淵明詩集引」（『欒城後集』[8]巻二十一）

ここで蘇軾が主張するのは、「和陶詩」の特性である。中唐より盛行し始めた「唱和詩」は、和韻という技術的制限の下で、相手への共感や自身の現況、心情を巧みに表現する文人必須の社交術であった。よって、蘇軾以前の唱和詩は、概ね同時代を生きる文人たちの間で交遊を深めるために行われるものであり、遙か昔の古人に対する和韻はほとんど見られなかった。古人の行跡や詩文を尊崇した際、文人は「擬古詩」を制作した。実際、陶淵明を対象とする擬古詩は、元嘉二十九年（四五二）に鮑照が詠んだ「学陶彭沢体」を嚆矢として諸作ある。[9]しかし、蘇軾は、詩体を模擬することを主眼に置く擬古詩を選択しなかった。つまり、「和陶詩」は、旧来の「唱和詩」「擬古詩」と異なる性質・形式でありながら、「唱和詩」がもたらす文人間の強い連帯感と「擬古詩」の有する時間の超越性を併せ持つ、新たな文学形態であった。故に、蘇軾は、「古人に追和するは則ち東坡に始まる」と、その創始者たるを自負し[10]、得意の作品を以て「甚だしくは淵明に愧ぢず」と誇り、それらを編纂した『和陶詩集』を後世に遺そうとしたのである。

　この書簡で言及しているように、蘇軾は「百数十篇」の和陶詩を詠む予定であり、紹聖四年（一〇九七）以後も和作を継続した。その結果、元符三年（一一〇〇）には、現存する『和陶詩集』全四巻の草稿が、あらかた完成していたと考えられる[11]。その『和陶詩集』の巻頭を飾ったのは「飲酒二十首」であり、巻末に配されたのは「帰去来兮辞」であった。元符元年（一〇九八）六月、なお海南島に謫居していた蘇軾は、北帰が叶わない状況下にあっても絶望することなく、「追和淵明「歸去來詞」。蓋以無何有之郷爲家。雖在海外、未嘗不歸（淵明の「帰去来の詞」に追和す。蓋し無何有の郷を以て家と為す。海外に在りと雖も、未だ嘗て帰せずんばあらず）」と序し、その心境を次のように詠んだ。

已矣乎　　　　　　　已んぬるかな、
吾生有命歸有時　　　吾が生に命有り　帰するに時有り。
我初無行亦無留　　　我初めより行く無く　亦た留むる無し、
駕言隨子聽所之　　　駕して言(ここ)に子に随ひて　之(ゆ)く所に聴(まか)す。
豈以師南華　　　　　豈に南華を師とするを以て、
而廢從安期　　　　　安期に従ふを廃せんや。

謂湯稼之終枯
遂不漑而不耔
師淵明之雅放
和百篇之清詩
賦歸來之新引
我其後身蓋無疑

謂へらく湯稼の終に枯るるは、
遂に漑がずして耔はざるにあり。
淵明の雅放を師とし、
百篇の清詩に和す。
帰来の新引を賦せば、
我　其の後身たること蓋し疑ひ無し。

蘇軾「和陶歸去來兮辭」（『和陶詩集』巻四）

ここに云う「吾が生に命有り　帰するに時有り」の「帰」字は、「生」との句中対によって「死」の意味も含んでおり、「生死」が定まった有限の人生において、時機を逸せずに「帰隠」することの重要性を詠った妙句である。蘇軾は、その帰隠すべき時が海南島に流謫された現在であるとした。彼は「雅」と「放」の両面を有する陶淵明の処世を模範とし、それが表れた一百篇以上の詩歌に和韻し、ついには「帰去来兮辞」の和作に及んだ。蘇軾の師である欧陽脩が「晉無文章、惟陶淵明「歸去來兮」一篇而已[12]（晋に文章無し、惟だ陶淵明の「帰去来兮」一篇あるのみ）」と絶賛した「帰去来兮辞」は、『和陶詩集』の締め括りに相応しい、陶淵明の代表作である。その「帰去来兮辞」の唱和詩の卒章で、蘇軾は己を陶淵明の生まれ変わりであると宣言するに至ったのであった。

建中靖国元年（一一〇一）七月二十八日、蘇軾は享年六十六で病歿し、翌崇寧元年（一一〇二）閏六月、蘇轍がその墓誌銘を撰述した。その際、蘇軾の文集として、『東坡集』四十巻、『東坡後集』二十巻、『奏議集』十五

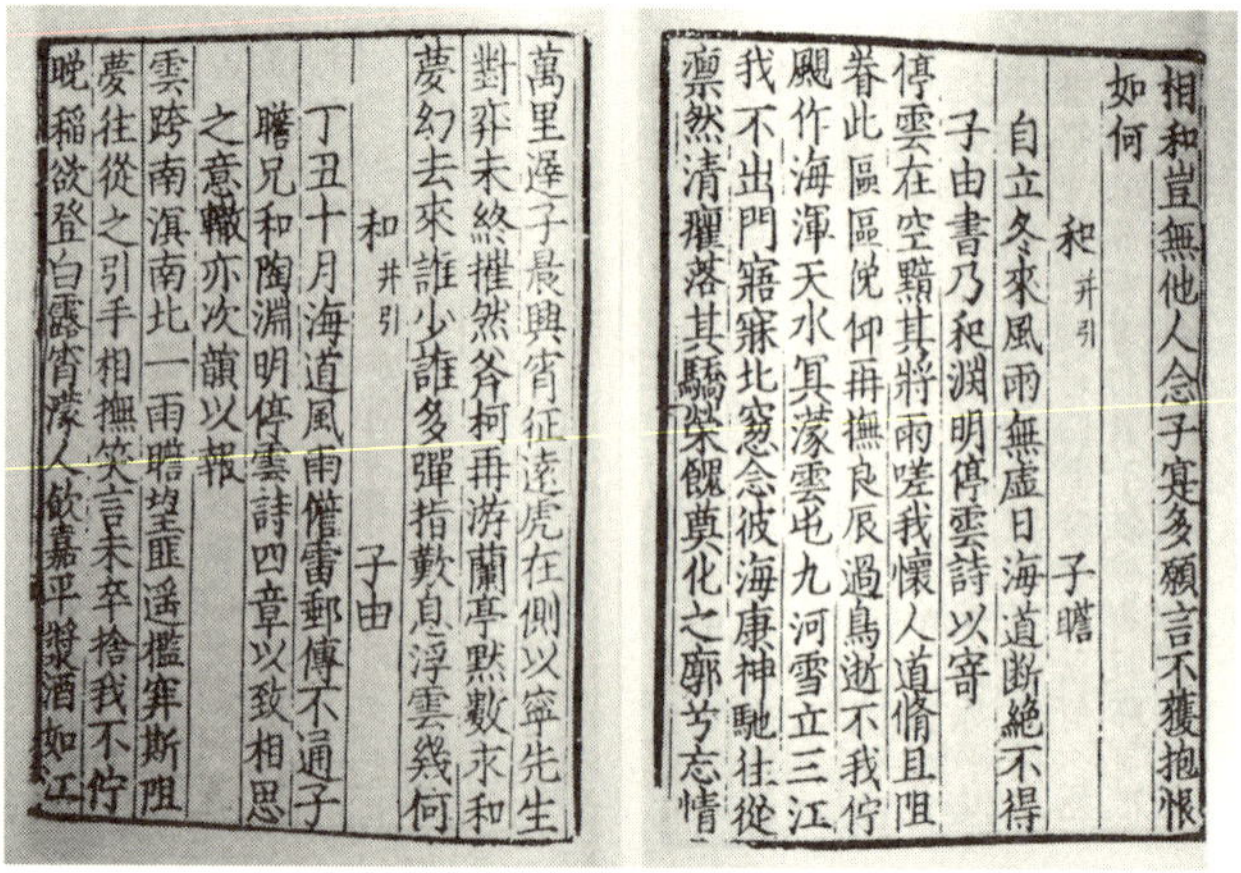
相和豈無他人念子寔多願言不獲抱恨
如何
和　并引　子瞻
自立冬來風雨無虛日海道斷絕不得
子由書乃和淵明停雲詩以寄
停雲在空黯其將雨嗟我懷人道脩且阻
眷此區區俛仰再撫良辰過鳥逝不我佇
颶作海渾天水冥濛雲屯九河雪立三江
我不出門寤寐北窓念彼海康神馳往從
凜然清癯落其驕榮餽奠化之鄉芳忘情

萬里遲子晨興宵征遠虎在側以寧先生
對弈未終摧然斧柯再游蘭亭默數永和
夢幻去來誰少誰多彈指歎息浮雲幾何
和　并引　子由
丁丑十月海道風雨儋雷郵傳不通子
瞻兄和陶淵明停雲詩四章以致相思
之意轍亦次韻以報
雲跨南溟南北一雨瞻望匪遙檻穽斯阻
夢往從之引手相撫笑言未卒捨我不佇
晚稻欲登白露宵湊人飲嘉平將酒如江

台湾国立中央図書館所蔵『東坡先生和陶淵明詩』

巻、『内制集』十巻、『外制集』三巻等を挙げ、更に『和陶詩集』について、「公詩本似李杜、晩喜陶淵明、追和之者幾遍、凡四巻（公の詩は本もと李杜に似たり、晩は陶淵明を喜び、之に追和する者幾遍、凡そ四巻なり）」と述べた。蘇軾後半生の詩文を集めた『東坡後集』二十巻と『和陶詩集』四巻について、南宋の胡仔は「『後集』、乃後人所編。惜乎、不載和陶諸詩、大爲闕文也（『後集』は、乃ち後人の編する所なり。惜しいかな、和陶の諸詩を載せず、大いに闕文と為す）」と評した[13]が、蘇軾の墓誌銘によって明らかなように、『東坡後集』は劉沔（字は元忠）が編集した文集二十巻を基礎に蘇軾とその末子蘇過が増補再編したものであり、『和陶詩集』は『東坡後集』とは別に独立して編集されたものである。つまり、『東坡後集』に和陶詩が収録されなかったのは、決して「闕文」ではなく、和陶詩を別格に扱った蘇軾の意向によるものであった[14]。

二　蘇軾生前の蘇轍と和陶詩——功成りて帰去せず、此の同心の人に愧づ

『東坡後集』の編纂を支えたのは蘇過であるが、『和陶詩集』の成立に最も寄与したのは蘇轍であった。蘇軾

が他人に寄贈した和陶詩九十九首のうち、蘇轍に対するものは六十五首であり、百二十四首ある和陶詩全体の約半数に相当する。その都度、蘇軾から同作を求められた蘇轍は、最終的に五十二首の和陶詩を詠んだ。

制作時期	年齢	作品名（『和陶詩集』巻数）	字数	場所
元祐七年（一〇九二）八月	54	「繼和陶飲酒二十首」（巻一）	一一一〇字	開封府
紹聖四年（一〇九七）六月	59	「繼和陶止酒」（巻三）	一〇〇字	雷州
十月	59	「繼和陶停雲（四首）」（巻四）	一二八字	雷州
十二月	59	「繼和陶勸農（六首）」（巻四）	一九二字	雷州
元符元年（一〇九八）二～六月	60	「繼和陶擬古九首」（巻三）	六〇〇字	雷州
元符三年（一一〇〇）五月	62	「繼和陶雜詩十一首」（巻三）	六九〇字	惠州
建中靖國元年（一一〇一）十月	63	「追和陶歸去來兮辭」（巻四）	三三七字	潁昌府

蘇轍の和陶詩は、数首の詩からなる連作が多い。「飲酒詩」（二十首、一一一〇字）、「雜詩」（十一首、六九〇字）、「擬古詩」（九首、六〇〇字）、「勸農詩」（六首、一九二字）、「停雲詩」（四首、一二八字）は勿論のこと、紹聖二年（一〇九五）初冬に蘇軾が蘇轍に寄せた「読山海経詩」も十三首の連作であり（蘇軾和陶詩では五六〇字）、「帰去来兮辞」も五章構成の長編である（三三七字）。つまり、蘇軾は、『和陶詩集』の要である大作については兄弟で和韻することを決めていたと見られる。

また、蘇軾が先に詠んで後に蘇轍に継和を促すという場合がほとんどであったが、最晩年の蘇轍に付き従った孫の蘇籀は、『欒城先生遺言』[15]において次のような秘話を紹介した。

「大悲圜通閣記」、公偶爲東坡作、坡云「好箇意思」、欲別作而卒用公所著。「和陶詩擬古九首」亦坡代公作。

「大悲圜通閣記」は、公（蘇轍）偶ま東坡の為に作るに、坡「好き意思かな」と云ひ、別に作らんと欲して卒に公の著す所を用ふ。「和陶詩擬古九首」も亦た坡の公に代（なぞら）へて作るなり。

後人は、ここから兄弟の「和陶擬古九首」を蘇軾もしくは蘇轍の代作と見なしたが[16]、蘇轍が自ら編定した『欒城後集』には、この「継和陶擬古九首」が収録されており、其五では雷州での流謫生活が描写されている[17]。よって、蘇轍の「継和陶擬古九首」は間違いなく蘇轍自身の作品であろう。蘇籀の言の意味するところは、蘇轍の制作後に蘇軾も同題・同趣旨で詠んだ「大悲圜通閣記」と同様に、「擬古九首」もまた、蘇轍が先に詠み、蘇軾が後に「代擬」して詠んだ作品であるということではないか。蘇轍「継和陶擬古九首」は、『和陶詩集』においては継和詩とされ、『欒城後集』においては「次韻子瞻和淵明擬古九首」と題されたが、実際にはこのような蘇轍の先行という例外的な制作背景があり、それを蘇籀が公表したものと思われる。

このように、蘇轍は、大作の和陶詩制作に挑み、時には先んじて和陶詩を詠むこともあったが、概して彼の和陶詩からは、蘇軾ほどの熱意が窺えない。まず、和陶詩を別に編集した蘇軾とは異なり、蘇轍は、『欒城後集』に自身の和陶詩をほぼ収録した。蘇轍にとって、和陶詩は蘇軾の独擅場であり、『和陶詩集』の序文で「轍雖馳驟從之、常出其後。其和淵明、轍繼之者亦一二焉（轍　馳驟して之（蘇軾）に従はんと雖も、常に其の後に出づ。其の淵明に和するに、轍　之に継ぐ者も亦た一二なり）」と述べるように、蘇軾の詩境には到底及ばないと判断したのであろう。このことは、蘇轍の和陶詩の内容面からも裏付けられる。

例えば、蘇軾から隠遁を求められた最初の和陶詩である「和陶飲酒二十首」其十四に対して、蘇轍は次のように応酬した。

淮海老使君　　淮海の老使君、
受詔行當至　　詔を受け　行きて当に至らんとす。
居官不避事　　官に居りては　事を避けず、
無事輒徑醉　　事無ければ　輒ち径ちに酔へり。
平生自相許　　平生　自ら相ひ許し、
兄先弟亦次　　兄先んずれば　弟も亦た次にす。
東南豈徒往　　東南　豈に徒らに往くのみならん、
多難嫌暴貴　　多難にして暴貴を嫌ふ。
白首六卿中　　白首　六卿の中、
嚼蠟那復味　　蠟を嚼するがごとく　那ぞ復た味せん。

蘇轍「繼和陶飲酒二十首」其十四（『和陶詩集』巻一）

これは、元祐七年（一〇九二）八月、蘇軾が詔によって揚州から中央に召還される頃に寄せたものである。蘇轍によると、蘇軾は、官としての責務を果たすべく政事に奔走する一方で、事無き時は陶淵明のような隠遁を願って酔酒することもあったという。蘇轍も、そのように切望する蘇軾に従って、味気ない俗世を捨てて隠棲せんと思っており、「東南　豈に徒らに往くのみならん」とあるように、いずれ「東南」に在る隠棲地にて「夜雨対牀」の夢を叶えようとした。しかし、詩中に、蘇軾が「詔」を受けて召還されたことや、兄弟ともに「多難」な情勢下の「六卿の中」に列することが詠まれるように、蘇轍は政治的使命感や国家意識が蘇軾より一層強い。この「継和陶飲酒二十首」においても、総じて隠遁を望みながらも強い責任感からそれを逡巡する彼の心情が吐露されており、そうした自らの不徳を慚愧した「愧」という語が頻出する。

＊乞身未敢言　常愧外物持　身を乞ふること未だ敢へて言はず、常に外物に持（とらは）るるを愧づ。（其一）
＊低回軒冕中　此語愧虚傳　低回す　軒冕の中、此の語　虚しく伝はるを愧づ。（其二）
＊防邊未云失　憂懷愧安居　辺を防ぎて未だ失ふと云はず、憂懐　安居を愧づ。（其十）
＊回首愧周行　羣英粲彪炳　回首して周行に愧づ、群英　粲として彪炳たり。（其十三）
＊永愧陶翁飢　雖飢心不惑　永へに愧づ　陶翁の飢うるに、飢うと雖も心惑はず。（其十八）
＊功成不歸去　愧此同心人　功成りて帰去せず、此の同心の人に愧づ。（其二十）

蘇轍「繼和陶飲酒二十首」（『和陶詩集』巻一）

其一では、外界の事物に煩わされ、致仕を言明せずにいることに、其二では、高官の地位にいて帰田の計が十年も遅延したことに、其十では、君恩に酬いることなく、外敵を放り出して安穏と暮らすことに、其十三では、己の能力には不相応な高い官位に列していることに、其十八では、飢えても心惑わない陶淵明に対して、蘇轍は恥じ入った。そして、其二十では、「此の同心の人」に揺れ動く心情を吐露しつつ、「功成りて帰去」しない自分自身を恥じた。結局、門下侍郎として政権の中枢にいた蘇轍は、蘇軾の心情を理解しながらも、行動を同じくし得なかったのである。

また、紹聖二年（一〇九五）初冬に蘇軾から「和陶読山海経十三首」を贈られた際には「子瞻和陶公「讀山海經詩」、欲同作。而未成、夢中得數句、覺而補之（子瞻　陶公の「山海経を読む詩」に和し、同作せんと欲す。而るに未だ成らずして、夢中に数句を得、覚めて之を補ふ）」と題する詩を詠んだものの、(18)その和作を完成できなかった。「帰去来兮辞」もまた、蘇軾の生前に和韻できなかったという。

昔予謫居海康、子瞻自海南以「和淵明歸去來」之篇、要予同作。時予方再遷龍川、未暇也。辛巳歳、予既還潁川、子瞻渡海浮江、至淮南而病、遂沒於晉陵。是歳十月、理家中舊書、復得此篇、乃泣而和之。蓋淵明之放與子瞻之辯、予皆莫及也。示不逆其遺意焉耳。

昔　予　海康に謫居せしとき、子瞻　海南より「淵明の帰去来に和す」の篇を以て、予に同作するを要む。時に予　方に龍川に再遷せられ、未だ暇あらず。辛巳歳（建中靖国元年、一一〇一）、予は既に潁川に還るに、子瞻は渡海浮江して、淮南に至りて病み、遂に晋陵に没す。是の歳十月、家中の旧書を理め、復た此の篇を得て、乃ち泣して之に和す。蓋し淵明の放と子瞻の弁とは、予　皆及ぶこと莫し。其の遺意に逆らはざるを示すのみ。

蘇轍「追和陶歸去來兮辭」引（『和陶詩集』巻四）

蘇軾が蘇轍に「和陶帰去来兮辞」を贈ったのは元符元年（一〇九八）六月であり、その三年後の建中靖国元年（一一〇一）七月末に蘇軾は病歿した。蘇軾の死の約三箇月後に蘇轍が「復た此の篇を得て、乃ち泣して之に和す」と述懐する背景には、生前の蘇軾の希望に沿うことが出来なかった悔恨が窺える。

このような蘇轍の和陶詩に対する消極的とも言える姿勢には、彼の陶淵明観が影響している。蘇轍は、『和陶詩集』の序文に蘇軾書簡を引用した後、次のように総括した。

嗟夫、淵明不肯爲五斗米一束帯見郷里小人。而子瞻出仕三十餘年、爲獄吏所折困、終不能悛、以陥於大難、乃欲以桑楡之末景自託於淵明、其誰肯信之。雖然、子瞻之仕其出入進退、猶可考也。後之君子其必有以處之矣。

嗟夫（ああ）、淵明は五斗米の為に一たび束帯して郷里の小人に見ゆるを肯ぜず。而（しか）るに子瞻は出仕すること三十余年、獄吏の折困する所と為るも、終に悛（あらた）むる能はず、以て大難に陥るに、乃ち桑楡の末景を以て自ら淵明に託さんと欲するは、其れ誰か肯へて之を信ぜん。然りと雖も、子瞻の仕　其の出入進退は、猶ほ考ふべきなり。後の君子は其れ必ず以て之に処すること有らん。

蘇轍「子瞻和陶淵明詩集引」（『欒城後集』巻二十一）

蘇轍は、処世法を異とした蘇軾が陶淵明に倣うことに異論が出るであろうと指摘しつつ、後世にはこの蘇軾の処世を参考とする者が出現すると述べて弁護した。しかし、南宋の費袞によれば、ここは蘇軾に命じられて改訂した箇所であり、蘇轍に随行した末子蘇遠が伝えた元々の草稿には、次のように記されていたという(19)。

嗟夫、淵明隱居以求志、詠歌以忘老。誠古之達者、而才實拙。若夫子瞻、仕至從官、出長八州、事業見於當世。其剛信矣、而豈淵明之拙者哉。
嗟夫（ああ）、淵明は隠居して以て志を求め、詠歌して以て老を忘る。誠に古の達する者なれども、才は実に拙し。夫の子瞻の若きは、仕へては従官に至り、出でては八州に長たり、事業は当世に見る（あらはる）。其の剛なること信（まこと）にして、而して豈に淵明のごとき拙なる者ならんや。

蘇轍「子瞻和陶淵明詩集引草稿」（費袞『梁谿漫志』巻四「東坡改和陶集引」所引）

蘇轍は、陶淵明が自らを「性剛才拙」と評したことを踏まえ、陶淵明と蘇軾の両者が「性剛」である点は共通するものの、朝廷にあっては「従官」、即ち翰林侍読学士兼端明殿学士の肩書きを以て礼部尚書の地位にまで昇り、外任しては八度も知州事となった蘇軾は、畢竟陶淵明のような「才拙」な者ではなかったと述べた。陶淵明・蘇軾両者の処世の相違を述べながら、隠遁を標榜する同志であると評するところは改訂稿と共通するが、草稿では、蘇軾の官歴を特記し、陶淵明の才覚と比較するような記述を行っている。つまり、蘇轍は、陶淵明の詩文を李白・杜甫よりも上位としたが、政治的功績を遺せなかった処世については評価しなかったのである。しかし、蘇軾は、剛直な性格に根ざした激烈な政治的野心とそれを自省して早々に隠遁した潔い処世という陶淵明の二面性こそを高く評価した[20]。それは蘇軾が陶淵明の詩文を「質にして実は綺、癯にして実は腴たり」と評したことからも明らかである。故に、蘇軾は蘇轍に草稿の修正を命じたのであろう。

このように、蘇軾から「和陶飲酒二十首」を始めとする多くの和陶詩を寄贈され、更に大作の継和や『和陶詩集』序文の制作を依頼された蘇轍は、和陶詩の共同制作者としての役割を期待されていたと言えよう。しかし、彼は、蘇軾ほどの陶淵明に対する強い共感を持つに至らず、その期待に完全に添うことが出来なかったのである。

三　蘇軾歿後の蘇轍と和陶詩――其の遺意に逆らはざるを示すのみ

蘇軾の和陶詩に対する情熱を知悉していた蘇轍は、蘇軾歿後にその期待に半ば背いたことを後悔したらしい。それが表れたのが、蘇轍の「追和陶帰去来兮辞」である。

歸去來兮　　帰りなんいざ、
歸自南荒又安歸　　南荒より帰るに　又た安くにか帰らん。
鴻乘時而往來　　鴻は時に乗じて往来するに、
曾奚喜而奚悲　　曾て奚ぞ喜び　奚ぞ悲しまん。

蘇轍は、潁昌府（河南省許昌市）において致仕した際、そこで共に帰隠せんとしたが、その希望は当時の政治情勢から叶わず、更には蘇軾に先立たれてしまう。故に、蘇轍は、過去の南遷の悲しみも北帰の喜びも無に帰し、ただ深い喪失感を持つに至ったのである。蘇轍によると、蘇軾は蘇轍に対して次のように遺言したという。

既飯稻以食肉　　既に稲を飯し以て肉を食ふ、
撫簞瓢而愧顔　　簞瓢を撫でて顔に愧づ。

感烏鵲之夜飛　　烏鵲の夜に飛び、
樹三繞而未安　　樹　三たび繞りて　未だ安からざるに感ず。
有父兄之遺書　　父兄の遺書有り、
命却掃而閉關　　却掃して関を閉づるを命ず。
知物化之如幻　　物化の幻の如きを知り、
蓋捨物而内觀　　蓋し物を捨てて　内をば観る。
氣有習而未忘　　気に習ひ有りて　未だ忘れず、
痛斯人之不還　　斯の人の還らざるに痛む。
將築室乎西廛　　将に室を西廛に築せんとし、
堂已具而無桓　　堂　已に具へて　桓無し。

亡くなった蘇洵や蘇軾は、蘇轍に潔く致仕した後は閉門して俗世から離れるように命じ、蘇轍はそれに忠実に従った[21]。また、蘇轍は、「人生似幻化、終當歸空無[22]（人生は幻化に似たり、終に当に空無に帰すべし）」と詠んだ陶淵明への共感を示しつつ、屋敷の西側に蘇軾のために造営した垣根の無い居室を眺め、「斯の人の還らざる」を思って悲嘆に暮れたのである。蘇轍は、蘇軾歿後のそうした自分自身を次のように描いた。

歸去來兮　　帰りなんいざ、
世無斯人誰與遊　　世に斯の人無くして誰と与にか遊ばん。

龜自閉於牀下
息眇緜乎無求

亀のごとく自ら牀下に閉ざし、
息　眇緜乎として求むること無し。

このように、蘇轍は、「亀」のように閉門して人と交流せず、俗世における栄達も隠遁による閑適も何も求めないという状況であった。蘇轍がひたすら求めたのは、蘇軾と隠遁して遊ぶ夢であった。そして、この辞は、次のように結ばれる。

已矣乎
斯人不巧惟知時
時不我知誰爲留
歳云往矣今何之
天地不吾欺
形影尚可期
相冬廩之億秭
知春壟之耘耔
視白首之章韍
信稚子之書詩
若姸醜之已然

已んぬるかな、
斯の人　巧みならずして　惟だ時を知るのみ。
時　我を知らずして　誰か為に留めん、
歳云（ここ）に往くに　今何（いづ）くにか之かん。
天地　吾を欺かず、
形影　尚ほ期すべし。
冬廩の億秭を相て、
春壟の耘耔を知る。
白首の章韍を視て、
稚子の書詩を信ず。
姸醜の已に然（しか）るが若（ごと）きは、

豈復臨鏡而自疑　豈に復た鏡に臨みて自ら疑はんや。

蘇轍「追和陶歸去來兮辭」（『和陶詩集』巻四）

即ち、蘇轍は、蘇軾を失ったために真に帰隠すべき時機も判らずに苦悩していた。しかし、蘇軾の晩年の「章韍（印章と官服）」を整理しながら、蘇軾から託せられた遺児が素晴らしい「書詩」を遺すであろうことを確信したという[23]。そして、同様に蘇軾に先立たれた自分を見つめ直し、その長所・短所がもはや変わりようのないことを実感する。蘇轍の不変なる所とは、才及ばずとも常に蘇軾に従い、その希望に添おうと努めるところであった。この序にて「其の遺意に逆らはざるを示すのみ」と言明したように、蘇轍は、蘇軾の遺志を継ぐことで、和陶詩を巡る心残りを払拭せんとしたのである。

蘇轍が晩年に「潁濱遺老」と号したのも、その決意の表れであろう。これは「潁水のほとりに住まう生き残った老夫」の意味であり、古代の隠士許由が堯帝から天下を譲られようとした際、汚らわしいことを聞いたとして潁水で耳を洗ったという有名な故事に依拠したことは疑いない。更に、以下に挙げる陶淵明詩も、蘇轍の念頭にあったと考えて良かろう。

負痾頽簷下　痾を負ふ　頽簷の下、
終日無一欣　終日　一の欣びも無し。
藥石有時閒　薬石　時有りてか間に、
念我意中人　我が意中の人を念ふ。

相去不尋常
道路邈何因
周生述孔業
祖謝響然臻
道喪向千載
今朝復斯聞
馬隊非講肆
校書亦已勤
老夫有所愛
思與爾爲鄰
願言誨諸子
從我潁水濱

相去ること尋常ならず、
道路　邈たるは何にか因らん。
周生　孔業を述べ、
祖と謝とは響然として臻る。
道　喪びて千載に向んとするに、
今朝　復た斯に聞く。
馬隊　講肆に非ざるに、
校書　亦た已に勤む。
老夫　愛する所有り、
爾と隣為らんと思ふ。
願はくは言に諸子に誨えん、
我に従へ　潁水の濱に。

陶淵明「示周續之・祖企・謝景夷三郎」（『陶淵明集』巻二）

これは、刺史の檀韶に招かれて「孔業」、即ち、孔子の業績たる経学を講じた、周続之を始めとする三人の隠者に対して示した詩であり、陶淵明は、彼らのそうした権力者への迎合と浅学を皮肉ったとされる。自らを病に苦しむ「老夫」であるとしながら、「愛する所」、即ち子どもたちを教導するために、高潔なる許由の隠れ家たる「潁水の濱」に居す自分に従うよう三人に促す言葉からは、陶淵明の強い自負心が窺える。そして、「潁濱遺老」たる蘇轍も、この陶淵明詩の姿勢に倣って諸々の俗事を謝絶しつつ、一族や門下を教え導くことに専念した。蘇轍にとって、広く教え伝えるべきことは、まず第一に蘇軾の遺志と思想であった。

既述したように、蘇軾は、和陶詩を以て陶淵明を模範とした自らの処世を現実の同志に示そうと考えていた。蘇轍が『和陶詩集』の序文に引用した書簡において、蘇軾は、陶淵明の処世について次のように言及している。

> 然吾於淵明豈獨好其詩也哉。如其爲人、實有感焉。淵明臨終疏告儼等「吾少而窮苦、每以家貧、東西遊走。性剛才拙、與物多忤。自量爲己必貽俗患、黽勉辭世、使汝等幼而飢寒。」淵明此語蓋實錄也。吾今眞有此病、而不蚤自知、半生出仕、以犯世患。此所以深服淵明、欲以晩節師範其萬一也。
> 然るに吾　淵明に於いて豈に独り其の詩を好むのみならんや。其の為人の如きは、実に感有り。淵明　臨終に疏して儼等に告ぐ「吾　少くして窮苦し、毎に家貧なるを以て、東西に遊走す。性剛才拙にして、物と忤ふこと多し。自ら量るに己の必ず俗患を貽すと為し、黽勉して世を辞し、汝等をして幼くして飢寒せしむ」と。淵明の此の語は蓋し実録なり。吾　今真に此の病有るも、蚤に自ら知らず、半生出仕して、以て世患を犯す。此れ深く淵明に服する所以にして、晩節を以て其の万一を師範とせんと欲す。
>
> 蘇轍「子瞻和陶淵明詩集引」（『欒城後集』巻二十一）

ここで蘇軾が挙げたのは、陶淵明が五人の息子――儼・俟・份・佚・佟に与えた「与子儼等疏」の一節である。[24] 陶淵明にとって、この疏文の主旨は、「然汝等雖不同生、當思四海皆兄弟之義（然るに汝等　同生ならずと雖も、当に四海皆兄弟の義を思ふべし）」と述べるように、自らの処世を示して苦境下における息子達の連携を期することにあった。そして、これを引用した蘇軾も、嶺南における自身の処世を示すことで苦境に直面する子弟を慰撫しようと考えたのではないだろうか。しかし、北帰後間もなく病を得て歿した蘇軾には、それを遂行することは出来なかった。そのため、蘇轍が、蘇軾の遺志を実現しようと考えたのである。

蘇軾歿後の和陶詩について、蘇門の門人であり、晁補之の族弟である晁説之（字は以道）は次のように述べている。

> 足下愛淵明所賦「歸去來辭」、遂同東坡先生和之、是則僕之所未喩也。建中靖國間、東坡「和歸去來」初至京師、其門下賓客又従而和之者數人、皆自謂得意也。陶淵明紛然一日滿人目前矣。參寥忽以所和篇視予、率同賦、予謝之曰「造之者富、隨之者貧。童子無居位、先生無並行。與吾師共推東坡一人於淵明間可也。」
>
> 足下は淵明の賦する所の「帰去来の辞」を愛し、遂に東坡先生と同に之に和するに、是れ則ち僕の未だ喩らざる所なり。建中靖国の間、東坡の「帰去来に和す」は初めて京師に至り、其の門下賓客　又た従ひて之に和する者数人、皆自ら意を得たりと謂ふ。陶淵明　紛然として一日に人目の前に満つ。参寥　忽ち和する所の篇を以て予に視し、率ひて同に賦せしめんとするも、予　之を謝りて曰く「之に造る者は富み、之に随ふ者は貧す。童子は位に居ること無く、先生は並び行くこと無し。吾が師と共に東坡一人のみ淵明の間に推すこと可なり」と。
>
> 晁説之「答李持國先輩書」（『嵩山文集』[25] 巻十五）

即ち、蘇軾の歿年である建中靖国元年（一一〇一）以降、蘇軾の「和陶帰去来兮辞」が国都開封府（河南省開封市）に伝わり、釈道潜を含む蘇門の門人たちが、蘇軾の「和陶帰去来兮辞」に継和したという。そして、晁説之には快く思われていなかったらしいこの風潮は、蘇轍の発議に因るものであったと考えられる。というのも、同じく門人である李之儀（字は端叔）が、次のように回想しているからである。

予在潁昌、一日從容、黄門公遂出東坡所和。不獨見知爲幸、而於其卒章始載「其後身盡和」。平日談笑、間所及、公又曰「家兄近寄此作、令約諸君同賦、而南方已與魯直・少游相期矣。二君之作未到也。」居數日、黄門公出其所賦、而輒與牽強。後又得少游者、而魯直作與不作未可知、竟未見也。張文潛・晁無咎・李方叔亦相繼而作、三人者雖未及見、其賦之則久矣、異日當盡見之。

予　潁昌に在りしとき、一日従容たり、黄門公（蘇轍）遂に東坡の和する所を出だす。独り見知して幸ひと為すのみならず、而も其の卒章に於いて始めて「其の後身にして尽く和せり」と載す。平日談笑して、間ま及ぶ所あり、公又た曰く「家兄　近く此の作を寄せ、諸君の同に賦するを約せしめんとし、南方にて已に魯直・少游と相ひ期せり。二君の作　未だ到らず」と。居ること数日、黄門公　其の賦する所を出し、輒ち牽強を与ふ。後に又た少游の者を得るも、魯直の作るか作らざるかは未だ知るべからずして、竟に未だ見ず。張文潜・晁無咎・李方叔も亦た相ひ継いで作り、三人の者は未だ見るに及ばずと雖も、其の之を賦すこと則ち久し、異日当に尽く之を見るべし。

李之儀「跋東坡諸公追和淵明歸去來引後」（『姑溪居士後集』[26]巻十五）

李之儀は、潁昌府において蘇轍から蘇軾の「和陶帰去来兮辞」を見せてもらう機会を得たという。その後、蘇轍は、生前の蘇軾が「諸君の同に賦するを約せしめん」とし、先ず黄庭堅（字は魯直）と秦観（字は少游）に「帰去来兮辞」の和韻を求めたという経緯を語ったのであった。李之儀が潁昌府にいた時期は、河東路の提挙常平倉に務めていた元符三年（一一〇〇）から崇寧元年（一一〇二）七月までであるため、彼が蘇轍と面会した時期は、蘇轍が「帰去来兮辞」に追和した建中靖国元年（一一〇一）十月から崇寧元年（一一〇二）七月までの間に限定できる。これは、潁昌府の北隣に位置する開封に蘇軾の「和陶帰去来兮辞」が広まった時期にも重なるのである。

更に、李之儀が「黄門公　其の賦する所を出し」たと述べているように、蘇轍は、門人に追和を求める際に、蘇軾の和陶詩とともに自らの和陶詩も提示した。蘇軾の「和陶帰去来兮辞」は、瘴癘の地である海南島で陶淵明の如き隠遁を果たした自らを陶淵明の「後身」であると誇った作であり、蘇轍の「追和陶帰去来兮辞」は、蘇軾の急逝を嘆きながら、その遺志を継承することを暗示した作である。この二首の和陶詩によって、多くの門人は「陶淵明→蘇軾」の後を継ぐことを世に明らかにするには、「帰去来兮辞」の追和が最適であると考えるに至ったのであろう。このように、蘇軾歿後の蘇轍は、蘇軾の「帰去来兮辞」の和詩とともに、己の悲哀と悔恨を詠った追和詩も示しつつ、蘇門の門人たちに和陶詩の継承を促したのである。

四　蘇門の和陶詩と後世への影響――後の君子は其れ必ず以て之に処すること有らん

蘇轍は、元符三年（一一〇〇）に大赦によって北帰を果たしてから、政和二年（一一一二）十月三日に享年七十四で歿するまでの約十二年間、経書の注釈や別集の編纂をしつつ、親族や門人を相手に、和陶詩の、特に「帰去来兮辞」の継承を働きかけていた。蘇轍から蘇軾の遺言や和作の経緯を聞いた李之儀は、崇寧元年（一一〇二）に「帰去来兮辞」に追和し、他に張耒・晁補之・李廌（字は方叔）もそれに追従したという。以下、現存する蘇門の和陶詩を挙げる。

作者	制作時期	年齢	作品名（各別集における巻数）
秦観	元符三年（一一〇〇）	52	「和淵明歸去來辭」（『淮海集』巻一）
晁補之	元祐七年（一〇九二）	40	「飲酒二十首、同蘇翰林先生次韻追和陶淵明」（『雞肋集』巻四）
	崇寧元年（一一〇二）以降	50～	「追和陶淵明歸去來辭」（『雞肋集』巻三）
張耒	紹聖三年（一〇九六）	43	「次韻淵明飲酒詩」（『柯山集』巻七）
	崇寧元年（一一〇二）以降	49～	「和歸去來詞」（『柯山集』巻五）
李之儀	崇寧元年（一一〇二）	55	「次韻子瞻追和歸去來」（『姑溪居士後集』巻十三）
蘇過	元符二年（一〇九九）	28	「次陶淵明正月五日游斜川韻」（『斜川集校注』巻一）
	宣和三年（一一二一）	50	「小斜川幷引」（『斜川集校注』巻六）

このように、彼らの和陶詩の多くは「飲酒二十首」と「帰去来兮辞」を対象としたものであり、蘇過を除いた四人が「帰去来兮辞」に追和した。また、作品は現存しないものの、前掲の晁説之の書簡及び李之儀の跋文の内容から、崇寧元年（一一〇二）に潁昌府の蘇轍のもとに弔問に訪れた釈道潜と、蘇轍と同時期に潁昌府に居住していた李廌も、「帰去来兮辞」に追和したことが判る。[27] 元符三年（一一〇〇）六月下旬に雷州にて蘇軾から直接和韻を求められた秦観以外は、潁昌府を拠点に和陶詩の継承を促した蘇轍の要請に因ると考えて良かろう。

蘇轍が隠棲した潁昌府は、『宋史』地理志によると、次のようなところである。

潁昌府、次府、許昌郡、忠武軍節度、本許州。元豐三年升爲府、崇寧四年爲南輔隷京畿、大觀四年罷輔郡、政和四年復爲輔郡隷京畿、宣和三年復罷輔郡依舊隷京西北路。崇寧戸六萬六千四十一、口一十六萬一百九十三。貢絹・薦席。縣七、長社・郾城・陽翟・長葛・臨潁・舞陽・郟。

潁昌府、次府、許昌郡、忠武軍節度にして、本は許州なり。元豐三年（一〇八〇）升りて府と為り、崇寧四年（一一〇五）南輔と為りて京畿に隷し、大観四年（一一一〇）輔郡を罷め、政和四年（一一一四）復た輔郡と為りて京畿に隷し、宣和三年（一一二一）復た輔郡を罷して旧に依り京西北路に隷す。崇寧に戸は六万六千四十一、口は一十六万一百九十三なり。絹・薦席を貢す。県は七、長社・郾城・陽翟・長葛・臨潁・舞陽・郟なり。

即ち、潁昌府は原名を許州といい、元豊三年（一〇八〇）に次府として昇格し、崇寧四年（一一〇五）には開封の「四輔郡」の一角の「南輔」となるほどの要地であった。また、同時に旧法党人ゆかりの地であり、蘇轍の隠棲後はその縁故が強化された。

許洛兩都軒裳之盛、士大夫之淵藪也。黨論之興、指爲許洛兩黨。崔鶠徳符・陳恬叔易皆戊戌生、田晝承君・李廌方叔皆己亥生、竝居潁昌陽翟、時號戊己四先生、以爲許黨之魁也。故諸公坐廢之久。

許洛の両都は軒裳の盛、士大夫の淵藪なり。党論の興るに、指して許洛の両党と為す。崔鶠徳符・陳恬叔易は皆戊戌（嘉祐三年、一〇五八）の生、田昼承君・李廌方叔は皆己亥（嘉祐四年、一〇五九）の生にして、並びに潁昌の陽翟に居り、時に戊己の四先生と号し、以て許党の魁と為す。故に諸公　坐して廃せらるること久し。

張邦基『墨莊漫録』巻四「戊己四先生」

つまり、潁昌府は、失意の旧法党人が結集した地として、洛陽と併称されていた。蘇軾・蘇轍兄弟の政界における後見人であり、姻戚関係も結んだ蜀の名士范鎮（字は景仁）の一族も潁昌府に居を構えており、蘇轍が終の住処として潁昌府を選択したのは、この范氏一族の影響もあったと見られる。[28] 清の王士禛は、「蜀洛之黨亦曰許洛。蓋以潁濱晩居許田（蜀洛の党は亦た許洛と曰ふ。蓋し潁濱（蘇轍）の許田に晩居するを以てす）」と述べ、元祐年間（一〇八六―九三）に旧法党内で抗争した「蜀党」と「洛党」の延長上に「許洛の両党」があり、徽宗朝初期における許党の形成が、蜀党の有力者であった蘇轍の影響に因るものであると指摘した。[29] 時人は、その「許党の魁」たる崔鶠（字は徳符）・陳恬（字は叔易）・田昼（字は承君）・李廌をして「戊己の四先生」と総称した。このうち、李廌・陳恬には蘇轍との詩文交流が確認できることから、[30] 蘇轍が後援したと見られる「許党」には、新たな門人の育成という側面があったと考えられる。

そして、蘇轍は、「蘇門」に「帰去来兮辞」の追和を勧め、和陶詩の継承を促したが、この「許党」に対しても同様であったらしい。「栗里譜」という陶淵明年譜を制作した南宋の王質は、「帰去来兮辞」に和韻した際、次のような小序を付した。

元祐諸公多追和柴桑之辭。自蘇子瞻發端、子由繼之、張文潛・秦少游・晁無咎・李端叔又繼之、崇寧崔徳符・建炎韓子蒼又繼之。

元祐の諸公は多く柴桑の辞に追和す。蘇子瞻より端を発し、子由は之に継ぎ、張文潛・秦少游・晁無咎・李端叔も又た之に継ぎ、崇寧の崔徳符・建炎の韓子蒼も又た之に継ぐ。

王質「和陶淵明歸去來辭」序（『雪山集』[31]巻十一）

このように、蘇軾・蘇轍や旧来の蘇門の門人に続いて、許党の「戊己の四先生」の一角である崔鶠が崇寧年間（一一〇二―〇六）に「帰去来兮辞」に和韻し、更に、蘇轍晩年の弟子である韓駒（字は子蒼）も、蘇轍の歿後ではあるが、南宋初頭の建炎年間（一一二七―三〇）に至って継和したという[32]。崔鶠・韓駒の「和陶帰去来兮辞」は現存しないため、蘇轍が彼らに直接促したとは明言できないが、彼らの継和が蘇轍の影響を受けて行われたことは間違いなかろう。

ところで、蘇轍が特に「帰去来兮辞」を選択してその和作を奨励し、門人もそれに応じたのは一体何故だったのか。前述した生前の蘇軾の意図や蘇轍の配慮によって、門人が蘇軾の衣鉢を継承しようとしたことも一因であろうが、北宋末期の政治状況にも要因を求められよう。崇寧元年（一一〇二）以降、「蘇門」の多くは、所謂「元祐党禁」によって、僻遠の地に貶謫されたり、免職や致仕に追い込まれたりしていた。「許党」の面々も、「坐して廃せらるること久し」と、潁昌府に逼塞していた。このように中央政界から放逐された人々にとって、「五斗米の為に一たび束帯して郷里の小人に見ゆるを肯ぜず」に隠遁した陶淵明と、その陶淵明に倣って「海外に在りと雖も、未だ嘗て帰せずんばあらず」と宣言した蘇軾が詠んだ「帰去来兮辞」に継和することは、その強靱かつ自由な人生観を共有し、政治的不遇による苦しみから自分自身を解放することに繋がったのであろう。実際に、「帰去来兮辞」の追和の際、張耒は「耒輒自憫其仕之不偶、又以弔東坡先生之亡、終有以自廣也（耒は輒ち自ら其の仕の不偶なるを憫ひ、又た東坡先生の亡を弔ふを以て、終に以て自ら広むること有り）」と自注し、晁補之も「非擬其辭也、繼其志也（其の辞を擬ふに非ず、其の志を継ぐなり）」と序した。その意識は、後世の和陶詩人にも共通するものであり、蘇轍は、「帰去来兮辞」を代表とする蘇軾の和陶詩の求心力によって、蘇軾歿後の蘇門を統率せんとしたのである。

更に、後の南宋においても、和陶詩を詠む者が出現した。これには、蘇轍が潁昌府において指導した門人の影響も考慮に入れる必要がある。李之儀の遺文を編纂した呉芾は、多くの和陶詩を詠んでそれを『和陶詩』全三巻にまとめ、崔鷗に詩を学んだ陳与義は、「諸公和淵明「止酒詩」、因同賦（諸公 淵明の「止酒詩」に和するに、因りて同に賦す）」という詩題が示すように、友人と「止酒詩」に和韻した。(33) また、それ以外にも、「帰去来兮辞」に限ると、前述の王質に加えて、釈恵洪・李綱・周紫芝・王十朋・方岳・喩良能・楊万里・柴望・家鉉翁が、金では趙秉文が詠んだ。結果として、これらの諸文人を含め、陳造・陳起・朱熹・趙蕃・張栻・張鎡・劉黻・舒岳祥・于石も和陶詩を詠み、更に、宋代以降も和陶詩人が続出した。その立場は、隠者、謫臣から高官や皇帝に至るまで様々であるが、歴代の文人が競って和陶詩を詠み継いだのである。そして、このように和陶詩制作が盛行した基因は、先ず蘇門の門人が先師蘇軾を偲んで和陶詩に追和したことであったと言えよう。

小結

平素から陶淵明の如き隠遁を切望していた蘇軾は、嶺南流謫によって陶淵明への共感が深化し、全陶淵明詩に和韻して己の処世と心情を表明することを決意した。蘇軾は、旧来の唱和詩・擬古詩とは性質を異とする

「和陶詩」を創始したことを誇り、遂に「帰去来兮辞」の和韻を以て自らを陶淵明の「後身」であると宣言した。更に、蘇軾は、和陶詩を媒介とする連帯感が、現実の同志である蘇門の門人の間に浸透し、「後の君子」に継承されることを望んだのである。

その遺志を受け継いだのが実弟蘇轍であった。蘇轍は、和陶詩の共同制作者たることを蘇軾から嘱望されていた。蘇軾の歿後、その役目を十分に果たせなかったことを後悔した蘇轍は、改めて積極的に蘇門における和陶詩の継承に乗り出したのである。そして、「元祐党禁」による粛正が開始されようとする時期にあって、門下に和陶詩の、特に「帰去来兮辞」の追和を促した。この時の門下の継承姿勢は一様ではなかったが、蘇轍と同様に、晩年に陶淵明に因んだ号を名乗って隠棲した晁補之（号は帰来子）や蘇過（号は斜川居士）のような、蘇軾の後進とならんとする門人も多数存在した。また、致仕後の蘇轍が拠点とした潁昌府には、元祐党人とその子弟が多く隠棲しており、旧来の門人以外に、蘇轍が新たに門下とした者や、間接的にその影響を受けた者がおり、「許党」と総称された。その新たな門人も「帰去来兮辞」に追和し、政治的不遇による閉塞感や悲哀から自分自身を解放したのである。これによって多くの和陶詩人が出現し、中国文学史における新たな唱和詩賦の系譜が形成されることになった。奇しくも蘇轍が『和陶詩集』の序文にて述べた「後の君子は其れ必ず以て之に処すること有らん」という予言が的中したのであり、それには蘇轍の尽力に負うところが大きかったのである。

▽注

（1）以下、蘇軾・蘇轍の和陶詩は、台湾国立中央図書館所蔵『東坡先生和陶淵明詩』こと『和陶詩集』を底本とし、適宜各単行の諸本を参照して改めた。

（2）蘇軾は、「予飲酒終日、不過五合。天下之不能飲、無在予下者。然喜人飲酒、見客擧盃徐引、則予胸中爲之浩浩焉落落焉、乃過於客。閑居未嘗一日無客、客至未嘗不置酒。天下之好飲、亦無在予上者（予は酒を飲むこと終日なるも、五合を過ぎず。天下の飲む能はざる、予の下に在る者無し。然れども人の酒を飲むを喜び、客の盃を挙げて徐ろに引くを見れば、則ち予の胸中は之が為に浩浩として落落たること、乃ち客に過ぐ。閑居して未だ嘗て一日として客無きことなし、客至りて未だ嘗て置酒せずんばあらず。天下の飲むを好む、亦た予の上に在る者無し）」（「書東皐子傳後」、『蘇軾文集』巻六十六）と述べるように、ほぼ下戸であったが、客人との酒宴を好んだ。以下、蘇軾の散文は『蘇軾文集』（全六冊、中華書局、一九八六年）を底本とする。

（3）晁補之「飲酒二十首、同蘇翰林先生次韻追和陶淵明」（『雞肋集』巻四）、張耒「次韻淵明飲酒詩」（『柯山集』巻七）のことである。また、張耒詩の序文には、「紹聖丙子、得官明道。寓居宛丘、職閒無事、終日杜門。人知其好飲也、或饋之酒、不問寒暑、日輒數酌。飲雖不多、而樂則有餘。因讀淵明「飲酒詩」、竊愛其詞文而慕其放達、因次其韻。嗟余與淵明神交於千載之上、豈敢論詩哉、直好飲者庶幾耳。得詩十九首（紹聖丙子（紹聖三年、一〇九六）、官を得て道を明らかにせんとす。宛丘に寓居し、職閒にして事無く、終日門を杜づ。人　其の飲むを好むを知るや、或ひと之れ酒を饋り、寒暑を問はず、日び輒ち数酌す。飲むこと多からずと雖も、楽は則ち余り有り。因りて淵明の「飲酒詩」を読み、窃かに其の詞文を愛して其の放達を慕ひ、因りて其の韻に次す。嗟　余と淵明とは千載の上に神交あるも、豈に敢へて詩を論ぜんや、直だ飲むを好む者の庶幾からんのみ。詩の十九首を得たり）」とある。

（4）小川環樹「蘇東坡の一生とその詩」（『蘇軾　上』、中国詩人選集二集第五巻、岩波書店、一九六二年）の九頁に、「これ（和陶詩）はかれ（蘇軾）の淵明の文学への深い愛好と傾倒を示すものであるが、かれ自身の和作だけを読んでも、黄州のころに比べてさらに澄明な心情が感ぜられる」とある。

(5) 元祐七年（一〇九二）、蘇軾は正月に知揚州軍州事に叙任せられたが、九月に召還されて兵部尚書に、十一月に礼部尚書に昇った。同年六月、蘇轍は尚書右丞から門下侍郎に昇進した。

(6) 原詩である陶淵明「飲酒二十首」其五では、「問君何能爾、心遠地自偏。採菊東籬下、悠然見南山（君に問ふ　何ぞ能く爾（しか）ると、心遠くして地自ら偏たり。菊を採る　東籬の下、悠然として南山を見る）」と、隠遁を楽しむ様が詠まれた。同元祐七年（一〇九二）、蘇軾は「望」字を非とし、「見」字を是とするなど（『蘇軾文集』巻六十七「題淵明飲酒詩後」）、この詩に強い関心を示した。

(7) 蘇軾「和陶歸園田居六首」の序文に「三月四日、游白水山佛迹巖、沐浴於湯泉、晞髪于懸瀑之下、浩歌而歸。……歸臥既覺、聞兒子過誦淵明「歸園田居詩六首」、乃悉次其韻。……今書以寄妙總大士參寥子（三月四日、白水山の仏迹巌に游び、湯泉に沐浴し、髪を懸瀑の下に晞して、浩歌して帰る。……帰臥して既に覚め、児子過の淵明「園田の居に帰る詩六首」を誦するを聞き、乃ち悉く其の韻に次す。……今書きて以て妙総大士参寥子に寄す）」とある。

(8) 蘇轍「子瞻和陶淵明詩集引」は『和陶詩集』に未収録であるため、『欒城後集』より引いた。

(9) 鮑照「學陶彭澤體」（四部叢刊本『鮑氏集』巻四）。該詩には「奉和王義興」と題注が付されている。他にも江淹・韋応物・白居易などが擬陶詩を創作している。

(10)『全唐詩』巻六七一に晩唐の唐彦謙の作として「和陶淵明貧士詩七首」を収録するが、王兆鵬「唐彦謙四十首贋詩證偽」（『中華文史論叢』第五十二輯、上海古籍出版社、一九九三年）によって、これは元の戴表元の作であると立証されている。

(11) 内山精也「蘇軾次韻詩考」（『中国詩文論叢』第七集、中国詩文研究会、一九八八年）の統計では、主に『蘇軾詩集』の編年によって、蘇軾は嶺南時代〔紹聖元年（一〇九四）十月～紹聖四年（一〇九七）六月〕に五十八首、海外時代〔紹聖四年（一〇九七）六月～元符三年（一一〇〇）〕に四十六首の和陶詩を詠んだとする。筆者は、後掲の附録1《蘇軾和陶詩編年表》のように、蘇軾は揚州時代に二十首、嶺南時代に四十八首、海外時代に五十六首の和陶詩を詠んだと見なした。また、陶淵明詩のうち「榮木」「贈長沙公」「酬丁柴桑」「命子」「歸鳥」「諸人共遊周家墓柏下」

「悲従弟仲徳」「庚子歳五月中従都還阻風於規林二首」「癸卯歳十二月中作與從弟敬遠」「戊申歳六月中遇火」「述酒」「責子」「有會而作」「蜡日」「擬挽歌辭三首」「聯句」に、蘇軾は和韻していない。蘇軾晩年の文集は当時の政治情勢故に出版には至らず、草稿であった可能性が高い。

(12) この欧陽脩の評語は、蘇軾「跋退之送李愿序」(『蘇軾文集』巻六十六)に見える。

(13) 胡仔『苕溪漁隱叢話後集』巻二十八(商務印書館、一九三七年)。

(14) 曾棗荘「南宋蘇軾著述刊刻考略」(『三蘇研究　曾棗荘文存之一』、巴蜀書社、一九九九年)、その三四八頁に、「《東坡集》可能是蘇軾〝京師印本《東坡集》〟的基礎上手自編定，《東坡後集》可能是蘇軾與其三子在劉沔所編二十巻詩文的基礎上編定。至于《和陶詩》不載入《後集》，則決不是如胡仔所説的〝大為闕文〟，而是因為蘇軾生前已把和陶詩單獨另編成集，有蘇轍《追和陶淵明詩引》為證。無論《後集》是蘇軾生前自己所編，還是蘇軾之子所編，都没有必要把《和陶詩》重新收入《後集》(『東坡集』は蘇軾が「京師印本の『東坡集』」を基礎に手ずから編定したもので、『東坡後集』は蘇軾とその三人の子が劉沔の編んだ二十巻の詩文を基礎に編定したものであろう。「和陶詩」が『後集』に採録されていないことについては、決して胡仔の言うような「闕文」ではない。蘇軾の生前に既に「和陶詩」が単独で編纂されて詩集と成ったことは、蘇轍「子瞻和陶淵明詩集引」によって明らかである。『後集』が蘇軾の生前に自編されたものにせよ、息子たちによる編纂にせよ、「和陶詩」を改めて『後集』に収録する必要はなかったのである)」とある。また、同「蘇軾著述生前編刻情況考略」(『三蘇研究　曾棗荘文存之一』の二三六頁)にも「至于《和陶詩》不載入《後集》，則決不是如胡仔所説的〈大為闕文〉，它正反映了蘇軾的意圖(「和陶詩」が『東坡後集』に採録されていないのは、胡仔の言うような「闕文」ではなく、それこそが正に蘇軾の意図を反映したものであった)」とある。

(15) 蘇籀『欒城先生遺言』は、以下、『全宋筆記』第三編七(大象出版社、二〇〇八年)収録のものを底本とするが、適宜諸本を参照し、句読点を含め、改めた。

(16) 南宋の周必大「蘇文定公遺言後序」(『文忠集』巻五十二、台湾商務印書館、一九七一年)に「至「和陶擬古九首」則明言坡代作、識者當自得之(「陶の擬古九首に和す」に至りて則ち坡の代作たるを明言し、識る者当に之を自得すべし）」とある。明の焦竑は「至「和陶擬古九首」「大悲圓通閣記」本子由作、見『欒城遺言』（「陶の擬古九首に和す」「大悲圓通閣記」は本もと子由の作なり、『欒城遺言』に見ゆ）」と述べるが（『澹園續集』巻一「刻蘇長公外集序」）、これは原文「坡代公作（坡の公に代へて作る）」を「代坡公作（坡公に代はりて作る）」と解したためか。

（17）蘇轍「繼和陶擬古九首」は「次韻子瞻和淵明擬古九首」として『欒城後集』巻二に所収、其五に「海康雜蠻蜑、禮俗久未完。我居近閭閻、請先化衣冠（海康 蛮蜑に雑りて、礼俗 久しく未だ完せず。我が居は閭閻に近し、先づ衣冠を化さんことを請ふ）」とある。但し、蘇轍「繼和陶雜詩十一首」は『欒城後集』に未収録である。『欒城集』『欒城後集』『欒城三集』全八十四巻が蘇轍の自編であることは、蘇轍が「欒城後集引」「欒城第三集引」（『蘇轍集』第四冊所収）で明言している。

（18）蘇轍「子瞻和陶公讀山海經詩、欲同作。而未成、夢中得數句、覺而補之」（『欒城後集』巻二）。

（19）費袞『梁谿漫志』（上海古籍出版社、一九八五年）を底本とする。また、「東坡改和陶集引」は、「此文今人皆以爲潁濱所作、而不知東坡有所筆削也。宣和間、六槐堂蔡康祖、得此稿於潁濱第三子遜、因錄以示人、始有知者（此の文 今の人は皆以て潁濱（蘇轍）の作る所と為し、東坡の筆削する所有るを知らず。宣和の間、六槐堂の蔡康祖は、此の稿を潁濱の第三子遜より得、因りて録して以て人に示し、始めて知る者有り）」と後述する。

（20）陶淵明「雜詩十二首」其五（『陶淵明集』巻四）に「憶我少壯時、無樂自欣豫。猛志逸四海、騫翮思遠翥（憶ふ我が少壮の時、楽しみ無きも自ら欣豫す。猛志 四海に逸せ、翮を騫げて遠く翥ばんと思へり）」とある。蘇軾は陶淵明の「猛志」をその詩文から感得したのであろう。

（21）蘇轍「遺老齋絶句十二首」其十（『欒城三集』巻二）に「避事已謝客、養性不看書（事を避けて已に客を謝り、養性して書を看ず）」と詠むように、晩年の蘇轍は政治的配慮のため、親族や門人以外は概ね杜門謝客した。

（22）陶淵明「歸園田居五首」其四（『陶淵明集』巻二）。

（23）蘇籀『欒城先生遺言』に「公曰『六郎作詩髣髴追前人、畫墨竹過李康年遠矣』（公（蘇轍）「六郎は詩を作れば髣髴として前人を追ひ、墨竹を画けば李康年に過ぐること遠し」と曰ふ）」とあり、この「六郎」は蘇過を指す。

（24）陶淵明「與子儼等疏」（『陶淵明集』巻七）。
（25）以下、晁説之の詩文は、『嵩山文集』（上海書店、四部叢刊續編、一九八五年）を底本とする。
（26）以下、李之儀の詩文は、『姑溪居士前集』『姑溪居士後集』（四庫全書本）を底本とする。この跋文の「於其卒章始載『其後身盡和』（其の卒章に於いて始めて『其の後身にして尽く和せり』と載す）」の、「其の卒章」は蘇軾「和陶歸去來兮辭」の卒章を指し、「其の後身にして尽く和せり」はそこで詠まれた「師淵明之雅放、和百篇之清詩。賦歸來之新引、我其後身蓋無疑（淵明の雅放を師とし、百篇の清詩に和す。帰来の新引を賦せば、我　其の後身たること蓋し疑ひ無し）」を概説したものであろう。また、崇寧元年（一一〇二）七月、李之儀は御史台に投獄された。『宋史』李之儀伝に「徽宗初、提擧河東常平、坐爲「范純仁遺表」作行狀、編管太平、遂居姑熟（徽宗の初、提挙河東常平なるも、「范純仁遺表」を為りて行状を作るに坐し、太平に編管され、遂に姑熟に居す）」とある。
（27）蘇轍「天竺海月法師塔碑」（『欒城後集』巻二十四）に、「又十三年、予與子瞻皆自嶺外得歸、而子瞻終於毘陵、餘杭參寥師弔予潁川（又た十三年（崇寧元年、一一〇二）、予と子瞻とは皆嶺外より帰るを得るも、子瞻は毘陵に終り、余杭の参寥師は予の潁川に弔ふ）」とある。当時汝州にて服喪中であった蘇過も会ったらしく、「送參寥師歸錢塘」（『斜川集校注』巻二）、「送參寥道人南歸叙」（同巻八）にその交流が見える。蘇過「送參寥道人南歸叙」によると、釈道潜は崇寧元年（一一〇二）八月にやって来たという。また、蘇轍は「李方叔新宅」（『欒城三集』巻一）を李廌に贈っており、更に、蘇籀『欒城先生遺言』によると、「李方叔文似唐蕭李、所以可喜。韓駒詩似儲光羲（李方叔の文は唐の蕭李（蕭穎士・李華）に似たり、喜ぶべき所以なり。韓駒の詩は儲光羲に似たり）」と評したらしい。
（28）蘇過は范鎮の孫女を娶った。孔凡礼『蘇轍年譜』（学苑出版社、二〇〇一年）、その五八八頁に「《墓誌銘》亦謂鎭晩家居許。於此知蘇轍謀居與定居潁，與范氏有聯繫（墓誌銘（蘇軾「范景仁墓誌銘」『蘇軾文集』巻十四）にも范鎮は晩年に許州に居したとある。ここから、蘇轍が隠棲地を潁昌府に定めたのは、范氏との連繫のためであったと判る）」とある。
（29）王士禛『香祖筆記』巻十一（上海古籍出版社、一九八二年）。蘇轍と許党についての考察は、朱剛「天は思うところがあり蘇轍を一人この世に残した——蘇轍晩年の事跡考辨」（廣澤裕介訳、『未名』第二十二号、中文研究会、二〇〇四年）に詳しい。

(30) 李廌は科挙に落第して仕官していなかったが、元より蘇門に属しており、注(27)に挙げるように、潁昌府において蘇轍と交流した。また、蘇籀『欒城先生遺言』に、蘇轍の評として「陳恬「題襄城北極観鐵脚道人詩」、詩似退之（陳恬「襄城の北極観の鉄脚道人の詩に題す」は、詩　退之（韓愈）に似たり）」とある。

(31) 王質『雪山集』（四庫全書本）を底本とする。

(32) 崇寧五年（一一〇六）、蘇轍は「題韓駒秀才詩巻一絶」（『欒城後集』巻四）を詠み、そこで「我讀君詩笑無語、恍然重見儲光義（我　君の詩を読めば笑ひて語無く、恍然として重ねて儲光義を見る）」と韓駒の詩才を称えた。また、『宋史』韓駒伝に「尋坐爲蘇氏學、謫監華州蒲城縣市易務（尋いで蘇氏の学を為ぶに坐し、謫せられて華州蒲城縣市易務を監す）」とある。

(33) 呉芾『和陶詩』全三巻は現存しないが、彼の別集『湖山集』巻一に和陶詩が収録されている。呉芾が李之儀の遺文を編纂したことは、呉芾「姑溪居士前集序」（『姑溪居士前集』巻首）参照。陳与義（字は去非）が崔鶠に師事したことは、徐度『却掃篇』巻中に「陳參政去非少學詩於崔鶠徳符、嘗請問作詩之要（陳参政去非は少くして詩を崔鶠徳符に学び、嘗て請ひて作詩の要を問ふ）」とあることから判る。陳与義の「諸公和淵明止酒詩、因同賦」は『簡齋集』巻二所収。

【コラム①】唱和詩とは何か

かの吉川幸次郎氏は唐代文学を「燃焼」とし、対して宋代文学を「持続」と評した[1]。李白や杜甫、王維、白居易、韓愈、柳宗元などに代表されるように、唐代の詩文というのは、その文人の個性や心情が、あたかも打ち上げ花火のような鮮烈さを以て表され、人々はそこに感動し共鳴する。それは唐代の文人たちが生きた時代性や思想、それぞれの人生観などに根差すものであろう。それに比べると、宋代文学は、人生の悲哀や憤慨といった激しい感情を詠み上げる時でも、結局はそれを抑えようとする。人生をあらゆる事象の連続としてとらえ、その激情をも一個の人間の存在を超越して俯瞰的・巨視的に観ようとする傾向にあるからだ。これは、人間関係や社会に対する見方にも該当する。人と人との関係、それによって組織される集団、党派、国家などへの意識の高さや、そうした連帯感を重視する姿勢は、宋代の文人に特に顕著となるのである。

そして、特に中唐のあたりから流行し始め、宋代に大いに盛行した「唱和詩」も、そうした持続性の表れである。「唱和詩」とは「和韻」された詩であり、「和韻」とは簡単に言えば原詩の脚韻を同じくして創作することである。原詩の韻字と同一の字を同一の順に用いる「次韻」、順序に拘らずに用いる「用韻」、同一の韻に属する他の字を用いる「依韻」がある。宋人はその中でも最も厳格な「次韻」を好み、更に、以前に詠んだ次韻詩に再び次韻する「畳韻」を行うこともあった。

有名な四字熟語「雪泥鴻爪」のもととなった蘇軾の「子由の澠池にて旧(むかし)を懐ふに和す」は、その詩題が示すように蘇轍の詩「黽池を懐ひて子瞻兄に寄す」に「和」したものである。

相攜話別鄭原上　　相ひ携へて別れを話（かた）る　鄭原の上、
共道長途怕雪泥、　　共に道（い）ふ「長途　雪泥を怕る」と。
歸騎還尋大梁陌　　帰騎　還た尋ねん　大梁の陌、
行人已渡古崤西、　　行人　已に渡る　古崤の西。
曾爲縣吏民知否　　曾て県吏と為るも　民　知るや否や、
舊宿僧房壁共題、　　旧（むかし）　僧房に宿り　壁　共に題す。
遙想獨遊佳味少　　遙かに想へば　独遊は佳味少なし、
無言騅馬但鳴嘶、　　言無く　騅馬　但だ鳴嘶するのみ。

鄭州にて手に手を取って別れを述べ、一緒に「長旅に雪解けの泥は辛いことだ」と愚痴っていた。

私は帰りに馬を駆けてまた都のあぜ道を行き、旅に行くあなたはもうかの崤山の西側を渡っていったことだろう。

かつて私はその地の県吏となる身であったことを人々はご存じだろうか、あれは五年も昔のこと、僧房に投宿して一緒に壁に題したことがあった。

あの頃に思いを馳せると、一人旅は何とも味気ないもの、交わす言葉も無く、ただ葦毛の馬が嘶くのを聴くだけなのだから。


蘇轍「懷黽池寄子瞻兄」（『欒城集』巻一）

人生到處知何似　　人生　到る処　知んぬ　何にか似たる、
應似飛鴻踏雪泥、　　応に似たるべし　飛鴻の雪泥を踏むに。

泥上偶然留指爪
鴻飛那復計東西
老僧已死成新塔
壊壁無由見舊題
往日崎嶇還記否
路長人困蹇驢嘶

泥上に 偶然 指爪を留むるも、
鴻 飛びて 那ぞ復た東西を計らん。
老僧は已に死して 新塔と成り、
壊壁は旧題を見るに由無し。
往日の崎嶇 還た記するや否や、
路は長く人は困しみて 蹇驢 嘶きしを。

人生のさすらいは何に似ているだろうか、きっと飛び行く鴻が雪解けの泥を踏むようなもの。泥の上にたまたま爪跡を残すも、その鴻が飛んでいってしまうと東か西かどこに行ったかもう判らないのだ。

当時世話になった老僧は既に死去して新しい石塔となり、壊れた壁にかつて題した私たちの筆跡を見つける術もない。

あの険しい旅路をお前は覚えているだろうか、その道のりは長く人は疲れ果て、足を引きずる驢馬が嘶いていたのを。

蘇軾「和子由澠池懐舊」(『蘇軾詩集』巻三)

嘉祐六年(一〇六一)、蘇軾は鳳翔府の簽判に任ぜられ、任地に赴いていた。蘇轍は父に随従するために都に留まることとなり、鄭州まで蘇軾に同行して見送ることにした。その別れの後、蘇轍から詩を寄せられた蘇軾が、蘇轍の哀しみや不安を包み込むように応えてみせたのである。これが兄弟にとって、本格的な高級官僚としてのスタートであり、最初の別れでもあった。二人の詩からは、彼らのこれまでの労苦と前途への希望と不安、そして、別れを哀しみ思い合う兄弟愛が響き合うように表れている。[2] この距離を越えた連帯感こそ、韻字をそろえて詠む唱和詩がもたらすものなのである。更に、蘇軾は、同時代を生きた人々のみならず、古の詩人の作にも和韻した。それが陶淵明の詩文に和した「和陶詩」である。

陶淵明、名は淵明、字は元亮、或いは名は潜、字は淵明、東晋の興寧三年（三六五）、江州潯陽郡（江西省九江市）の柴桑県に生まれたと伝わる。蘇軾より約七百年ほど前の時代を生きた人物である。東晋建国の元勲である陶侃を曾祖父に持ち、また、桓温の長史を務めた孟嘉を外祖父に持つものの、陶氏の傍流に過ぎず、また、八歳にして父を亡くして孤児となったこともあり、青年期の陶淵明は、偉大な父祖への誇りと衰えゆく家運に対する焦燥感、そして、それを挽回せんとする功名心を持っていた。しかし、生来の剛直で誇り高い性格のために周囲と摩擦を起こし、出仕と辞任を繰り返したという。隆安四年（四〇〇）頃に桓玄の幕下に入ったが、隆安五年（四〇一）冬、母孟氏が亡くなり、喪に服するために故郷に帰って従弟の敬遠と躬耕生活を始めた。除服後の元興三年（四〇四）、彼は桓玄を倒した劉裕に仕えることになるが、間もなく劉裕のもとを離れて帰郷、建威将軍劉敬宣の参軍となり、次いで彭沢県令となった後、結局、義熙元年（四〇五）十月に存念に従って彭沢県令を辞し、隠遁生活に入った。その際に詠まれたのが有名な「帰去来兮辞」であり、そのまま元嘉四年（四二七）十一月に享年六十三で逝去するまで、生涯出仕することはなかったという。

そして、酒と詩と自由を愛する「隠逸詩人」として後半生を全うしたことから、一般的な陶淵明のイメージは「靖節徴士」であり、「高趣博学」であり、そして、「古今隠逸詩人の宗」であった。[3] また、梁の鍾嶸撰『詩品』において「中品」とされたが、梁の昭明太子や、唐の王維や韋応物、白居易などは陶淵明の超俗的な処世観に共感し、それが表れた詩文を愛好していた。宋代においても、陶淵明を高潔無欲な「隠逸詩人」と見なす風潮はあまり変わらなかったが、その一方で、それだけに止まらない陶淵明の複雑な二面性を指摘する声や、陶淵明を第一級の詩人として押し上げる新たな評価が生まれるに至る。その旗手となったのが蘇軾であり、「和陶詩」は蘇軾の陶淵明に対する尊崇の念を表明したものであった。

清の王文誥は、「公の和陶は、但だ陶を以て自ら託すのみなるも、其の詩に至りてや、極めて区別有り」とし、その特徴を四種に分けた(4)。

①作意之に倣ひ、陶と一色なる者有り

——詩意が原詩に倣っており、陶淵明の詩風と全く同じであるもの

②本もと合ふことを求めず、適たま陶と相ひ似たる者有り

——元来から原詩と合わせようとしないものの、たまたま陶淵明の詩風と似てしまっているもの

③韻を借りて詩を為るも、陶の問はざるに置く者有り

——韻字を借りて和詩を作るが、陶淵明が問題としていないことをテーマに置くもの

④毫として意を経ず、口に信せて一韻を改むる者有り

——全く何も気にせずに、口から出るままに詠んで韻字の一部も改めているもの

実際のところ、蘇軾自身はこのように明確に「区別」する意識は無かったと思われるが、「和陶詩」の多くは②もしくは③の方式に近い。従来の唱和詩は原詩の内容を踏まえて応酬することを基本姿勢とするが、蘇軾の「和陶詩」は陶淵明への尊崇の念は明らかながら、さほど原詩に拘泥せず、蘇軾自身のテーマが打ち出されたものが多いからである。その上、蘇軾は蘇轍を始めとして親しい者に和陶詩を見せ、更なる唱和を求めた。彼らの多くはそれに応え、陶淵明の原作とともに蘇軾にも思いを馳せつつ、自らの感懐を詠んだのである。こうし

た距離だけでなく、時代をも越えていく浸透性・持続性こそ従来にはない新たな「唱和詩」の在り方であり、且つ、この唱和詩から生まれる連帯感が蘇軾から蘇轍や子どもたち、門人たちへと広がっていったのであった。

▼注

（1）吉川幸次郎『宋詩概説』（岩波文庫、二〇〇六年）、その五八頁を参照。

（2）蘇轍詩の自注に「轍　嘗て此の県の簿と為るも、未だ赴かずして中第す」とあり、また、「轍　昔子瞻と応挙し、過りて県中の寺舎に宿り、其の老僧奉閑の壁に題す」とある。蘇軾詩の自注には「往歳　馬　二陵に死し、驢に騎して澠池に至る」とある。

（3）顔延之「陶徵士誄」（『文選』巻五十七）に友人から「靖節徵士」と諡されたとある。また、昭明太子蕭統「陶淵明傳」（『昭明太子集』巻四）に「淵明　少くして高趣有り、博学にして善く文を属す」とあり、鍾嶸『詩品』において「古今隠逸詩人の宗なり」と評された。

（4）王文誥所注蘇軾「和陶歸園田居六首」（『蘇軾詩集』巻三十九）参照。

第二章▼蘇軾「和陶詩」と子孫

──蘇軾が子孫に遺したもの

元祐七年（一〇九二）夏、知揚州軍州事であった蘇軾は、最初の和陶詩である「和陶飲酒二十首」を詠み、特に其十四の和韻において、弟の蘇轍に隠遁を慫慂した。後に嶺南・海外に流謫されるに至って、蘇軾は、計百二十四首の和陶詩を完成させ、このうちの九十九首を他者に寄贈したが、中でも蘇轍に対するものは六十五首と突出している。そして、その一方で、蘇軾は末子蘇過を始めとする子孫にも十四首の和陶詩を寄せた。その端緒は、紹聖二年（一〇九五）作の「和陶詠貧士七首」であるが、既に「和陶飲酒二十首」其十五に息子たちへの言及が見える。

去郷三十年　　郷を去ること三十年、
風雨荒舊宅　　風雨　旧宅を荒らす。
惟存一束書　　惟だ一束の書のみ存し、
寄食無定跡　　寄食　定跡無し。
毎用愧淵明　　毎（つね）に用て淵明に愧づるも、
尚取禾三百　　尚ほ禾の三百を取る。

頎然六男子　　頎然たる六男子、
粗可傳清白　　粗ぼ清白たるを伝ふべし。
於吾豈不多　　吾より豈に多からざらんや、
何事復歎息　　何事か復た歎息せん。

蘇軾「和陶飲酒二十首」其十五（『和陶詩集』巻一）

即ち、蘇軾は、亡父蘇洵の服喪が明けてから約三十年、未だ故郷への帰隠を果たせない自分自身を省みて、陶淵明に恥じ入った。そこで、彼は、今こそ蘇軾の子である邁・迨・過、蘇轍の子である遅・适・遠というこれからの一族を担う「六男子」のために、後漢の楊震の如く「清白」たる身の処し方を示そうと詠み、蘇轍に隠遁への決断を促したのである。[1] 以後も、このように子孫に処世を訓諭する和陶詩はしばしば詠まれたが、先行研究の多くは、蘇軾・陶淵明両者の関係性に終始したもので、和陶詩の家訓的な側面についてはほとんど論究されていない。本章では、蘇軾と蘇轍・蘇過及びその他の一族との和陶詩交流を分析することで、蘇軾の和陶詩についての新たな考察を試みたい。

一　蘇氏兄弟の連携――当に四海皆兄弟の義を思ふべし

蘇軾が「和陶飲酒二十首」を詠んだ元祐七年（一〇九二）は、旧法党が政権を握った「元祐更化」の時期にあたり、同年六月に蘇轍は尚書右丞から門下侍郎に昇っている。また、八月頃、蘇轍は継和してその本懐を次のように述べた。

尺書千里至
輟食手自開
將卜東南居
故郷非所懷
勿言湖山美
永與平生乖
鴻鴈秋南來
及春思故棲
蛟龍乘風雲
既雨反其泥
兄弟通四海
叩門事雖諧
直道竟三黜
去國終恐迷
何如自衛反
闕里從參回

尺書　千里より至り、
食を輟めて　手自ら開く。
「将に東南の居に卜せんとす、
故郷は懐ふ所に非ず」とあり。
言ふ勿れ　湖山の美の、
永へに平生と乖するを。
鴻鴈　秋に南来し、
春に及びて故棲を思ふ。
蛟龍　風雲に乗れば、
既に雨ふりて其の泥に反る。
兄弟　四海に通じ、
門を叩けば　事　雖だ諧ぐのみ。
道を直くせば　竟に三たび黜けられ、
国を去れば終に恐らくは迷はん。
何如ぞ　衛より反りて、
闕里に参と回とに従ふは。

このように、蘇轍は、蘇軾からの書簡に対して、帰郷して孔子に学んだ弟子の曾参や顔回の如く[2]、蘇軾に従って隠遁せんとする願望があることを詠んだが、その一方で、要職にあるが故の葛藤も抱えていた。結局、彼は、優柔不断とも言える自らの姿勢を慚愧しながらも、致仕するには至らなかったのである。

しかし、翌元祐八年（一〇九三）、哲宗の親政によって政権が新法党に移り、紹聖元年（一〇九四）には報復人事によって、蘇軾は恵州に、蘇轍は筠州に左遷されることになった。これによって困苦を窮めた蘇軾は、陶淵明への共感を一層深め、紹聖二年（一〇九五）三月、遂に全陶淵明詩に唱和することを決意し、同年初冬には蘇轍に「和陶読山海経十三首」を寄せた。その結びの詩において、蘇軾は現在の自らの心境を賦したのである。

蘇轍「繼和陶飲酒二十首」其九（『和陶詩集』巻二）

東坡信畸人　　東坡は信（まこと）に畸人にして、
渉世眞散才　　世を渉ること真に散才なり。
仇池有歸路　　仇池　帰路有るに、
羅浮豈徒來　　羅浮　豈に徒らに来らんや。
踐蛇及茹蠱　　蛇を践み　蠱を茹（くら）ふに及び、
心空了無猜　　心　空にして　了（つひ）に猜（うたが）ふこと無し。
攜手葛與陶　　手を携ふ　葛と陶と、
歸哉復歸哉　　帰らんかな　復た帰らんかな。

蘇軾「和陶讀山海經十三首」其十三（『和陶詩集』巻二）

即ち、「畸人」たる蘇軾は、仙洞に通じる「仇池」を目指したものの、結局、羅浮山を擁する恵州に配流され、「蛇を践み蠱を茹ふ」生活を余儀なくされた。しかし、彼は、ここに来て「空」にして猜疑することの無い「心」を持つに至ったという。故に、今こそ葛洪・陶淵明に倣うことを望み、また、実際に共に帰隠するはずであった蘇轍にこの和陶詩を示したのである。しかし、蘇轍は結局これに継和せず、代わりに次のような詩を詠んだ。

此心淡無著　此の心　淡として著すること無く、
與物常欣然　物と常に欣然たり。
虛閑偶有見　虛閑にして　偶たま見る有り、
白雲在空間　白雲の空間に在るを。
愛之欲吐玩　之を愛して　吐玩せんと欲するも、
恐爲時俗傳　時俗の伝ふるところと為るを恐る。
逡巡自失去　逡巡して　自ら失去し、
雲散空長天　雲散じて　長天を空しくす。
永愧陶彭澤　永へに愧づ　陶彭沢の、
佳句如珠圓　佳句　珠円の如きに。

蘇轍「子瞻和陶公讀山海經詩、欲同作。而未成、夢中得數句、覺而補之」（『欒城後集』巻二）

この「淡」として執着のない「心」とは、蘇軾の詩境に同調する蘇轍自身の心のことであろう。暇を持て余していた蘇轍は、蘇軾の和陶詩によって隠逸の象徴たる「白雲」を見出し、自らもそれを詩に賦そうとした。しかし、この行為が世に伝わって筆禍を招くことを恐れ、「逡巡」する間に雲は散じてしまったという。こうして帰隠の機会を失った蘇轍は、より清澄なる心によって宝珠の如き佳句を詠んだ陶淵明に恥じ入った。元祐七年（一〇九二）以来の慚愧の念は蘇軾に対するものも含むと考えられ、その結果、蘇轍は継和することが出来なかったのである。

紹聖四年（一〇九七）、蘇軾は海南島の儋州に、蘇轍は雷州に再謫されることになったため、同年五月十一日、彼らは意図して途上の藤州（広西壮族自治区梧州市）で合流した。紹聖元年（一〇九四）閏四月に汝州（河南省平頂山市汝州市）で別れて以来約三年ぶりの再会であり、そのまま同道して六月五日に雷州に到着したという。その雷州において、終日痔疾に苦しんでいた蘇軾は、蘇轍に陶淵明「止酒」の読誦を以て禁酒を勧められた。そこで、彼はその和韻を行って返答としたのである(3)。

時來與物逝　　時来りて　物と逝くに、
路窮非我止　　路の窮まるは　我の止むるに非ず。
與子各意行　　子と各おの行くを意ふも、
同落百蠻裏　　同（とも）に百蛮の裏に落つ。
蕭然兩別駕　　蕭然たる両別駕、
各攜一稚子　　各おの一稚子を携ふ。

子室有孟光　　子が室　孟光有り、
我室惟法喜　　我が室　惟だ法喜あるのみ。
相逢山谷間　　相ひ逢ふ　山谷の間、
一月同臥起　　一月　臥起を同(とも)にす。
茫茫海南北　　茫茫たる海の南北、
粗亦足生理　　粗ぼ亦た生理に足らん。
勸我師淵明　　我に勧む「淵明を師とせよ、
力薄且爲己　　力薄きも且(しばら)く己の為にす。
微痾坐盃勺　　微痾は盃勺に坐す、
止酒則瘳矣　　酒を止むれば則ち瘳えん」と。
望道雖未濟　　道を望みて未だ済(わた)らずと雖も、
隱約見津涘　　隠約　津涘を見る。
從今東坡室　　今より東坡の室、
不立杜康祀　　杜康の祀を立てず。

蘇軾「和陶止酒」（『和陶詩集』巻三）

即ち、人生の浮沈を一にした蘇氏兄弟が嶺南の山谷にて再会し、およそ一箇月間、共に寝起きした。蘇軾は、蘇轍とともに人生を振り返りつつ、「茫茫たる海の南北、粗ぼ亦た生理に足らん」と、瘴癘の地に流謫され、海を挟んで南北に分居することになったが、そこでも生き延びていくことは出来るとし、蘇轍を慰めた。そこで、蘇轍は、陶淵明の「止酒詩」に倣って養生するように蘇軾に勧め、それを受けて蘇軾は「今より東坡の室、杜康の祀を立てず」とユーモアを交えて応えたのである。蘇轍は、この継和によってやっと第二の和陶詩を詠むことが出来たのであった。

少年無大過　少年　大過無くも、
臨老重復止　老いに臨んで重ねて復た止む。
自言衰病根　自ら言ふ「衰病の根、
恐在酒杯裏　恐らくは酒杯の裏に在り」と。
今年各南遷　今年　各おの南遷し、
百事付諸子　百事　諸子に付す。
誰言瘴霧中　誰か言ふ「瘴霧の中、
乃有相逢喜　乃ち相ひ逢ふの喜び有らん」と。
連牀聞動息　連牀して　動息を聞くに、
一夜再三起　一夜に再三起つ。
泝流俛仰得　流れに泝り　俛仰して得るに、
此病竟何理　此の病　竟に何の理かあらん。
平生不尤人　平生　人を尤めざるも、

未免亦求己　　未だ免れず　亦た己に求むるを。
非酒猶止之　　酒を非として　猶ほ之を止むれば、
其餘眞止矣　　其の余　真に止まん。
飄然從孔公　　飄然として孔公に従ひ、
乘桴南海涘　　桴に乗る　南海の涘。
路逢安期生　　路に安期生に逢ひ、
一笑千萬祀　　千万祀を一笑せん。

蘇轍「繼和陶止酒」（『和陶詩集』巻三）

蘇轍は、病苦のために十分な睡眠も取れない蘇軾の様子を詠み、その病因が飲酒のほかに「人を尤(とが)め」ずに「己に求む」という彼の平生の性質にあるとした。しかし、その天質は孔子の言の如き「南海」を渡る苦境に陥っても不変であったため、蘇轍は、禁酒さえすれば、余病は治まるであろうと懇諭したのである。六月十一日に蘇軾は雷州を出立したが、和陶詩による海を越えた交流は以降も続き、同年十月に「海道風雨、儋雷郵傳不通（海道に風雨あり、儋・雷の郵伝通ぜず）」となった際も、「停雲詩」の和篇を贈答して「以致相思之意（以て相思の意を致）」したという。(4) このように、蘇軾は、どのような境涯にあっても天性の明朗さを失わず、心配する蘇轍を却って励ますような筆致の詩文を寄せ、蘇轍は、蘇軾ほどに陶淵明に共感できずに逡巡しながらも、蘇軾をひたすらに案じていたのであった。

蘇轍は、この兄弟関係を「孔子と顔回」という理想的な師弟関係に比した。顔回はその清貧と学識を以て

「回也其庶乎（回や其れ庶きか）」（『論語』先進篇）と孔子が敬愛した最高の弟子であったが、顔回自身は「雖欲従之、末由也已（之（孔子）に従はんと欲すると雖も、由末きのみ）」（『論語』子罕篇）と、その才の差に慨嘆したと伝わっている。門下侍郎に至った後に嶺南にまで流謫された蘇轍が、任官せずに読書に努め、清貧の末に早世した顔回と相似するかについては異論もあろうが、蘇轍は撰述した『和陶詩集』序文においても、『論語』述而篇に見える「述而不作、信而好古、竊比於我老彭（述べて作らず、信じて古を好み、竊かに我が老彭に比す）」という孔子の言を引き、これが陶淵明に私淑する蘇軾の姿勢にも該当するとし、それに倣う自らを以て「轍雖馳驟従之、常出其後（轍　馳驟して之（蘇軾）に従はんと雖も、常に其の後に出づ）」と、顔回同様に評した。その上で、彼らは、兄は師として弟を導き、弟は兄の言葉に喜んで従うという濃密な兄弟関係を「和陶詩」によって描き出したのである。

では、彼らがこのような表現を行った意図は奈辺にあったのか。そもそも、蘇軾が和陶詩を詠み、その多くを蘇轍を始めとする同志に寄せたのは、共に陶淵明の如き自由な境地に帰着せんと望んだためであった。よって、蘇軾・蘇轍の和陶詩には、その基盤である兄弟間の絆が自ずと表現された面は否めない。しかし、その関係性を示されるべき対象についても考慮する必要がある。紹聖四年（一〇九七）、蘇軾は、『和陶詩集』序文の制作を求めるために蘇轍に書簡を送った際に、病床の陶淵明が五人の息子——儼・俟・份・佚・佟に贈った「与子儼等疏」の一節を引き、官途の半ばで潔く隠遁したその処世を賞賛したが、この疏文の主旨は以下のことにあった。

汝輩稚小家貧、毎役柴水之労、何時可免。念之在心、若何可言。然汝等雖不同生、當思四海皆兄弟之義。

汝輩　稚小にして家貧しく、毎に柴水の労に役せらる、何れの時にか免るるべけんや。之を念ふに心に在り、若何ぞ言ふべけんや。然るに汝等　同生ならずと雖も、当に四海皆兄弟の義を思ふべし。

陶淵明「與子儼等疏」（『陶淵明集』巻七）

即ち、陶淵明は五子に苦境下における連携を促し、陶氏一族の繁栄を嘱望した。そして、この疏文を引用して「欲以晩節師範其萬一也（晩節を以て其の万一を師範とせんと欲す）」と述べた蘇軾にも同様の思いがあり、蘇轍もそれを承知していたと考えられる。[5]というのも、蘇軾・蘇轍にも、自らの後を託すべき六人の息子がいたからである。

二　子孫への薫陶——我　独り遺すに安を以てするのみ

先述したように、蘇軾から息子たちに計十四首の和陶詩が寄贈されたが、その端緒は紹聖二年（一〇九五）作の「和陶詠貧士七首」であった。当時、蘇軾の長子蘇邁と次子蘇迨は宜興（江蘇省無錫市宜興）に、蘇轍の長子蘇遲と次子蘇适は潁昌府に留居し、配所の父たちに資金援助と情報伝達を行い、末子の蘇過と蘇遠はそれぞれ父に随行して直に配所の生活を支えていた。そこで、蘇軾は、一家で祝うべき重陽節において、その六子に和陶詩を寄せて慰労し、更に己に伺候する蘇過には継和を求めたのである。[6]この蘇軾「和陶詠貧士七首」は、次のように結ばれる。

我家六兒子　我が家の六児子、
流落三四州　三四州に流落す。
辛苦見不識　辛苦　見て識らず、
今與農圃儔　今　農圃の儔に与す。
買田帶脩竹　買田して　脩竹を帯び、
築室依清流　築室して　清流に依る。
未能遣一力　未だ一力を遣はして、
分汝薪水憂　汝の薪水の憂を分かつ能はず。
坐念北歸日　坐ろに北帰の日を念ずるも、
此勞未易酬　此の労　未だ酬い易からず。
我獨遺以安　我　独り遺すに安を以てするのみ、
鹿門有前脩　鹿門に前脩有り。

蘇軾「和陶詠貧士七首」其七（『和陶詩集』巻二）

即ち、当時の六子は、父たちを支援するために「三四州」に分居し、「薪水の憂」に苦しむ境遇にあった。これは、陶淵明が五子をして「柴水の労」を課せしめた状況と重なるものである。よって、蘇軾は、陶淵明のように下僕を送ってその憂苦を和らげることや、北帰して彼らに酬いることを望んだが、それは容易に実現できるものではなかった。そこで、蘇軾は、後漢の龐公のように多くを望まずに恬淡と身を処すことで、せめて子孫に「安」だけでも遺そうと詠んだのである[7]。

また、和陶詩には、息子のみならず孫への言及もある。紹聖四年（一〇九七）閏二月、長子の蘇邁が諸孫を伴って蘇軾の恵州における新居に移住した際、蘇軾は、次のような和陶詩を詠んで彼らを迎えた[8]。

旦朝丁丁　旦朝　丁丁、
誰款我廬　誰か我が廬を款す。
子孫遠至　子孫　遠くより至り、
笑語紛如　笑語　紛如たり。
翦髮垂髫　翦髮・垂髫、
覆此瓠壺　此の瓠壺を覆ふ。
三年一夢　三年の一夢、
乃復見余　乃ち復た余に見（あらは）る。

蘇軾「和陶時運」其四（『和陶詩集』巻三）

ここから、蘇軾が三年ぶりの孫との再会に大いに歓喜したことが窺える。しかし、時を置かずして再謫が決定したため、蘇軾はこの白鶴峰の新居を彼らに任せ、海南島の儋州に赴くことになった。元符三年（一一〇〇）の清明節には、往年の祖父蘇序と父蘇洵、そして、恵州に留居する二人の幼孫を追想して、以下の和陶詩を詠んだ[9]。

今日復何日
高槐布初陰
良辰非虚名
清和盈我襟
孺子巻書坐
誦詩如鼓琴
却去四十年
玉顔如汝今
閉戸未嘗出
出爲閭里欽
家世事酌古
百史手自斟
當年二老人
喜我作此音
淮徳入我夢
角羈未勝簪
孺子笑問我
公何念之深

今日　復た何の日ぞ、
高槐　初陰を布く。
良辰　虚名に非ず、
清和　我が襟(むね)に盈つ。
孺子　書を巻きて坐し、
詩を誦すること琴を鼓するが如し。
却(しりぞ)き去ること四十年、
玉顔　汝が今の如し。
閉戸して　未だ嘗て出ず、
出れば閭里の欽(つつし)むところと為る。
家世　古に酌むを事とし、
百史　手自(づか)ら斟す。
当年の二老人、
我の此の音を作すを喜ぶ。
淮と徳とは我が夢に入り、
角羈　未だ簪に勝へず。
孺子　笑ひて我に問ふ、
「公　何ぞ之を念ふこと深き」と。

蘇軾「和陶和郭主簿二首」其一（『和陶詩集』巻二）

槐樹が茂る清々しい清明節に、書を読み上げる蘇過の声を聴いた蘇軾は、四十年前を回想する。勉学に励む若き蘇軾の読誦を蘇序と蘇洵も喜んでくれた。この「古に酌む」ことを家風とした父祖を追懐し、眼前の蘇過を見守りながら、更に二人の幼孫のあどけない姿も夢想する蘇軾を、蘇過は微笑ましく思ってからかったのである。

このような蘇軾の子孫に対する姿勢は、陶淵明と通じるものである。陶淵明は、長子陶儼が生まれた際、「命子」を詠み、曾祖父陶侃を始めとする父祖の徳望の高さを称えた上で、その命名の理由と訓戒を述べた。

嗟余寡陋　　嗟（ああ）余　寡陋にして、
瞻望弗及　　瞻望すれども及ばす。
顧慚華鬢　　顧みて華鬢に慚ぢ、
負影隻立　　影を負ひて隻立す。
三千之罪　　三千の罪、
無後爲急　　後無きを急と為す。
我誠念哉　　我　誠に念はんかな、
呱聞爾泣　　呱として爾（なんぢ）の泣くを聞くを。
卜云嘉日　　卜すれば云（ここ）に嘉日、

占亦良時　　占ふも亦た良時とす。
名汝曰儼　　汝に名づけて儼と曰ひ、
字汝求思　　汝に求思と字す。
温恭朝夕　　温恭なれ　朝に夕に、
念茲在茲　　茲を念ひて茲に在り。
尚想孔伋　　尚ほ想ふ　孔伋を、
庶其企而　　庶はくは其れ企てよと。

陶淵明「命子」（『陶淵明集』巻一）

陶淵明は、偉大な父祖の業績に鑑み、自らの不才を慚愧した。そこで、生まれたばかりの長子に孔子の孫である孔伋（字は子思）に倣うように求め、それに因んだ名「儼」と字「求思」を与えたのである。その意味するところは、早世した父の孔鯉（字は伯魚）に代わって祖父の孔子の偉業を世に顕彰した孔伋の姿を理想とせよということであり、蘇軾もこうした陶淵明の姿勢に共感したのであろう。

このように、蘇軾は常に子孫を思い、一族の行く末を案じていた。故に、蘇軾は、一族に安寧を遺すためには、陶淵明やその他の先人——楊震・葛洪・龐公のように、時機を敏感に察して潔く身を処すことが肝要であると子孫に諭したのである。それは、「出仕三十餘年、爲獄吏所折困、終不能悛、以陷於大難[10]（出仕すること三十余年、獄吏の折困する所と為るも、終に悛むる能はず、以て大難に陥る）」に至った自らの半生と、先行き不透明な当時の政治情勢に鑑みた結果であり、また、そのような苦境にあるからこそ、「和陶詩」に表れる蘇軾・蘇轍の兄弟関係の在り方が後の一族の模範となることを期待したのであろう。そして、その影響を最も強く受けたのが、蘇軾から直に薫陶を受けた蘇過であった。

陶淵明を景仰する蘇軾の姿勢が蘇過の人生に大きな影響を与えたことについては、曾棗荘氏の指摘を始め、幾つかの先行研究に論及されている。[11] 第一に挙げられるのが、「斜川詩」の影響である。元符二年（一〇九九）正月五日、蘇軾は、陶淵明「遊斜川」を模倣して蘇過と川遊びに出かけた際、該詩に和韻してその情景を詠んだ。

謫居澹無事　　謫居　澹として事無く、
何異老且休　　何ぞ異ならん　老いて且つ休むに。
雖過靖節年　　靖節の年を過ぐと雖も、
未失斜川游　　未だ斜川の游を失はず。
春江渌未波　　春江　渌として未だ波たたず、
人卧船自流　　人卧せば　船自ら流る。
我本無所適　　我　本もと適く所無く、
汎汎随鳴鷗　　汎汎として鳴鷗に随ふ。
中流遇洑洄　　中流に洑洄に遇ひ、
捨舟歩曾丘　　舟を捨てて曾丘に歩む。
有口可與飲　　口有り　与に飲むべくも、

何必逢我儔　何ぞ必ずしも我が儔に逢はん。
過子詩似翁　過子　詩は翁に似たり、
我唱兒輒酬　我唱せば　児輒ち酬ゆ。
未知陶彭澤　未だ知らず　陶彭沢の、
頗有此樂不　頗る此の楽しみの有るやいなや。
問點爾何如　「点よ　爾は何如」と問へば、
不與聖同憂　「聖と憂ひを同じくせず」とあり。
問翁何所笑　「翁よ　何の笑ふ所ぞ」と問へば、
不爲由與求　「由と求との為ならず」とあり。

蘇軾「和陶遊斜川　正月五日與兒子過出游作」（『和陶詩集』巻二）

蘇軾は、己の詩才を受け継ぐ蘇過が詩賦に応酬する様を詠み、古人の陶淵明に対してこのような楽しみを持てたかと問いかけることで、息子自慢をしてみせた。また、『論語』先進篇に見える孔子と弟子の曾晳（名は点）を模しての父子の問答から、蘇軾が蘇過と処世観をも同じくすることに大きな喜びを感じたことが判る。[12]一方、蘇軾から激賞された蘇過は、次のように継和した。

歳豊田野歡　歳　豊かにして　田野　歓び、
客子亦少休　客子も亦た休むこと少なし。

糟牀有新注
何事不出游
春雲翳薄日
磻石俯清流
心目兩自閒
醉眠不驚鷗
茅茨誰氏居
雞鳴隔林丘
曳杖叩其門
恐是沮溺儔
但苦鴃舌談
爾汝不相酬
築室當爲鄰
往來無憚不
澄江可寓目
長嘯忘千憂
儻遂北海志
餘事復何求

糟牀に新注有れば、
何事か出游せざらん。
春雲　薄日を翳らせ、
磻石　清流に俯く。
心目　両（ふた）つながら自ら閒たり、
酔眠　鷗を驚せず。
茅茨　誰か氏の居ぞ、
鶏鳴　林丘を隔つ。
杖を曳きて其の門を叩けば、
恐らく是れ沮溺の儔（とも）ならん。
但だ鴃舌の談に苦しみ、
爾汝　相ひ酬いざるのみ。
築室して当に隣に為るべし、
往来　憚ること無きやいなや。
澄江　寓目すべし、
長嘯　千憂を忘れしむ。
儻（も）し北海の志を遂ぐれば、
余事　復た何をか求めん。

蘇過「次陶淵明正月五日游斜川韻」（『斜川集校注』[13]巻一）

僻遠の海南島に随行した蘇過は、蘇軾に従って当地の友人たちと交際するなどして楽しく過ごしていた。勿論、蘇軾の流謫による現在の憂苦を忘れたわけではなく、時に人々との言葉の隔たりなどからそれを痛感することもあったが、蘇過は、そうした「千憂」を清流に遊ぶことで慰めたのである。そして、彼は「儻し北海の志を遂ぐれば、余事　復た何をか求めん」と結んだ。これは、「北海」、即ち後漢の孔融が閑居して客との宴席を楽しみつつ、「坐上客常滿、尊中酒不空、吾無憂矣（坐上の客　常に満ち、尊中の酒　空ならざれば、吾　憂ふること無からん）」と述べた故事を典拠とするもので、[14]蘇軾「和陶遊斜川」において、蘇過が曾皙と同様の処世観を持つとして称揚されたことに応じたものであろう。蘇過もまた、陶淵明や孔融、曾皙、そして、蘇軾に倣って、海南島にて隠遁を志向せんとしたのである。このように、蘇過にとっての「斜川詩」は、蘇軾からの期待と称賛、そして、自分自身の処世観とが表現された特別な詩文応酬となったのであった。

三　蘇軾歿後の一族――子孫に付する所は独り書のみ

前掲の「和陶遊斜川」において蘇軾が「我唱せば児輒ち酬ゆ」と詠んだものの、蘇過は、百二十四首の和陶詩全てに応酬したわけではなく、叔父である蘇轍の五十二首にも及ばなかった。以下、蘇轍・蘇過の和陶詩関連詩文を示す。

作品の制作時期	作品名（『詩文集名』巻数）	場所
元祐七年（一〇九二）八月	蘇轍「繼和陶飲酒二十首」（『和陶詩集』巻一）	開封府
紹聖二年（一〇九五）初冬	蘇轍「子瞻和陶公讀山海經詩、欲同作而未成、夢中得數句、覺而補之」（『欒城後集』巻二）	筠州
紹聖四年（一〇九七）六月	蘇轍「繼和陶止酒」（『和陶詩集』巻三）	雷州
十月	蘇轍「繼和陶停雲〔四首〕」（『和陶詩集』巻四）	雷州
十二月	蘇轍「繼和陶勸農〔六首〕」（『和陶詩集』巻四）	雷州
十二月十九日	蘇轍「子瞻和陶淵明詩集引」（『欒城後集』巻二十一）	雷州
元符元年（一〇九八）二～六月	蘇轍「繼和陶擬古九首」（『和陶詩集』巻三）	雷州
元符二年（一〇九九）正月五日	蘇過「次陶淵明正月五日游斜川韻」（『斜川集校注』巻一）	儋州
元符三年（一一〇〇）五月	蘇轍「繼和陶雜詩十一首」（『和陶詩集』巻三）	惠州
建中靖國元年（一一〇一）十月	蘇轍「追和陶歸去來兮辭」（『和陶詩集』巻四）	潁昌府
宣和三年（一一二一）	蘇過「小斜川并引」（『斜川集校注』巻六）	潁昌府

しかし、蘇軾・蘇轍の息子たち「六子」のうちで和陶詩が残存するのは蘇過のみであり、蘇過は、蘇軾の晩年の生き方に感化され、且つ、それにあたって特に「斜川詩」を意識していた。彼が宣和三年（一一二一）に「斜川詩」に再和したのみならず、自ら「斜川詩」に因んだ号を名乗ったことからも、それは明らかであろう。晁説之の撰した蘇過の墓誌銘にその経緯が言及されている。

先生不至永州、稍還仕板、居陽羨、不幸疾不起。叔黨兄弟得吉地于汝州郟城縣之小峨眉山以襄事、遂家于潁昌。叔黨偶從湖陰、營水竹可賞者數畝。則名之曰「小斜川」、自號「斜川居士」、以視終焉之志曰「吾未即從先大夫于地下、則生也何事爲。」

〔東坡〕先生は永州に至らず、稍く仕板に還り、陽羨に居すに、不幸にして疾みて起たず。叔党兄弟は吉地を汝州郟城県の小峨眉山に得て以て襄事し、遂に潁昌に家す。叔党は偶ま湖陰に従ひ、水竹の賞すべき者数畝を営む。則ち之に名づけて「小斜川」と曰ひ、自ら「斜川居士」と号し、以て終焉の志を視して曰く「吾未だ即ち先大夫に地下に従はざれば、則ち生きて也た何事か為さん」と。

晁説之「宋故通直郎眉山蘇叔黨墓誌銘」（『嵩山文集』巻二十）

即ち、蘇過は「終焉の志を視す」ために、潁昌府の居所を「小斜川」とし、自ら「斜川居士」と号し、その際、「吾未だ即ち先大夫（蘇軾）に地下に従はざれば、則ち生きて也た何事か為さん」と述懐したという。この時に蘇過は蘇軾との「斜川詩」の応酬を想起したのであろう。そして、それに因んだ号を名乗ることは、蘇軾「和陶遊斜川」に見える訓諭を以て自戒すると同時に、「陶淵明→蘇軾」の後継者たることを世に表明する行為でもあった。

では、蘇過は蘇軾の後継者としてどのようなことを行ったのであろうか。前述したように、蘇軾は、六子に寄せた「和陶詠貧士七首」其七において、龐公の故事に拠って「我　独り遺すに安を以てするのみ」と詠み、蘇過に継和を促した。この蘇過の和陶詩は散佚したが、後年、開封の蔵書家である蔡家を訪れた際、蘇過は次のように述べた。

龐徳公隱於鹿門、妻子躬耕。或疑「其不仕、以爲何以遺子孫也。」龐公曰「我遺子孫以安、不爲無所遺也。」今居士、口不談世之爵祿、身不問家之有無、所付子孫者獨書耳。龐公之意、殆無以過此。

龐徳公は鹿門に隠れ、妻子は躬ら耕す。或ひと疑ふ「其れ仕へずんば、以為らく何を以て子孫に遺さんや」と。龐公曰く「我　子孫に遺すに安を以てす、遺す所無きと為さず」と。今の居士、口は世の爵禄を談ぜず、身は家の有無を問はず、子孫に付する所は独り書のみ。龐公の意、殆ど以て此に過ぐる無し。

蘇過「夷門蔡氏藏書目叙」(『斜川集校注』巻九)

蘇過は、龐公の云う「安」に勝るのは「書」であるとし、父祖伝来の蔵書を子孫に伝えようと尽力する蔡氏父子の真摯な姿勢を称賛した。この蔡家には蘇軾の詩文も多数収蔵されており、蘇過は、それを閲覧するために蔡家に赴いたと考えられる。[15]つまり、蘇過にとっても蘇軾から子孫に遺されたものは「書」であり、彼は子孫に安寧を遺さんとする蘇軾の処世に倣って隠遁するのみならず、孔門の子弟が孔子の立言を伝承したように、和陶詩を始めとする蘇軾の文業を一族で固守して後世に伝えんとしたのである。

この蘇過の編纂活動において、二人の重要人物が挙げられる。前述したように、宣和三年(一一二一)にも蘇過は「斜川詩」に再和したのであるが、そこで次のように序した。

蓋淵明與予同生於壬子歳也。畸窮既略相似、而晩景所得又同、所乏者高世之名耳。感歎茲事、取其詩和之、以遺行甫・信中・巽夫三友、請同賦。庶幾髣髴當時之遊、而掩彼二三鄰曲之無聞也。

蓋し淵明と予とは同に壬子歳に生まるるなり。畸窮は既に略ぼ相ひ似たり、晩景の得る所も又た同じ、乏しき所は高世の名のみ。茲の事に感歎し、其の詩を取りて之に和し、以て行甫・信中・巽夫の三友に遺(おく)りて、同(とも)に賦することを請ふ。庶幾(こひねが)はくは当時の遊を髣髴とし、彼の二三の隣曲の聞こゆること無きを掩はん。

蘇過「小斜川并引」引（『斜川集校注』巻六）

陶淵明の原詩である「遊斜川」では、彼の気の置けない友人たちのことが詠まれ、また、前掲の蘇軾の和陶詩においては、後継者である蘇過との交流が描写された。つまり、陶淵明・蘇軾の「斜川詩」は、ともに同志について詠んだものであり、また、蘇過が「小斜川」を寄せて継和を求めた「行甫・信中・巽夫」も蘇過の同志であったと考えられる。この蘇過詩においても次のように詠んだところがある。

亦復辛丑歳　　亦た復た辛丑の歳、
與公更唱酬　　公と更(あらた)めて唱酬す。
當時二三友　　当時の二三友、
得如我友不　　我が友に如(し)くを得るやいなや。

蘇過「小斜川并引」（『斜川集校注』巻六）

ここで蘇過は、かつての蘇軾が「和陶遊斜川」において「未だ知らず　陶彭沢の、頗る此の楽しみの有るやいなや」と息子自慢をしたように、古人である陶淵明に自らの友人たちを誇ってみせた。実際、蘇過にとって、この「三友」は自らの人生観を表明した「斜川詩」を示せるほどに大切な友人であったと言えよう。

そして、彼ら三人のうち、行甫と巽夫は不詳であるが、「信中」は蜀の名士范鎮の族人である范寥（字は信中、原名は祖石）を指すと判明している。范鎮は蘇軾・蘇轍の政界における後見人であり、且つ、彼らは姻戚関係にもあった。他ならぬ蘇過の妻が范鎮の孫女なのである。また、范鎮とその一族は後年潁昌府に居しており、孔凡礼氏は、蘇轍や蘇過が潁昌府に隠棲した一因として、范氏一族との親密な関係を挙げている。[16] つまり、范寥は、蘇過の詩友であり、姻戚であり、また、黄庭堅の最後の弟子でもあった。[17] それ故に、「元祐党禁」による粛正が行われている当時の状況にあって、蘇軾の遺文編纂に尽力する蘇過に格別の同情を寄せ得る立場にあった。[18] 実際、潁昌府兵馬鈐轄であった范寥は蘇軾の詩文を収蔵していたことで除名及び停職させられている。

范寥、字信中、家丹陽、本范蜀公鎮之族。……寥後累更職、任爲潁昌府兵馬鈐轄、坐不合「收藏蘇軾詩文墨迹、不首毀追毀」、出身以來文字除名勒停、後遇赦叙復。

范寥、字は信中、丹陽に家し、本もとは范蜀公鎮の族なり。……寥　後に累して職を更められ、任ぜられて潁昌府兵馬鈐轄と為るも、坐して「蘇軾の詩文墨迹を収蔵するもの、首（はじめ）に毀さざれば追毀せよ」に合はず、出身以来の文字除名勒停せらるるも、後に赦に遇ひて叙復す。

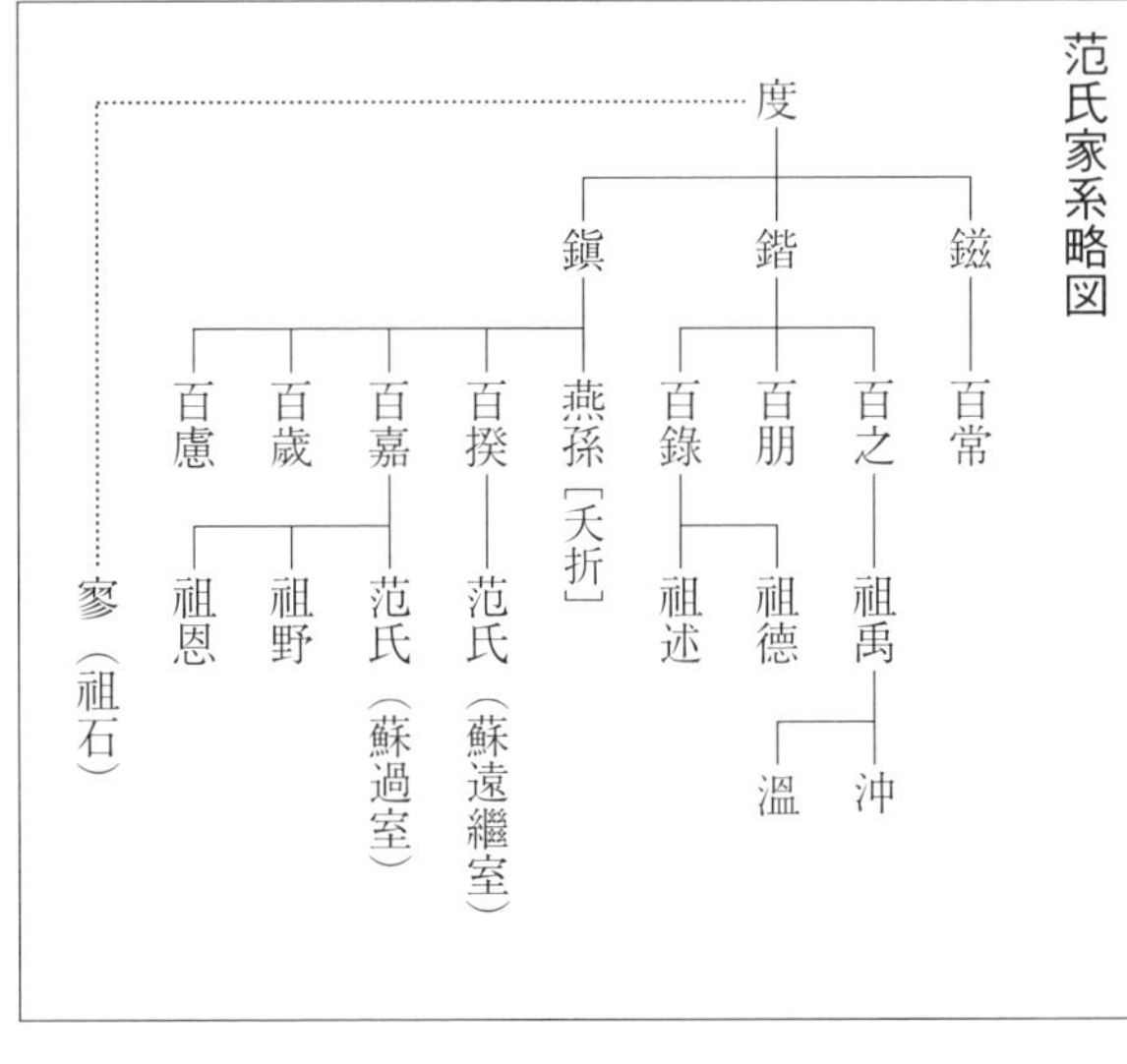

『京口耆舊傳』[19] 巻五「范寥」

当時の范寥が如何なる経緯で蘇軾の詩文を収蔵していたかについては、ここに挙げた記事からは明らかにされていない。しかし、後の補論において論述する蘇軾の母族である程氏一族が、蘇軾の遺文を預かっていたことがあるように、范寥のそれも、姻戚による蘇氏一族に対する協力体制の一環であった可能性が高い。

また、蘇過を始めとする蘇軾の遺児を物心両面から支援したのは、蘇過にとっては叔父にあたる蘇轍である。蘇轍の長孫蘇籀は、最晩年の蘇轍の言行を記した『欒城先生遺言』において、次のような挿話を紹介した。

東坡病歿於晉陵。伯達・叔・仲歸許昌、生事蕭然。公篤愛天倫、曩歳別業在浚都、鬻之九千數百緡、悉以助焉、囑勿輕用。時公方降三官、謫籍奪俸。

東坡は晋陵に病歿す。伯達（蘇邁）・叔〔党〕（蘇過）・仲〔豫〕（蘇迨）は許昌に帰るも、生事は蕭然たり。公（蘇轍）は天倫を篤愛し、曩歳 別業の浚都に在る、之を鬻（ひさ）ぐこと九千数百緡にして、悉く以て助け、嘱して軽用すること勿からしむ。時に公は方に三官に降り、謫籍して奪俸せらる。

蘇軾の遺児は、蘇軾歿後には潁昌府の蘇轍の元に身を寄せた。その際、蘇轍は別荘を売却し、その資金を以て彼らを援助したのである。元祐党禁によって「三官に降り、謫籍して奪俸せら」れた苦境下だからこそ、蘇轍は一族の結束を重視したのであった。蘇過も、政和二年（一一一二）十月の蘇轍の逝去にあたって祭文を撰し、「過也昔孤、而歸公於許、奉杖屨者十春。維二父之篤愛推其餘於子孫（過や昔孤なれば、公のもと許に帰り、杖屨を奉ること十春たり。維れ二父の篤愛は其の余を子孫に推す）」と哀悼した[20]。このように、蘇過は政治的弾圧を受けながらも、蘇軾の和陶詩を後世に伝承せんと尽力した蘇轍を支え、自らも蘇轍の後援によって蘇軾の遺文を編纂したのである。

小結

晩年、政争に敗れて嶺南に流謫された蘇軾は、同志である蘇轍との和陶詩交流を通して自らを鼓舞すると同時に、その絆の深さを子孫に示して連携を促した。政治情勢が混迷する時代に、時機を逸せずに隠遁して難局を避け、且つ一族や一門の結束を強化して師父の業績を守り伝えんとする姿勢は、陶淵明にも通じる処世法であり、また、党争の絶えない北宋後期を生きた蘇軾にとっても感銘を受けるものであった。蘇轍もその意を汲み、その兄弟関係を「孔子と顔回」に擬えつつ、蘇軾に先立たれた後にも子孫や門下に対して和陶詩の継承を慫慂したのである。

子孫の中で、そのような和陶詩の影響を最も強く受けたのが、蘇軾の末子蘇過であった。晩年の蘇軾に随従してその文業を支えた蘇過は、蘇軾の歿後には自ら「斜川居士」と号し、蘇軾の遺志とともにその文業を受け継ぐことを表明した。そして、叔父蘇轍や姻戚の范氏一族の援助を得て、当時は禁書であった蘇軾の詩文を次兄蘇迨と収集編纂し、後世に伝承せんと努めたのである。この蘇過の功業は、蘇過の孫である蘇嶠・蘇峴兄弟の出版活動に帰結していくことになる。このように、和陶詩に込められた蘇軾の遺訓は、その遺文とともに蘇氏一族に継承されたのであった。

▽注

（1）『後漢書』楊震伝に「曰『使後世稱爲清白吏子孫。以此遺之、不亦厚乎。』（楊震）曰く『後世をして清白吏の子孫為るを称せしめん。此を以て之を遺すに、亦た厚からざらんや』と。）」とあるのに拠る。

（2）蘇轍「繼和陶飲酒二十首」其九に詠まれた「顔回」は蘇轍自身を、「曾参」は共に蘇軾から和陶詩を贈られた晁補之を比したものであろう。また、顔回・曾参については、蘇轍「論語拾遺」（『欒城三集』巻七）に「孔氏之門人其聞道者亦寡耳。顔子・曾子孔門之知道者也（孔氏の門人は其れ道を聞く者も亦た寡なきのみ。顔子・曾子は孔門の道を知る者なり）」という評が見える。

（3）蘇軾「和陶止酒」序文に「丁丑歳、余謫海南、子由亦貶雷州。五月十一日相遇於藤、同行至雷。六月十一日相別渡海。余時病痔呻吟、子由亦終夕不寐、因誦淵明詩、勸余止酒。乃和原韻、因以贈別、庶幾眞止矣（丁丑歳、余は海南に謫せられ、子由も亦た雷州に貶さる。五月十一日藤に相ひ遇ひ、同行して雷に至る。六月十一日相ひ別れて海を渡る。余は時に痔に病みて呻吟し、子由も亦た終夕寐られず、因りて淵明の詩を誦して、余に酒を止むるを勧む。乃ち原韻に和して、因りて以て贈別し、真に止まんことを庶幾ふ）」とある。

（4）蘇轍「繼和陶停雲」序文より引用。この原詩である陶淵明詩の序に「停雲思親友也（停雲は親友を思ふなり）」とあるように、彼ら兄弟は親友でもあった。

（5）この蘇軾の書簡は、蘇轍「子瞻和陶淵明詩集引」（『欒城後集』巻二十一）にそのまま引用されている。

（6）蘇軾「和陶詠貧士七首」序文に「予遷惠州一年、衣食漸窘、重九伊邇、樽俎蕭然。乃和淵明「貧士七篇」、以寄許下・高安・宜興諸子姪、幷令過同作（予　惠州に遷ること一年、衣食漸く窘み、重九伊れ邇くして、樽俎は蕭然たり。乃ち淵明の「貧士七篇」に和して、以て許下・高安・宜興の諸子姪に寄せ、幷せて過をして同に作らしむ）」とある。但し、この時に継和させたという蘇過の和陶詩は今に流伝していない。

（7）蕭統「陶淵明傳」（『昭明太子集』巻四）及び『南史』隠逸列伝の陶潜伝に「不以家累自隨、送一力給其子、書曰『汝旦夕之費、自給爲難。今遣此力、助汝薪水之勞。此亦人子也、可善遇之。』（陶淵明）家累を以て自ら随へず、一

力を送りて其の子に給し、書して曰く『汝の旦夕の費は、自ら給すること難からんと為す。今此の力を遣はして、汝の薪水の労を助けしむ。此れも亦た人の子なり、善く之を遇すべし』と。)」とあり、『後漢書』逸民列伝の龐公伝に「表指而問曰『先生苦居畎畝、而不肯官祿。後世何以遺子孫乎。』龐公曰『世人皆遺之以危、今獨遺之以安。雖所遺不同、未爲無所遺也。』(〔劉〕表 指して問ひて曰く『先生苦みて畎畝に居し、官禄を肯ぜず。後世 何を以て子孫に遺さんや』と。龐公曰く『世人皆之に遺すに危を以てす、今独り之に遺すに安を以てするのみ。遺す所同じからずと雖も、未だ遺す所無きと為さざるなり』と。)」とあるのに拠る。陶淵明・龐公は時代を異にするが、共に史書に明記された隠逸の士であった。

(8)蘇軾「和陶時運」序文に「丁丑二月十四日、白鶴峰新居成、自嘉祐寺遷入。……長子邁與余別三年矣、挈攜諸孫、萬里遠至、老朽憂患之餘、不能無欣然(丁丑二月十四日、白鶴峰の新居成り、嘉祐寺より遷り入る。……長子邁と余とは別るること三年、諸孫を挈携して、万里遠くより至り、老朽憂患の余、欣然たること無くする能はず)」とある。この時、蘇軾には五、六人の孫男がおり、また、孫女も数人いたと見られる。

(9)蘇軾「和陶和郭主簿二首」序文に「清明日、聞過誦書、聲節閑美、感念少時、悵然追懷先君宮師之遺意、且念淮・德二幼孫、無以自遺。乃和淵明二篇。隨意所寓、無復倫次也(清明の日、過の書を誦するを聞き、声節閑美なれば、感じて少時を念ひ、悵然として先君宮師の遺意を追懐し、且つ淮・徳の二幼孫を念ふも、以て自ら遺る無し。乃ち淵明の二篇に和す。意の寓する所に随ひて、復た倫次無し)」とある。二幼孫のうち、「淮」は不詳だが、「徳」は蘇過所生の孫女である(蘇軾「薬師琉璃光佛贊并引」『蘇軾文集』巻二十一)。ここでは、序文と詩の内容から蘇過に寄贈されたと見なした。

(10)蘇轍「子瞻和陶淵明詩集引」における蘇軾評であるが、費袞「東坡改和陶集引」(『梁谿漫志』巻四)によると、ここは蘇軾の指示によって改訂が行われた箇所であるため、蘇軾の自己評価でもあったと言える。

(11)曾棗荘「蘇叔黨與他的《斜川集》」(『三蘇研究　曾棗荘文存之一』、巴蜀書社、一九九九年)の四五二頁に、「蘇過青年時代隨父南遷、就深受其父的影響、愛上了陶詩;其後長期閒居、沈淪下僚、更使他同陶詩結下了不解之緣(蘇過

は青年時代に父に随って南遷し、父の影響を深く受け、陶淵明詩を愛好するようになった。その後、長く閑居し、また、下級官吏に沈んだことは、更に彼をして陶淵明詩との結びつきを強化せしめることになった）」とある。

(12) ここは、『周易』繫辞上伝に「顯諸仁、藏諸用、鼓萬物而不與聖人同憂。盛德大業至矣哉（諸を仁に顕し、諸を用に蔵し、万物を鼓して聖人と憂ひを同じくせず。盛徳大業至れるかな）」とあり、また、『論語』先進篇の孔子が子路・曾晳・冉有・公西華に「如或知爾、則何以哉（如し爾を知るもの或らば、則ち何を以てせんや）」と尋ね、曾晳が「莫春者春服既成、得冠者五六人・童子六七人、浴乎沂、風乎舞雩、詠而歸（莫春には春服既に成り、冠者五六人・童子六七人を得て、沂に浴し、舞雩に風して、詠じて帰らん）」と答え、孔子がそれに感嘆して「吾與點矣（吾は点に与せん）」と賛意を示したのに拠る。

(13) 以下、蘇過の詩文は、『斜川集校注』（巴蜀書社、一九九六年）を底本とする。

(14) 『三國志』孔融伝より引く。

(15) 李之儀「仇池翁南浮集後序」（『姑溪居士後集』巻十五）に、「蔡君家世、輦轂之下、軒輊無所系、而能以退爲進、父子之間自爲知己。獨於先生南遷已後、所見於抑揚者。博訪兼收、所較他日之得、爲備（蔡君の家世、輦轂の下にありて、軒輊の系する所無く、能く退を以て進と為し、父子の間自ら知己為り。独り〔東坡〕先生の南遷の已後に於いて、抑揚を見る所の者なり。博く訪ねて兼ねて収め、他日の得たるを較べる所をもて、備へと為す）」とある。

(16) 孔凡礼『蘇轍年譜』（学苑出版社、二〇〇一年）、その五八八頁を参照。

(17) 黄庭堅と范寥の師弟関係については、黄庭堅「和范信中寓居崇寧還雨二首」（『山谷詩集注』巻二十）、黄庭堅『宜州家乗』（『全宋筆記』第二編九、大象出版社、二〇〇六年）及び范寥「山谷先生宜州家乘原序」（黄庭堅『宜州家乘』巻首）等を参照。以下、黄庭堅の詩文は、『山谷詩集注』（上海古籍出版社、二〇〇三年）を底本とする。

(18) 『續資治通鑑』巻八十八の崇寧二年（一一〇三）夏四月に記述されているように、三蘇及び黄庭堅を筆頭とする蘇門四学士、范寥と同族である范鎮『東齋記事』と范祖禹『唐鑑』も発禁に処された。つまり、范寥の師父の詩文も元祐党禁によって伝承を禁じられたのである。

（19）『京口耆舊傳』（四庫全書本）を底本とする。また、『宋史』宦者列伝の楊戩伝に「如龍鱗薜茘一本、輦致之費踰百萬。……潁昌兵馬鈐轄范寥不爲取竹、誣刊蘇軾詩文于石爲十惡、朝廷察其捃摭、亦令勒停。……復范寥官（龍鱗薜茘の如き一本は、輦致の費百万を踰ゆ。……潁昌兵馬鈐轄范寥は為に竹を取らず、蘇軾詩文を石に刊して十悪を為すと誣され、朝廷其の捃摭を察して、亦た勒停せしむ。……〔靖康初〕范寥の官を復す）」とある。

（20）蘇過「祭叔父黄門文」（『斜川集校注』巻八）。

【コラム②】
蘇軾の門人たち

中世の中国では、科挙制度が整備されていく中で次第に門閥貴族制度が衰退していったが、宋代に至ってはほぼ完全に科挙に及第した科挙士大夫が門閥士大夫に取って代わり、士大夫のほとんどが科挙に及第するか、少なくとも応挙を経験した者たちであった。彼らは、自らの属する集団、例えば地縁や血縁、婚姻によって繋がる姻戚、政治的な党派、ひいては国家などへの意識やそれをともにする連帯感が非常に強かった。文学においてもその傾向があり、多くの文学集団が組織された。小川環樹氏は六朝以来のそれを「諸王（皇族）などの有力者をパトロンとして詩人のグループが形成される場合が多かった」とし、宋代にはこうした現象はほとんど見られず、「名だかい作家を中心とし、その門人の集団という形で詩人の群」が形成されたと評した。また、この傾向は「唐代中葉以後には現れ始めていた」が、「宋代にあっては一層顕著なものとなった」という[1]。そして、殊に有名であるのが蘇軾及び蘇轍を中心とした「蘇門」である。

蘇門が有名なのは、そこから「名だかい作家」となる者が輩出したことにある。蘇門の門人の李廌の著した『師友談記』に、以下のような蘇軾の言葉が遺されている。

東坡　嘗て言ふ「文章の任は、亦た名世の士に在り。相ひ与に主盟すれば、則ち其の道は墜ちず。今太平の盛んなるに方(あた)りて、文士輩出す。要(かなら)ず一時の文をして宗主たる所を有らしめん。昔欧陽文忠は常に是の任を以て某に付与し、故に敢へて勉めずんばあらず。異時文章の盟主たる、責は諸君に在り。亦た文忠の付授するが如きならん」と。

東坡先生はかつて「文学における責任はまた名高き士が負うものだ。彼らがともに文学を主導したならば、文学の道は堕落しないだろう。今、太平の世にあって文学の士が輩出している。きっと時代を代表する文学によって主導者としての責任が課せられるだろう。昔、欧陽文忠公（欧陽脩）もこの任を私に与えたため、私は懸命に励んだものだ。将来文学の盟主となり、その責務を負うのは君たちだ。これは欧陽文忠公が私に与えた薫陶のようなものだろう」と言った。

蘇軾もまた師の欧陽脩から文学の「宗主」となるように期待を寄せられており、彼はその思いにこれ以上ない形で応えた。そして、自らの門人に対しても、「文章の盟主」となるべく責務を果たせと激励したのである。この門人たちの中でも特に有名であるのが、「蘇門四学士」、もしくは「蘇門六君子」と称される人々である。前者は黄庭堅・秦観・晁補之・張耒であり、後者はこれに陳師道・李廌を加える。資質のある若者が蘇門に集まり、才華を輝かせた背景には、師たる蘇軾の文学的才能の高さは勿論だが、その大らかで自由闊達な人格にも負うところが大きい。蘇門の筆頭に挙げられる黄庭堅にその書風を揶揄されようと、張耒や晁補之から詞の創作法を諷されようと、蘇軾はその率直な意見を鷹揚に受け止めた。[2] 蘇軾は、師弟であろうとも創作について自由に言い合える雰囲気を作り出したかったのである。

文字の衰は、未だ今日に如く者有らざるなり。其の源は実に王氏に出づ。王氏の文、未だ必ずしも善からずんばあらず。而るに患は人をして己に同じくせしむるを好むに在り。孔子より人をして同じくせしむる能はず。顔淵の仁と子路の勇とは、以て相ひ移すこと能はず。而るに王氏は其の学を以て天下を同じくせんと欲す。地の美なる者は、物を生ずるに同じきも、生ずる所に同じからず。惟だ荒瘦の地、弥望は皆黄茅白葦のみなるは、此れ則ち王氏の同じきなり。近く章子厚の言を見るに、先帝は晩年甚だ文字の陋を患ひ、稍や取士の法を変へんと欲するも、特だ未だ暇あらざるのみ。議する者は稍や詩賦を復せんと欲し、『春秋』の学官を立つるは、甚だ美し。僕は老いたり、後生をして猶ほ古人の大全なる者を見るを得しめん。正に黄魯直・秦少游・晁無咎・陳履常と君等数人を頼るのみ。

文学の衰退は今日よりひどいものはない。その原因は王安石氏にある。王氏の文学は別に良くないわけではない。しかし、その悪所は他者に自分と同じようにさせることを好むところである。孔子だって他者を同化させることはできなかった。顔回の仁徳と子路の勇気は、それを他の者に移し替えることなどできないのだ。それなのに、王氏は自分の学術をもって天下を同じくしようと考えた。豊穣な土地というのは、どこも物を生み育むという点では同じだが、その生み出されたものは同じではない。しかし、荒廃して瘦せた地では、見渡す限り一面に黄色の茅や白い葦ばかりが生まれるもので、これこそ王氏の同じくしようという行いである。最近、章子厚（章惇）が言ったことだが、先の神宗皇帝はその晩年に文学の衰退を憂えて、少しくその採用方法を変えようと思ったが、ただそのための時間が無かったらしい。そこで、詩賦の試験を復活しようと提議する者がおり、また、『春秋』の学官を立てるというのは、大変素晴らしいことだ。私は既に老年であるから、後進によって古人の偉業の全貌を見させてもらおうと思う。それは正に黄魯直（黄庭堅）・秦少游（秦観）・晁無咎（晁補之）・陳履常（陳師道）と君（張耒）たち数人だけが頼みなのだ。

蘇軾「答張文潛縣丞書」（『蘇軾文集』巻四十九）

蘇軾は王安石の文学にも優れたところがあると認めながらも、彼の「人をして己に同じくせしむるを好む」ところがどうしても受け容れられなかった。そこで、王安石の科挙改革を柱とするその文学思想への統制に対して強く反対し、元祐年間（一〇八六―九三）に至ってそれがやっと改まる段となったとき、四学士を中心に自らの門人の才覚に期待を寄せた。彼らは、蘇門の中で切磋琢磨してその各々の持てる個性を伸ばした蘇軾の次の「文章の盟主」であったからである。このことは、王水照氏が蘇門をして「政治・学術・文学等多彩な内容を含む文人集団」であると指摘するように、蘇門の多彩な繋がりを示すものでもあろう[3]。中国には、文学によって政治的な志を表明する伝統がある。蘇軾が高官に昇ったこともあり、それも然るべきことであった。四学士の一人である晁補之は、蘇軾「和陶飲酒二十首」に和韻した際、同門の友にも言及した。

黄子似淵明　　黄子は淵明に似たり、
城市亦復眞　　城市にも亦た真に復る。
陳君有道擧　　陳君は道有りて挙げらる、
化行閭井淳　　化　行はれて閭井淳ならん。
張侯公瑾流　　張侯は公瑾の流、
英思春泉新　　英思　春泉のごとく新たなり。
高才更難及　　高才にして更に及び難きは、
淮海一髯秦　　淮海の一髯は秦なり。
嗟予競何爲　　嗟　予　競ふに何をか為さん、
十駕晞後塵　　十駕　後塵を晞む。

文章不急事　文章は急事ならず、
用意斯已勤　意を用て斯れ已に勤む。……

黄子（黄庭堅）は陶淵明に似て、街中にいてさえも本来の真実の姿に立ち返る。陳君（陳師道）は道を身につけていることから推挙され、彼の行う教化によって村里は淳朴さを取り戻すようになった。張侯（張耒）は周公瑾（周瑜）の流れを汲む者で、その優れた創造力は春の泉のように新たにあふれ出る。そして、俊才で及びもつかないのは、淮海のひげの者の秦（秦観）のこと。ああ、私（晁補之）は彼らと何を以て競えば良かろうか、凡愚な馬でも十日間走れば駿馬に追いつけるように、努力を続ければ彼らの通った後の塵を望むこともできよう。文学とは急いで成すことではないのだから、私はこつこつ意志をもって勤しむことにしよう。……

晁補之「飲酒二十首、同蘇翰林先生次韻、追和陶淵明」其二十（『雞肋集』巻四）

ここから、門人たちが互いを意識しながら、その才を認め合い、切磋琢磨している様子が窺える。この蘇門は、元祐年間（一〇八六―九三）にほぼその形を整えたが、元祐更化が終わった後は、それぞれが辺境に左遷されることになった。しかし、そうした苦境下においても、詩詞を唱和したり、同題の創作を行ったりして互いに慰め合いながら新たな文学創作を行った。その際、蘇軾も最果ての地に在って、和陶詩を始め意欲的に文学創作を進めつつ、師として彼ら門人たちを見守り続けたのであった。

▽注

（1）小川環樹『宋詩選』（筑摩書房、一九六七年）の解説、その二八九頁を参照。

（2）曾敏行『獨醒雜志』巻三に、蘇軾が黄庭堅の近頃の字を「幾んど樹梢に蛇掛かるが如し」と評し、黄庭堅が「亦た甚だ石の蝦蟇を圧するに似たり」と返し、二人で大笑いをしたとある。また、『王直方詩話』には、蘇軾が小詞を創作し、晁補之と張耒に示し、秦観と比べてどうか尋ねた際、二人が「少游の詩は小詞に似、先生の小詞は詩に似たり」と率直に述べたという。

（3）王水照「〝苏门〟的形成与人才网络的特点」（『王水照自選集』、上海教育出版社、二〇〇〇年）参照。また、王水照著・山田侑平訳『蘇軾　その人と文学』（日中出版、一九八六年）、その七十二頁以降に蘇門についての解説があり、「（蘇軾は）「蘇門」を画一的な流派にして後輩の藝術的才能の自由な発揮を妨げるようなことはしなかったのである」と述べる。

下篇　蘇軾文集の成立と蘇氏一族

第三章▼末子蘇過と蘇軾文集の編纂

三国魏の文帝こと曹丕が「蓋文章經國之大業、不朽之盛事[1]（蓋し文章は経国の大業、不朽の盛事なり）」と、文学の影響力と普遍性について高らかに宣言して以来、中国における詩文とは、時代に選ばれた文人が遺した「大業」であり、永久不滅の「盛事」となった。文人自身もそれを強く自覚しており、それ故、その詩文を如何にして後世に伝承するかは、彼らにとって至上命題であったと言えよう。この文人の詩文を集めた「文集」は、常に本人が編纂した「自編」とは限らない。継承すべき子孫のいなかった白居易は『白氏文集』を自編したが、死に瀕して同族の李陽冰に依託した李白のように、多くは文人の歿後に子弟や親族などが編定する「他編」の形式をとった。中国には、子孫や弟子がその父祖や師の偉業を継承し、顕彰する伝統があり、出版業が一般化する宋代にはそれは文集の編纂出版という形に結実した。そして、その文集によって、文人の後世の評価が決定したのである。

蘇軾の文集もまた、自身によって編まれたものと、子孫や弟子に託されたものとがある。そして、その子孫こそが蘇軾の末子蘇過であった。先行研究においても、蘇軾晩年における蘇過の文学継承について言及するものは少なくない。しかし、蘇軾の歿後に起こった「元祐党禁」による粛正の時代に、その第一の標的であった蘇軾の詩文を後世に遺そうと奮闘した蘇過の尽力を具体的に論ずるものは見られない。本章は、こうした蘇軾の晩年から歿後に至るまでの蘇過が果たした役割と影響を明らかにするものである。

一　蘇軾と三人の息子たち——後に君子有らば、当に我を知るべし

まず、蘇軾の晩年における、彼の三人の息子たちの行跡をそれぞれ確認したい。当時の蘇軾には、蘇過以外に、長子蘇邁と次子蘇迨がおり、彼らも父蘇軾に命じられた役割を忠実に果たした。

長子の蘇邁は、紹聖元年（一〇九四）当時三十六歳であり、元豊三年（一〇八〇）の黄州への左遷の際には、この蘇邁が随行した。しかし、その後の蘇邁は饒州徳興県尉や瀛州河間県令といった地方官を転々とし、政事や文才における蘇軾の期待は比較的薄かったようである。そこで、紹聖元年（一〇九四）閏四月、蘇軾は蘇邁に宜興にて荘園を経営して妻子を守りながら、嶺南の蘇軾を経済的に援助することを命じたのであった。蘇邁は途上の汝州において蘇轍から資金提供を受けつつ、家族を連れて宜興に赴いたという。また、紹聖四年（一〇九七）二月、蘇邁は幾人かの児孫を連れて恵州まで南下した[2]。しかし、同年四月には蘇軾が海南島に再謫されることになったため、蘇邁は諸孫とともに恵州に留まり、同時期に筠州から雷州に遷ることになった蘇轍の家族も引き取って、彼らと白鶴峰の居にて留守を預かることになった。恵州は、兄弟の居住地である宜興や潁昌府、他の蘇氏一族の住む故郷の眉州などと、蘇軾・蘇轍の配所である海南島・雷州を繋ぐ中間に在ったことから、蘇邁は中継役を担ったのである。

次子の蘇迨は、当時二十五歳で、科挙及第を志す身であり、後年には二歳下の蘇過とともに蘇軾の遺文を編纂する作業を請け負った。蘇軾は、英州（広東省清遠市英徳市）の知州事として赴任したその途上までは、蘇迨

を伴っている。しかし、蘇軾が「吾中子迨少羸多疾[3]（吾が中子迨は少羸にして多疾なり）」と云うように、蘇迨は幼少から病弱であったため、追って蘇軾の恵州流謫が決定した際に、蘇邁のいる宜興に行って勉学に専心することを命じられた。更に、蘇軾が海南島に遷った際、蘇迨は恵州に移住した蘇邁に代わり、宜興の荘園経営を受け継いだのである。蘇軾は、遠地から孝行する彼ら二子に対して次のような詩を寄せた。

嬉遊趁時節　嬉遊　時節を趁ひ、
俯仰了此世　俯仰　此の世を了す。
猶当洗業障　猶ほ当に業障を洗ひ、
更作臨水禊　更に臨水の禊を作すべし。
寄書陽羨兒　書を陽羨の児に寄せ、
并語長頭弟　并せて長頭の弟に語る。
門戸各努力　「門戸　各おの努力して、
先期畢租税　期に先んじて租税を畢らしめよ」と。

蘇軾「正月二十四日、與兒子過・賴仙芝・王原秀才・僧曇穎・行全・道士何宗一同遊羅浮道院及棲禪精舍、過作詩、和其韻、寄邁・迨一首」（『蘇軾詩集』巻三十九）

これは、恵州に来た翌年の紹聖二年（一〇九五）正月の作である。蘇軾は、時節に従って悠々と遊びつつも、やはり自らの境遇から現世の罪業に思いを馳せることもあり、御祓や仏道修行を行うことによってそれを雪がんとしていた。蘇軾は、そうした配所での生活を詩に寄せて二子に伝えつつ、彼らに期日前に租税を納めるほどに着実に田地を経営し、これからの蘇氏の家門を支えるよう教示した。蘇邁・蘇迨は、その思いに応えたのである。

そして、最も若く健康であった末子の蘇過が、嶺南への随行者として選ばれた。結果として、蘇過は、二十三歳から三十歳までの青年期を嶺南・海外で過ごすことになる。紹聖二年（一〇九五）八月一日、蘇軾は、前年の南遷時の蘇過について、次のように回想した。

軾之幼子過、其母同安郡君、王氏、諱閏之、字季章、享年四十有六。以元祐八年八月一日、卒于京師、殯于城西惠濟院。過未免喪、而從軾遷于惠州、日以遠去其母之殯爲恨也。念將祥除、無以申罔極之痛。故親書『金光明經』四卷、手自裝治、送虔州崇慶禪院新經藏中、欲以資其母之往生也。

軾の幼子過、其の母は同安郡君、王氏、諱は閏之、字は季章、享年四十有六なり。元祐八年八月一日を以て、京師に卒し、城西恵済院に殯す。過未だ喪を免ぜずして、軾に従ひて恵州に遷るに、日び其の母の殯より遠去するを以て恨と為す。念じて将に祥除せんとし、以て罔極の痛みを申ぶこと無し。故に『金光明経』四巻を親書し、手自ら装治して、虔州の崇慶禅院の新経蔵中に送り、以て其の母の往生に資せんと欲す。

蘇軾「書金光明經後」（『蘇軾文集』巻六十六）

元祐八年（一〇九三）八月一日、蘇軾の継室王閏之は開封にて逝去した。翌紹聖元年（一〇九四）、蘇過は、亡母の服喪中であったものの、その半ばで蘇軾の南遷に随行することになった。そこで、蘇過は、『金光明経』四巻を書写してそれを装丁し、虔州（江西省贛州市）の崇慶禅院に納めて供養としたのである。ここから、蘇過は非常に親孝行であり、且つ、書巻を装丁・整理することにも秀でていたことが推察される。それ故に、蘇軾は蘇過を助手に選択したのであろう。このように、蘇軾は、息子たちの年齢や才能、健康状態などを考慮して各々の役目を課し、息子たちは父の命じた通りにその責務を果たしたのである。

後の元符三年（一〇九七）、北帰が叶った蘇軾は、次のような詩を詠み、三子を慰労した。

大兒牧衆稺　　大児は衆稺を牧ひ、
四歳守孤嶠　　四歳　孤嶠を守る。
次子病學醫　　次子は病みて医を学び、
三折乃粗曉　　三折　乃ち粗ぼ暁る。
小兒耕且養　　小児は耕して且つ養ひ、
得暇爲書繞　　暇を得れば書の為に繞る。
我亦困詩酒　　我　亦た詩酒に困しみ、
去道愈茫渺　　道を去ること愈よ茫渺たり。
紛紛何時定　　紛紛として何れの時にか定まる、
所至皆可老　　至る所　皆老ゆべし。
莫學柳儀曹　　学ぶこと莫し　柳儀曹の、
詩書教氓獠　　詩書　氓獠に教ふるに。

亦莫事登陟　　亦た登陟を事とする莫し、
谿山有何好　　谿山　何の好きところか有らん。
安居與我遊　　安居して　我と遊び、
閉戸浄洒掃　　戸を閉ぢて浄く洒掃せよ。

蘇軾「將至廣州、用過韻、寄邁・迨」（『蘇軾詩集』巻四十四）

即ち、蘇軾の嶺南流謫の後、蘇邁は、一家の長子として宜興の荘園を経営しながら幼い子孫を養育し、また、後には「孤嶠」たる恵州にて家を守った。次子蘇迨は、科挙に落第した後、生来病弱であるが故に医術を修学した。蘇軾の流謫に随行した蘇過は、父のために耕作や炊事のみならず、書物を求め、その貸借の交渉も行っていた。(4) そして、かかる息子たちの孝行によって、蘇軾は大いに「詩酒」に耽溺できたのである。実際のところ、蘇軾は酒量の少ない人であったので、あまり酒を過ごすことはなかったであろうが、配所でも積極的に詩文創作を行っていた。そして、この三子の中で、蘇軾の文業を継承したのは蘇過であった。

二　蘇軾晩年の蘇過の役割——翁詩を賦し書を著せば　則ち児更に端して之を起拝す

では、蘇過は如何にして蘇軾の文業を補佐し、それを継承するに至ったのか。蘇門の門人晁説之は、撰述した蘇過の墓誌銘にて、蘇軾の嶺南・海外流謫の経緯とその蘇軾に随従する蘇過の姿勢を次のように評した。

明年、先生出帥定武。卽謫知英州、繼貶惠州安置。三年、遷儋耳安置、旣四年、漸徙廉州。居住邈乎、萬死不測之險也。獨叔黨侍先生、以往來其初爲嶺外之役。時叔黨方居母喪、有以動塗人涕泣者、或曰「先生南居而樂焉、非也。」先生憂國愛君之心、日加循省而鬱結、則何敢樂。惟是叔黨、於先生飲食服用、凡生理晝夜寒暑之所須者、一身百爲、而不知其難。翁板則兒築之、翁樵則兒薪之、翁賦詩著書則兒更端起拜之、爲能須臾樂乎先生者也。

明年（元祐八年、一〇九三）、〔東坡〕先生　出でて定武に帥たり。即ち謫せられて英州に知し、継いで恵州安置に貶さる。三年して、儋耳安置に遷り、既に四年して、漸く廉州に徙る。居住　邈くして、万死不測の険なり。独り叔党（蘇過）のみ先生に侍し、其の初に往来するを以て嶺外の役と為す。時に叔党は方に母の喪に居するに、以て塗人を動かして涕泣する者有り、或ひと曰く「先生　南に居して楽しむは、非なり」と。先生　憂国愛君の心、日び加ます循省して鬱結するに、則ち何ぞ敢へて楽しまんや。惟だ是れ叔党のみ、先生の飲食服用に於いて、凡そ生理の昼夜寒暑の須いる所は、一身に百為して其の難を知らしめず。翁板せば則ち児之を築き、翁樵せば則ち児之を薪し、翁詩を賦し書を著せば則ち児更に端して之を起拝し、為に能く須臾も先生を楽しましむる者ならんや。

晁説之「宋故通直郎眉山蘇叔黨墓誌銘」（『嵩山文集』巻二十）

このように、蘇軾が嶺南に流謫された後、蘇過は、蘇軾の生活雑事から文業に至るまで全てのサポートを行い、鬱屈する配所での生活を「楽」しいものにすべく努めたのである。例えば、蘇軾が「過子忽出新意、以山芋作玉糝羹。色香味皆奇絶、天上酥陀則不可知、人間決無此味也（過子忽ち新意を出し、山芋を以て玉糝羹を作る。

色香味皆奇絶にして、天上の酥陀は則ち知るべからず、人間決して此の味無きなり）」と題する詩を詠んだように、[5] 蘇過は蘇軾のために「玉糝羹」という新たな料理を創作することもあった。そして、墓誌銘に「翁詩を賦し書を著せば則ち児更に端して之を起拝」したとあることから、蘇軾が詩文を書す際には、必ずその傍らに控えていたことが推察される。また、彼ら父子は海南島において、一族からの経済的援助以外に、現地の文人から書物を借り、それを筆写して生計を立てていたのだが、蘇軾はこの抄書をほぼ蘇過に任せたという。

兒子到此、抄得『唐書』一部、又借得『前漢』欲抄。若了此二書、便是窮兒暴富也。呵呵。老拙亦爲此、而目昏心疲、不能自苦。故樂以此苦、壯者爾。

児子　此に到りて、『唐書』一部を抄し得、又た『前漢〔書〕』を借り得て抄せんと欲す。若し此の二書了れば、便ち是れ窮児　暴かに富まん。呵呵。老拙も亦た此を為さんと欲するも、目昏く心疲れて、自ら苦しむ能はず。故に楽しむに此の苦を以てするは、壮なる者のみ。

蘇軾「與程秀才」第三簡（『蘇軾文集』巻五十五）

即ち、蘇軾は六十歳を越えて海南島に渡ったため、「目昏く心疲れ」ていた。それ故に、抄書のような労苦は壮年の蘇過が負担したのである。このことから、蘇軾自身の詩文創作においても、体調不良の時は蘇過に代書させることがあったと考えられる。また、蘇軾の生前から、蘇過は、蘇軾の詩文の校正を担当していた。

秦少章言「公嘗言『觀書之樂、夜常以三鼓爲率、雖大醉歸、亦必披展、至倦而寢。』然自出詔獄之後、不復観一字矣。某於銭塘従公學二年、未嘗見公特観一書也。然毎有賦詠及著譔、所用故實、雖目前爛熟事、必令秦與叔黨諸人檢視、而後出。」

秦少章は言ふ「公（蘇軾）は嘗て『書を観るの楽しみは、夜は常に三鼓を以て率と為し、大酔して帰ると雖も、亦た必ず披展し、倦むに至りて寝す』と言ふ。然るに詔獄を出でし後より、復た一字も観ず。某は銭塘に於いて公に従ひて学ぶこと二年、未だ嘗て公の特だ一書を観ることを見ず。然らば賦詠及び著譔有る毎に、用いる所の故実は、目前爛熟の事と雖も、必ず秦と叔党（蘇過）諸人とをして検視せしめ、而して後に出づ」と。

何薳『春渚紀聞』[6]巻六「著述詳攷故實」

この秦覯[7]（字は少章）とは、蘇門四学士の一人である秦観の実弟であり、彼もまた蘇軾の直弟子であった。その秦覯の証言によると、元豊二年（一〇七九）の「烏台詩案」より以後、蘇軾は典拠の確認などせずに創作するため、その点検作業を秦覯や蘇過などが行っていたという。そして、蘇軾の晩年から歿後にかけては、蘇過が多くを負担したと思われる。このように、蘇過は秘書として常に蘇軾の側に控え、時に彼の詩文を筆写し、借書のために奔走した。更に、蘇軾が著した詩文を校正し、それを装丁して整え、管理したのである。

そして、このような蘇過の特性を活かした仕事が、蘇軾の後半生の文集である『東坡後集』二十巻の編纂であった。蘇軾の文集については、南宋の胡仔が次のように述べている。

世傳『前集』、乃東坡手自編者。隨其出處、古律詩相間、謬誤絶少。……『後集』、乃後人所編。惜乎、不載和陶諸詩、大爲闕文也。
世に伝ふる『前集』は、乃ち東坡手自ら編む者なり。其の出処に随ひ、古の律詩の相ひ間するに、謬誤絶へて少なし。……『後集』は、乃ち後人の編む所なり。惜しいかな、和陶の諸詩を載せず、大いに闕文と為す。

胡仔『苕溪漁隱叢話後集』巻二十八

ここに云う『前集』こと『東坡集』は、蘇軾自編のため誤謬は大変少なかった。一方、『東坡後集』は、海南島時代末期に、蘇軾の友人劉庠の児孫劉沔が編集した蘇軾の詩文集二十巻を基礎に、蘇軾と蘇過が増補再編したものと言われている(8)。それ故に、胡仔は、「後人(＝子孫)」の作であると述べたのである。そして、蘇軾の三子の中でも、特に蘇過がその編纂に関与していたことは明らかである。これについては、前述した蘇過の役割に加えて、以下に挙げる蘇軾が劉沔に寄せた感謝状も、その証左となるであろう。

今足下所示二十卷、無一篇僞者、又少謬誤。及所示書詞、清婉雅奥、有作者風氣、知足下致力於斯文久矣。軾窮困本坐文字、蓋願刳形去智、而不可得者。然幼子過文益奇、在海外孤寂無聊、過時出一篇見娯、則爲數日喜、寝食有味。以此知文章如金玉珠貝、未易鄙棄也。見足下詞學如此、又喜吾同年兄龍圖公之有後也、故勉作報書。
今足下の示す所の二十巻、一篇の偽たる者無く、又た謬誤少なし。示す所の書詞に及んでは、清婉雅奥にして、作者の風気有り、足下の力を斯文に致すことの久しさを知る。軾の窮困するは本もと文字に坐し、蓋し形を剞きて智を去らんと願へども、得べからざる者なり。然れども幼子過の文は益ます奇にして、海外に在りて孤寂無聊なれども、過　時に一篇を出して娯（たの）しめらるれば、則ち数日の喜びと為り、寝食味有り。此を以て文章は金玉珠貝の如く、未だ鄙棄すること易からざるを知るなり。足下の詞学の此くの如きを見て、又た吾が同年兄龍図公の後有るを喜び、故に勉めて報書を作る。

蘇軾「答劉沔都曹書」（『蘇軾文集』巻四十九）

蘇軾は、劉沔の編纂した蘇軾の文集二十巻に言及し、偽作が無く誤謬も少ないと、その正確さを称えた後に、「幼子過の文益ます奇」であるとして、息子蘇過の才能を自慢した。また、同時に劉沔の学識を称賛して、同年及第の友人である劉庠に劉沔という「後有る」ことを祝福した。そして、これは、蘇軾自身にも蘇過という優れた後継者がいることを暗示したものであろう。蘇軾は、晩年の秘書であった蘇過を後継者とし、『東坡後集』等の詩文を彼に託したのである。

三　蘇軾歿後の蘇過の功業――流俗の為に痛哭すべく、過　謹しんで書して家に蔵す

建中靖国元年（一一〇一）七月末に蘇軾が常州にて病死した後、蘇過は甥の蘇符（字は仲虎）とともに、蘇軾を埋葬した汝州郟城県（河南省平頂山市郟県）の小峨眉山の山麓において喪に服した。そして、崇寧二年（一一〇三）七月に除服した後は、官途に就くことなく、叔父蘇轍の隠棲地である潁昌府に身を寄せた。それから政和二年（一一一二）六月までのおよそ九年間、蘇過は蘇轍の庇護の下で過ごしたという。この蘇過の潁昌府にお

ける閑居は、蘇軾の遺した詩文を編纂・保管するためのものであった。大観二年（一一〇八）、蘇轍は、「追和張安道贈別絶句幷引」において「及自龍川還潁川、侄過出子瞻遺墨[9]（龍川より潁川に還るに及んで、侄過　子瞻の遺墨を出だす）」と序した。ここから、蘇軾の三子の中では、蘇過が蘇軾の遺文を継承したこと、そして、それを他ならぬ蘇轍が認知していたことが判る。そして、蘇過が亡父の文集編纂を急務としたのは、蘇軾の歿後、元祐年間（一〇八六―九三）に活躍した旧法党の要人に対する報復政策、所謂「元祐党禁」が施行されたためである。

この元祐党禁は、ほぼ北宋末期の基本的な政治方針であり、図抜けた文学的影響力を持つ蘇軾を擁する蘇氏一族は、標的の筆頭であった。崇寧元年（一一〇二）十二月には元祐党人の「学術政事」の教授が禁止され、翌崇寧二年（一一〇三）四月には、蘇洵・蘇軾・蘇轍及び蘇門四学士である黄庭堅・張耒・晁補之・秦観の文集の著作などの版木の焼却処分が申し渡され、以後、発禁とされたが、特に蘇軾については発禁焚書の詔勅が頻発され、『東坡集』を所有していただけで処分されることもあったという。しかし、当時、そうした禁止が強まることで、却って人気が高まるという逆転現象が起こった。

崇寧・大觀間、海外詩盛行、後生不復有言歐公者。是時、朝廷雖嘗禁止、賞錢增至八十萬、禁愈嚴而傳愈多、往往以多相夸。士大夫不能誦坡詩、便自覺氣索、而人或謂之不韻。

崇寧・大観の間、海外の詩盛行し、後生復た欧公を言ふ者有らず。是の時、朝廷は嘗て禁止すると雖も、賞銭　増すこと八十万に至り、禁ずること愈よ厳しくして伝はること愈よ多く、往往にして多きを以て相ひ夸る。士大夫　坡詩を誦する能はざれば、便ち自ら気索なるを覚え、人或は之を不韻と謂ふ。

朱弁『曲洧舊聞』[10] 巻八「東坡詩文盛行」

ここに云う「海外の詩」とは、蘇軾の海南島における詩のことであり、それが「禁ずること愈よ厳しくして伝はること愈よ多」かったという事実は、頻発された発禁の詔勅が表すところである。発禁したにも関わらず、蘇軾の詩文が一層流行してしまったために、度重なる禁令を出さざるを得なかったのであろう。そして、この蘇軾詩文の発禁及び流行は、「朝廷嘗て禁止すると雖も、賞銭増すこと八十万」に至ったというように、裏取引の横行と価格の高騰を生んだ。この取引には、士大夫や宦官といった禁令を出す朝廷の人々も関係していた。

先生翰墨之妙、既經崇寧・大觀焚毀之餘、人間所藏、蓋一二數也。至宣和間、内府復加搜訪、一紙定直萬錢。而梁師成以三百千取吾族人「英州石橋銘」。譚稹以五萬錢輟沈元弼「月林堂」榜名三字。至於幽人釋子所藏寸紙、皆爲利誘、盡歸諸貴近。及大卷軸、輸積天上。

〔東坡〕先生の翰墨の妙なるは、既に崇寧・大観の焚毀を経るの余、人間に蔵する所、蓋し一二の数あるのみ。宣和の間に至り、内府　復た加へて捜訪し、一紙に直（あたひ）万銭を定む。而して梁師成は三百千を以て吾が族人の「英州石橋銘」を取る。譚稹は五万銭を以て沈元弼の「月林堂」の榜名三字を輟（あつ）めり。幽人釈子の蔵する所の寸紙に至っては、皆利の為に誘ひ、尽く諸（これ）を貴近に帰す。大巻の軸に及んでは、輸して天上に積む。

何薳『春渚紀聞』巻六「翰墨之富」

徽宗が親政を開始した崇寧（一一〇二―〇六）及び大観（一一〇七―一〇）の間、版木の焚毀を経たことで、希少価値を生んだ蘇軾の詩文は、徽宗朝末期の宣和年間（一一一九―一一二五）に至っては、「内府　復た加へて捜訪し、一紙に直万銭を定む」とあるように、「元祐党禁」を主導する朝廷の「内府」のもとで収集されたという。万金を以て集積を行ったという梁師成や譚稹は徽宗に重用された宦官であり、彼らを始めとする徽宗の側近たちは、蘇軾の真筆の片紙を競って買い漁っていたのであった。(11)

このような状況下において、蘇過は、海南島から持ち帰った蘇軾の遺文を早急に整理して編纂する必要に迫られた。更に、蘇過は、蘇学の書や『東坡後集』の校正・編纂とともに、次兄の蘇迨とともに『先公手沢』という蘇軾の遺文集を編集した。これは今に伝わる『東坡志林』の基礎となったと考えられている。(12)

また、蘇過は、蘇氏一族の管理下にある詩文以外に、他家所蔵のものも検分した。その一つが開封の蔵書家蔡氏であろう。蔡家の人々は「不事科擧、不樂仕宦、獨喜收古今之書（科挙を事とせず、仕宦を楽しまず、独り古今の書を収むるを喜ぶのみ）」を旨としており、また、それが故に、蘇過は初めて蔡家を訪れた際、その子息に「且吾父有徳不耀、常畏人知、棄冠冕而遺世故久矣、必不能從子游（且つ吾が父は徳有るも耀せず、常に人に知らるるを畏れ、冠冕を棄て世故を遺るること久しく、必ず子に従ひて游ぶこと能はざらん）」と、親しい交際を断られたという。しかし、蘇過は「嗚呼、讀其書、論其事、想見其人、凛然於千載之上、修身立言、可以垂訓百世之後（嗚呼、其の書を読み、其の事を論じ、其の人を想見すれば、凛然として千載の上に於いて、修身立言し、以て訓を百世の後に垂るべし）」と、書物の意義を述べ、世俗との交わりをきっぱりと断って父祖からの蔵書を受け継ぐ蔡氏父子の真摯な姿勢を称え、それを後漢末の隠者である龐公に比した。

龐徳公隱於鹿門、妻子躬耕。或疑「其不仕、以爲何以遺子孫也。」龐公曰「我遺子孫以安、不爲無所遺也。」

今居士、口不談世之爵祿、身不問家之有無、所付子孫者獨書耳。龐公之意、殆無以過此。

龐徳公は鹿門に隠れ、妻子は躬ら耕す。或ひと疑ふ「其れ仕へずんば、以為らく何を以て子孫に遺さんや」と。龐公曰く「我　子孫に遺すに安を以てす、遺す所無きと為さず」と。今の居士、口は世の爵禄を談ぜず、身は家の有無を問はず、子孫に付する所は独り書のみ。龐公の意、殆ど以て此に過ぐる無し。

蘇過「夷門蔡氏藏書目叙」（『斜川集校注』巻九）

このように、蘇過は、龐公の云う「安」に勝るのは「書」であると主張した。この蔡家の蔵書には、彼らが収集した蘇軾の詩文が多数あった[13]。よって、蘇軾が蘇過に遺したものは安逸だけではなく、蘇軾の詩文そのものであり、蘇過は、自戒もこめてこの序文を書いたのであろう。

蘇過の蘇軾遺文編纂は、蘇轍が「政和元年冬、得姪邁等所編『先公手澤』[14]（政和元年冬、姪邁等の編む所の『先公手沢』を得たり）」と述べるように、政和元年（一一一一）の冬に一段落したらしい。因みに、蘇轍は長子蘇邁の名を挙げているが、蘇邁は大観元年（一一〇七）から政和二年（一一一二）まで、嘉禾県令として赴任していたため、編纂作業にはあまり関与していなかった。政和二年（一一一二）、蘇過はその遺文に次のような跋文を付した。

公之書如有道之士、隱顯不足以議其榮辱。昔之人有欲擠之於淵、則此書隱。今之人以此書爲進取資、則風俗靡然、爭以多藏爲誇。而逐利之夫、臨摹百出、朱紫相亂十七八矣。嗚呼、此皆書之不幸也。……過侍先君居夷七年、所得遺編斷簡、皆老年字、落其華而成其實、如太羹玄酒、朱弦疏越。將取悦於婦人女子、難矣哉。世方一律、殆未可言、且非獨書也、斯文亦然。公昔爲「藏經記」、初傳於世、或以爲非公作、其後知之者以爲神奇。在惠州作「梅花詩」、有以爲非、至有以爲笑。此皆士大夫間以文鳴者、其説能使人必信、其謬妄如此。乃知識「古戰場文」者鮮矣。可爲流俗痛哭、過謹書藏於家。

公（蘇軾）の書は有道の士の如く、隠顕は以て其の栄辱を議するに足らず。昔の人は之を淵に擠さんと欲する有らば、則ち此の書をば隠す。今の人は此の書を以て進取の資と為し、則ち風俗靡然として、争ひて多蔵を以て誇りと為す。而して逐利の夫、臨摹百出し、朱紫相ひ乱るること十に七八なり。嗚呼、此れ皆書の不幸なり。……過　先君に侍して夷に居すること七年、得る所の遺編断簡、皆老年の字にして、其の華落ちて其の実成ること、太羹に玄酒あり、朱弦にして疏越なるが如し。将に悦を婦人女子より取らんとすること、難きかな。世は方に一律にして、殆ど未だ言ふべからざるは、且つ独り書のみに非ず、斯文も亦た然り。公昔「蔵経記」を為りて、初めて世に伝はるも、或ひと以て公の作に非ずと為し、其の後之を知る者は以て神奇と為す。恵州に在りて「梅花詩」を作りしとき、以て非と為すもの有り、以て笑ひと為すもの有るに至る。此れ皆士大夫の間に文を以て鳴る者にして、其の説能く人をして必ず信ぜしむるも、其の謬妄　此の如し。乃ち「古戦場の文」を識る者の鮮なきを知るなり。流俗の為に痛哭すべく、過　謹しんで書して家に蔵す。

蘇過「書先公字後」（『斜川集校注』巻八）

即ち、蘇過は、蘇軾の書物を多く所蔵することのみを誇って、正邪が乱れてしまった世間の有様に憤慨した。前述したように、当時、蘇軾詩文が高額取引されたために、贋作も横行していた。しかし、「過　先君に侍りて夷に居すること七年」と自認するように、彼は七年間も蘇軾の傍らで薫陶を受けたため、その真贋が鑑定できた。それ故に、文名の高い士大夫の中に、蘇軾の真筆を贋作と見なす者、嶺南に流謫されていた頃の蘇軾の詩文を笑いものにする者などがいること、そして、世間がそうした妄言を信じてしまうことを憂慮したのである。そこで、「過　謹しんで書して家に蔵す」と、蘇軾の遺文を家蔵し、後世に伝承する決意を表した。蘇過を支援した蘇轍も、次のように詠んだ。

少年喜爲文　　少年より文を為る(つく)を喜び、
兄弟俱有名　　兄弟　俱に名有り。
世人不妄言　　世人　妄言せず、
知我不如兄　　我の兄に如か(し)ざるを知る。
篇章散人間　　篇章　人間に散り、
墮地皆瓊英　　地に堕つるも　皆瓊英たり。
凛然自一家　　凛然たる自が(わ)一家、
豈與餘人爭　　豈に余人と争はんや。
多難晩流落　　多難にして晩に流落し、
歸來分死生　　帰来するも死生を分かつ。
晨光迫殘月　　晨光　残月に迫り、
回顧失長庚　　回顧して長庚を失ふ。
展巻得遺草　　巻を展き(ひら)て遺草を得、

流涕濕冠纓　流涕して冠纓を湿ほす。
斯文久衰弊　斯文　久しく衰弊するも、
涇流自爲清　涇流　自ら清しと為す。
科斗藏壁中　科斗　壁中に蔵し、
見者空嘆驚　見る者　空しく嘆驚す。
廢興自有時　廃興　自ら時有り、
詩書付西京　詩書　西京に付す。

蘇轍「題東坡遺墨巻後」（『欒城三集』巻二）

このように、蘇轍は蘇軾の遺文が元祐党禍によって「衰弊」していることを悲嘆した。そこで、蘇轍は、それを家中に秘蔵した上で、更に西京（河南省洛陽市）に任官していた次子蘇适にもその一部の保管を委せたという[15]。「廃興　自ら時有り」という詩句からは、来たる時のために一所に有することを危ぶんで、かかる処置を行った蘇轍の思惑が推察される。このように、蘇過・蘇轍を始めとする蘇氏一族の献身的な努力によって、蘇軾の詩文は固守されたのであった。

小　結

但し、蘇過の編纂には欠点もある。蘇過は、蘇軾自身の取捨選択が行われた『東坡後集』はともかく、その他の文集については、重要な遺稿から些末な片紙に至るまで無差別に収集した上に、それを整理して刊行することが出来なかった。それ故、家蔵の詩文は雑然としたものになったらしい。その結果、『東坡集』『東坡後集』は後世に伝承されたものの、『先公手沢』の断片と思われる『東坡志林』は不完全な状態となった。南宋時代以降、蘇軾の未発表詩文が世に流出し、多くの外集が出版されたが、その一因は、このような蘇過の編纂姿勢にあったのではないだろうか。

しかし、前述したように、蘇軾は、配所の嶺南・海南島で後世に多大な影響を与えた詩文を多く著し、蘇過は、そうした蘇軾の文業を支え、校正や代書などの補助を担った。また、政治情勢からそれらの著作の出版を不可能と判断した蘇軾は、その悲願を蘇過に託した。蘇過はその遺志を受けて、元祐党禁による政治的弾圧と不正流通に苦悩しながらも、蘇軾の詩文を収集し、保管した。そして、蘇過の尽力によって守られた蘇軾の詩文は、後世の人々が蘇軾を再評価する基盤となったのであった。

では、そのような蘇過の業績はどのように評価されていたのか。後に蘇軾の注釈をした趙夔は、その詩集の序文において、蘇過に教えを乞うたと述べている。

頃者、赴調京師、繼復守官、累與小坡叔黨遊從至熟。叩其所未知者、叔黨亦能爲僕言之。僕既慕先生甚切、精誠感通。

頃者、赴きて京師に調し、継いで守官に復し、累り(しき)に小坡叔党と游従し熟するに至る。其の未だ知らざる所の者を叩(たつ)ぬるに、叔党も亦た能く僕の為に之を言ふ。僕　既に先生を慕ふこと甚だ切にして、精誠　感通す。

趙夔「註東坡詩集序」（『王狀元集百家註分類東坡先生詩』巻首）

この趙夔の言についてはその真偽に異論もあるが[16]、ここから、蘇過が蘇軾の詩文を熟知した人物として評価されていたことは明らかであろう。また、蘇過は宣和五年（一一二三）に五十二歳で急死したのだが、その墓誌銘には、「則先生之立言者、叔黨之功業也。惜乎、不及使人有見於此（則ち〔東坡〕先生の立言は、叔党の功業なり。惜しいかな、人をして此を見ること有らしむに及ばず）」という評が見える。蘇過の墓誌銘を執筆した晁説之は、世人に知られぬ蘇軾詩文に対する蘇過の献身を「功業」として称えたのであった。

▽注

（1）曹丕「典論論文」（『文選』巻五十二）。

（2）蘇轍から蘇邁に対する資金提供については、「與參寥子」第十三簡（『蘇軾文集』巻六十一）に「及子由分俸七千、邁將家大半就食宜興（子由の俸七千に分けるに及び、邁は家の大半を将いて宜興に就食す）」という記載がある。紹聖三年（一〇九六）、蘇邁は韶州の仁化県令に任じられ、自分の息子の蘇簞・蘇符、蘇過の長子の蘇籥など蘇軾の諸孫を連れて南下したが、後に令が取り消され、蘇軾は蘇邁を恵州に留まらせた。

（3）蘇軾『東坡志林』巻二「書李若之事」。また、元祐四年（一〇八九）及び紹聖三年（一〇九六）、蘇迨は科挙を受験したが、落第した。

（4）同じ頃に蘇過も「借書」（『斜川集校注』巻二）を詠んでいる。

（5）蘇軾「過子忽出新意、以山芋作玉糝羹。色香味皆奇絶。天上酥陀則不可知、人間決無此味也」（『蘇軾詩集』巻四十二）。

（6）何薳『春渚紀聞』（中華書局、一九八三年）を底本とする。

（7）『宋史』秦観伝には「弟覯、字少章。覿、字少儀。皆能文（弟の覯、字は少章。覿、字は少儀。皆文を能くす）」とあり、秦少章を秦覯とするが、黄庭堅「次韻答秦少章乞酒」（『山谷詩集注』巻十）と「贈秦少儀」（同巻十一）によると、秦少章が覯であり、秦少儀が覿であるという。ここでは、同時代人である黄庭堅の云うところに従う。

（8）上篇第一章の注（14）に挙げる曾棗荘「南宋蘇軾著述刊刻考略」（『三蘇研究　曾棗荘文存之一』、巴蜀書社、一九九九年）参照。また、蘇過の次子蘇籥と交遊のあった孫覿（字は仲益）は「與蘇守季文」（『内簡尺牘』巻七）において、「『東坡後集』、或云『即劉元忠所集二十巻。』則容有未盡也。（『東坡後集』は、或ひと云ふ『即ち劉元忠の集める所の二十巻なり』と。則ち容未だ尽さざるところ有るなり）」と述べている。

（9）蘇轍「追和張安道贈別絶句幷引」（『欒城三集』巻一）。

（10）朱弁『曲洧舊聞』（中華書局、二〇〇二年）を底本とする。

（11）梁師成は蘇軾の庶子と称してその遺文を収集した。朱熹は「蘇東坡子過・范淳夫子温、皆出入梁師成之門、以父事之。……師成自謂『東坡遺腹子』、待叔黨如親兄弟（蘇東坡の子過・范淳夫（范祖禹）の子温は、皆梁師成の門に出入し、父を以て之に事ふ。……師成は自ら『東坡遺腹の子なり』と謂ひ、叔党を待すること親兄弟の如し）」と、梁師成と蘇過の親密な関係を指摘するが（『朱子語類』巻一三〇）、曾棗荘「三蘇後代考略」（『三蘇研究　曾棗荘文存之一』所収）によると、程頤と対立した蘇軾・蘇轍を批判し、蘇学を排斥した朱熹のみの証言であることから、歴代異論も呈されているという。

（12）蘇迨は、政和元年（一一一一）まで潁昌府におり、蘇過に協力していたと考えられる。また、陳振孫『直齋書錄解題』巻十一に「『東坡手澤』三巻、蘇軾撰、今俗本大全集中所謂『志林』者也（『東坡手沢』三巻、蘇軾の撰にして、今の俗本大全集中の所謂『志林』なる者なり）」とあることから、『先公手澤』が『東坡志林』の基礎となったと考えられる。

（13）上篇第二章の注（15）に挙げる李之儀「仇池翁南浮集後序」（『姑溪居士後集』巻十五）参照。

（14）蘇轍「再題老子解題後」（明刊『潁濱先生道德經解』巻末）。

（15）蘇轍の次子蘇适は、政和元年（一一一一）、監西京河南倉に任じられた。その際、蘇過は「送仲南兄赴水南倉」（『斜川集校注』巻三）を贈っている。蘇轍の系統による編纂については、下篇第五章に詳しく述べる。

（16）『四庫提要』では、趙夔と蘇過の年代や経歴によって、この序文も書肆の仮託とする。西野貞治「東坡詩王状元集注本について」（『人文研究』第十五号巻第六号、大阪市立大学文学部、一九六四年）では、「頃者」を近頃と解さずにずっと前のこととすれば、この説は可能とする。

【コラム③】
蘇軾と宋代の出版文化

宋代は「製版印刷の黄金時代」であり、出版文化にとって画期的な変化が起こった時代である。[1]行政機関による「官刻」、家塾での教科書とするために一族の主立った者が資金を出し合って行う「家刻」、そして、商業出版の「坊刻」のいずれにおいても製版印刷の技術が向上し、また、文治主義を国是とする安定した統一王朝のもと、教育の奨励と駅伝システムの発達が促された。その結果、文学についても出版が盛行し、その伝播が迅速かつ広範なものへと変化したのである。主に元祐年間（一〇八六―九三）を除き、官僚として各々任地に赴かねばならなかった蘇門の文人たちが集団としてまとまることが出来たのも、こうした当時の社会的・文化的な背景が大いに作用した。

そして、この当時、出版業が盛んな地として、北宋においてはまずは都の開封があり、また、南宋も通じて考えると、浙江・四川・福建などが挙げられる。北宋時代の出版業の中心は政治経済の中心たる都の開封であり、蘇軾の生前の文集も刊刻されたらしいが、靖康の変によって開封が陥落すると、大量の書籍や版木が金の都である中都に運ばれ、開封の書肆もその拠点を浙江へと移していったという。

昔から経済が発達し、且つ、文化の発信も盛んに行われていた浙江では、南宋の都となる杭州（臨安）のほか、紹興・明州（寧波）でも多くの出版が行われた。蘇軾は、とりわけ杭州との縁が深く、熙寧四年（一〇七一）十一月末から同七年（一〇七四）九月まで通判として、元祐四年（一〇八九）七月から同六年（一〇九一）三月まで知州として任官していた。当地で最も有名な蘇軾詩は、熙寧六年（一〇七三）春に詠まれた西湖を称えたものであろう。

水光瀲灔晴方好　　水光　瀲灔として　晴れて方に好し、
山色空濛雨亦奇　　山色　空濛として　雨も亦た奇なり。
欲把西湖比西子　　西湖を把りて西子に比せんと欲すれば、
淡粧濃抹總相宜　　淡粧・濃抹　総て相ひ宜し。

さざ波が広がって水面の光がきらきらと光る、そんな晴れている西湖はまことに美しく、小雨が降って山の景色がもうもうとけぶる、そんな雨降る西湖もまた素晴らしい。
この西湖をかの傾国の美女たる西施に引き比べてみようとするならば、淡い化粧も念入りな化粧も、それぞれ相応の風情があることだ。

蘇軾「飲湖上、初晴後雨二首」其二（『蘇軾詩集』巻九）

杭州の西湖

現在でも杭州の西湖に訪れる人々の多くは、この詩を思いながら蘇軾が知州事時代につくった「蘇堤」を歩く。杭州では、こうした蘇軾への敬愛の念もあってか、蘇軾文集の出版も盛んであった。例えば、蘇軾の生前に杭州の書肆によって『元豊続添蘇子瞻学士銭塘集』が出版され、陳師道の兄であり、当時杭州銭塘県主簿であった門人の陳師仲（字は伝道）は、ここで『超然集』『黄楼集』を刊行したという[2]。南宋に至って杭州が都となると、浙江の発展はより目覚ましいものとなった。

ほか、四川、即ち蜀では、五代から宋に至るまでの戦災や宋が南遷する際の混乱が比較的少なかったことにより、成都や眉州などにおいて出版が盛んに行われた。ここは蘇軾の故郷でもあり、所謂「蜀本」の蘇軾文集――『東坡集』などの別集や全集本などが刊行された。これは、元来、出版業が盛んであったことに加え、故郷の偉人を称える要素が強かったと思われる。

福建は、出版業の資材となる山林が多く、また、船舶による貿易を中心に発展しており、建寧府・建安・福州・泉州などで多くの出版が行われた。蘇軾の曾孫蘇嶠は『東坡別集』四十六巻を建安において刊行し、また、現代にも伝わる『王状元集百家註分類東坡先生詩』二十五巻は建安及び泉州で出版された。蘇軾が福建に何かしらの有名な詩や功績を遺したわけではないが、後人による顕彰が行われたことにより、蘇軾への関心が高まったのであろう。

この三地の刊本については、北宋末から南宋初期を生きた葉夢得が『石林燕語』において、「今天下の印書は、杭州を以て上と為し、蜀本もて之を次とし、福建を最も下とす」とランク付けしており、更に「京師（開封）は比歳印板殆ど減ぜず、杭州は但だ紙のみ佳からず、蜀と福建とは多くは柔木を以て之を刻し、其の成し易く速やかに售するを取り、故に工みなる能はず」と、版木や紙など品質の差を論じている[3]。

また、江西も経済の重要行路に位置しており、吉州・筠州などで出版が行われた。宋代を通じて江西出身の文人は多く、蘇軾と関わりの深い人物だけでも欧陽脩・王安石・曾鞏・黄庭堅などがおり、文化水準の高い土地柄であったことが窺える。ここは、蘇轍及びその子孫が出版の活動拠点とし、父祖の偉業を広めた。

本書においても度々言及するように、蘇軾の文集は、北宋においては家刻・坊刻が、南宋に至っては官刻も行われたのだが、そこにはこうした本人やその子孫たちと出版盛業の地との深い縁があった。また、蘇軾文集がその人気と相俟って外国にまで伝えられたことを、蘇轍が詩に詠んでいる。

誰将家集過幽都　　誰か家集を将て幽都を過ぎる、
逢見胡人問大蘇　　逢ひて見る　胡人の大蘇を問ふを。
莫把文章動蠻貊　　文章を把りて蛮貊を動すること莫かれ、
恐妨談笑卧江湖　　談笑を妨ぐるを恐れて江湖に卧す。

どなたが我が兄の文集をもって遼の幽都にいる私をお訪ねになったのかと思えば、なんと遼国の人が「大蘇」たるあなたのことを問いかけてきた。
兄さん、その文学で遼の人たちをあまり感動させないで下さいな、私は彼らの談笑を妨げないように遠く離れたこの地にて身を横たえた。

蘇轍「奉使契丹二十八首」中
「神水館寄子瞻兄四絶　十一月二十六日是日大風」其三（『欒城集』巻十六）

元祐四年（一〇八九）八月、蘇轍は、賀遼国生辰国信使として遼に向かい、翌元祐五年（一〇九〇）正月に帰国した。これは、元祐四年（一〇八九）十一月の作である。侍読学士の王師儒などを含め、遼の人々は、三蘇の詩文を好み、特に「大蘇」即ち蘇軾の大ファンであった。そこで、彼らは当時出回っていた蘇軾の文集『眉山集』をもって蘇軾のこと、また、その続刊や全集の有無などについて、弟の蘇轍を質問攻めにしたのである。(4)
このようにして出版され、広く愛好された蘇軾の文集は、彼の評価を一層に高め、それが後世への流伝にも繋がったことは確かであるが、同時に文字の禍をも招き寄せたのであった。

▽注

（1）張紹勛著・高津孝訳『中国の書物と印刷』（中国文化史ライブラリー、日本エディタースクール出版部、一九九九年）参照。

（2）拙稿「蘇集源流考」（『中国文学論集』第四十二号、九州大学中国文学会、二〇一三年）にて論じた。

（3）葉夢得『石林燕語』巻八。

（4）蘇轍「北使還論北邊事劄子五道　一論北朝所見於朝廷不便事」（『欒城集』巻四十二）参照。

第四章▼曾孫蘇嶠・蘇峴兄弟と蘇軾文集の出版

建中靖国元年（一一〇一）七月二十八日、蘇軾は常州にて病歿するが、彼には三人の息子――邁・迨・過がいた。その蘇軾の死から十年後の政和元年（一一一一）、末子の蘇過は、蘇軾の処世と遺された自分たち兄弟について、次のように評した。

某生最後、不及見先君少時行事也。比成人能區別、則先君歴清華典方面、既貴矣。然竊觀其退居於家、藐然陋巷、布衣糲食、寒士有所不能堪、而先君安焉。……子孫雖不能髣髴其萬一、然清介廉苦之風、抑有類焉。故吾長兄年五十有三、不能俯仰於人、猶爲州縣吏。仲兄少不樂仕進、親戚強之、今四十有二、始爲莞庫官、又飄然遠遊江湖千里之外。……武昌與黄岡對壘、特限一大江耳。頃待先君杖履、往來於樊口甚數。今三十年、江山宛然、而吾曹齒髪如此、得不爲之太息乎。昔人感髀肉生而功名未遂之歎。吾曹則不然、白首折腰、當念蚤爲求田問舍之策。及瓜而歸、徜徉嵩少之下、以畢吾兄弟晩歳之樂。又奚恤元龍所笑哉。

某は生まるること最も後にして、先君の少（わか）き時の行事を見るに及ばず。成人して能く区別する比（ころほ）ひ、則ち先君は清華を歴し方面を典して、既に貴たり。然るに窃かに其の退きて家に居するを観れば、藐然として陋巷にあり、布衣糲食にして、寒士　堪ふるに能はざる所有るも、先君は安らかなり。……子孫　其の万一を髣髴とすること能はずと雖も、然るに清介廉苦の風、抑そも類有り。故に吾が長兄　年五十有三、人に俯仰する能はざるも、猶ほ州県の吏と為る。仲兄　少くして仕進を楽しまざるも、親戚　之に強ひ、今四十有二にして、始めて莞庫の官と為り、又た飄然として江湖千里の外に遠遊す。……武昌と黄岡とは塁を対すること、特だ一大江に限るのみ。頃　先君の杖履を待して、樊口に往来すること甚だ数しばなり。今三十年、江山宛然として、吾が曹は歯髪此の如し、之を為して太息せざるを得んや。昔人　髀肉の生じて功名未だ遂げざるの歎に感ず。吾が曹は則ち然らず、白首にして腰を折れば、当に蚤に田を求め舎を問ふの策を念ふべし。瓜に及んで帰り、嵩少の下に徜徉して、以て吾が兄弟晩歳の楽を畢せん。又た奚ぞ元龍（陳登）の笑ふ所を恤へんや。

蘇過「送仲豫兄赴官武昌叙」（『斜川集校注』巻八）

これは、蘇過が武昌（湖北省鄂州市）に任官する蘇迨を見送った際の詩序である。時に蘇過は四十歳、偉大な「先君」こと蘇軾の壮年期の来歴を称え、自らがそれに及ばないことを慨嘆した。更に、貶謫の末、衣食に難儀する憂き目にあっても、悠然とそれを楽しんだ蘇軾の様子を追想し、尊敬の念を強くしたのである。そして、それと比較して「子孫　其の万一を髣髴とすること能はず」としつつも、兄たちが下級官吏に甘んじながら、それぞれ蘇軾の「清介廉苦の風」を伝えていることを述べた。そして、子はより一層亡父に倣うべきとし、任期を終えた暁には共に隠遁して、「兄弟晩歳の楽」を尽くそうと呼びかけた。このように、蘇軾の遺児たちは、遺風の継承と遺訓の遵守によって、兄弟、延いては一族の連繫を深めながら、当時の苦境を乗り越えんとしたのである。

そして、蘇過にも蘇軾から伝わったものがある。それが蘇軾の文業であり、蘇過はそれを後世に伝承することに生涯を捧げた。但し、蘇過は、党人粛正の嵐の吹き荒れる北宋末期に亡くなったため、蘇軾の遺文を出版するには至らなかった。そこで、蘇過の功業は、その子孫――長子蘇籥の息子である蘇嶠・蘇峴兄弟へと継承されることになる。しかし、先行研究では、蘇嶠や蘇峴の継承の経緯やその事績について、ほとんど論及が見られない。そこで、本章では、南宋初期の政治や出版の潮流を俯瞰しつつ、曾孫の蘇嶠・蘇峴が、南宋における蘇軾の文集編纂にどのように関わったのかについて考察したいと思う。

一　蘇過の家系とその事跡――其の二曾孫は、隔てて許昌に在るも、相ひ継いで来帰す

蘇軾の曾孫、蘇過の孫にあたる蘇嶠と蘇峴については、兄の蘇嶠の生年は不明であるが、弟の蘇峴は重和元年（一一一八）に生まれたことが判っている。蘇過の年齢等から類推して、彼ら兄弟の年齢差はあまり無かったであろうと考えられる。蘇峴が生まれた当時四十七歳であった蘇過は、政和五年（一一一五）から知潁昌府郾城県事を務めていたが、宣和二年（一一二〇）、晩年の蘇軾・蘇轍に倣い、「斜川居士」と号して潁昌府に隠棲することを決心した。そして、蘇過は、同地の友人たちと詩文の応酬をしつつ、児孫に家学を教授していたと思われる。その三年後の宣和五年（一一二三）、蘇過は復官して通判中山府軍府事となったものの、同年十二月、赴任の途上に享年五十二で急逝した。蘇過の墓誌銘には、その児孫について次のように述べる。

娶范氏。蜀忠文公之孫、承事郎百嘉之女。男七人、籥・籍・節・笈・箽・篴・笠。女四人、長適將仕郎常

任俠。孫男二人、嶠・峴。

〔叔党〕（蘇過）范氏を娶る。蜀忠文公（范鎮）の孫、承事郎百嘉の女なり。男は七人、籥・籍・節・笈・篁・篴・笠なり。女は四人、長は将仕郎常任俠に適ぐ。孫男は二人、嶠・峴なり。

晁説之「宋故通直郎眉山蘇叔黨墓誌銘」(1)（『嵩山文集』巻二十）

当時の蘇過には、息子が七人、娘が四人、そして、孫は蘇嶠・蘇峴の二人がいた。つまり、生前の蘇過から直接家学を教授された孫は彼らのみであり、後に至って彼ら以外の孫が生まれた可能性は高いが、その多くは靖康元年（一一二六）に起こった「靖康の変」によって落命したと見られる。蘇邁の次子蘇符の子である蘇山は、潁昌府に居していた母王氏と七人の兄弟が金軍の兵禍によって歿した旨を「先公行状」(2)にて証言した。

先夫人王氏、故樞密使礹之曾孫、適字子立之女。方先公在秦亭、家留潁昌、遇靖康兵禍、先夫人與七子俱沒虜中。山獨後死、得忍死以奉薨葬。

先夫人王氏、故枢密使礹の曾孫、適　字は子立の女なり。方に先公（蘇符）は秦亭に在り、家は潁昌に留まりしとき、靖康の兵禍に遇ひ、先夫人と七子とは俱に虜中に没す。山は独り死に後れ、死を忍びて以て薨葬を奉るを得る。

即ち、秦州（甘粛省天水市）に任官していた蘇符と彼に随行していた蘇山は、運良く戦禍を逃れたものの、潁昌府の蘇家は大災を被り、王氏と七子は戦歿したのであった。蘇過の七人の息子についても、南宋時代に生存が確認されるのは次子蘇籍[3]（字は季文）のみであり、孫では蘇嶠・蘇峴だけである。蘇軾の次子蘇迨の家系に至っては、直系の子孫が全て亡くなったために、一時断絶となった。よって、韓元吉（字は無咎、号は南澗翁）の筆による蘇峴の墓誌銘に「其還自北方、而文忠仲嗣無後、以諸父之命後之[4]（其れ北方より還り、文忠（蘇軾）の仲嗣（蘇迨）後無し、諸父の命を以て之（蘇峴）を後とす）」とあるように、蘇峴が後を継いだという。このように、蘇軾の一族は、「靖康の変」によって族人が半減するほどの甚大な被害を受けたのであった。

また、その後十数年もの間、蘇氏一族は主に南北に分断された。北に留置された者は潁昌府に身を寄せ、南渡した者は臨安（浙江省杭州市）に都した南宋の朝廷に仕えながら、一族救出の時機を窺っていた。彼らの再会が叶うのは、紹興九年（一一三九）八月、金に正旦使として派遣された蘇符が、帰国の途上に潁昌府に立ち寄った時であった。蘇峴の墓誌銘に、彼らの前半生が次のように略述されている。

蘇文忠公以文章冠天下、士大夫稱曰東坡先生、而不姓也。中興渡江始、諸孫有顯者。其二曾孫、隔在許昌、相繼來歸。才望表表著見、天子識而用之。一曰嶠、字季眞、……次則公也、諱峴、字叔子、兄弟一時馳名。

蘇文忠公（蘇軾）は文章を以て天下に冠たり、士大夫は称して東坡先生と曰ひ、姓ならざるなり。中興渡江の始め、諸孫に顕なる者有り。其の二曾孫は、隔てて許昌に在るも、相ひ継いで来帰す。才望　表表として著見し、天子　識りて之を用ふ。一に曰く嶠、字は季真、……次は則ち公なり、諱は峴、字は叔子、兄弟一時に名を馳す。

韓元吉「朝散郎秘閣修撰江南西路轉運副使蘇公墓誌銘」（『南澗甲乙稿』巻二十一）

当時二十代の青年であった蘇嶠・蘇峴兄弟は、「隔てて許昌に在るも、相ひ継いで来帰」し、蘇軾の曾孫として時の皇帝の恩寵を受け、南宋の朝廷に仕えるようになったのである。

では、彼らは南宋においてどのような官歴を辿ったのであろうか。まず兄の蘇嶠(5)については、官途の始め頃に江東の州府の官吏を経て、荊湖北路提点刑獄司の属官となったことが判明している。以後の数年は未詳であるが、乾道五年（一一六九）十月に両浙東路の提挙常平茶塩公事となった後、乾道七年（一一七一）六月に尚書省吏部司員外郎として中央に召還された。そして、孝宗によって侍御史に抜擢され、次いで乾道九年（一一七三）以降に、起居郎給事中に除され、また、顕謨閣待制を兼ねた。更に、そのまま外任して、淳熙元年（一一七四）五月頃に知太平州軍州事に、淳熙四年（一一七七）頃に知建寧府軍府事に、淳熙六年（一一七九）に知婺州軍州事に移った。そして、蘇峴の墓誌銘に「公舊苦肺疾、以哭兄、逾戚（公（蘇峴）旧くより肺疾に苦しみ、兄（蘇嶠）を哭するを以て、逾よ戚たり）」とあるように、淳熙十年（一一八三）十二月に蘇峴が病死する以前に、六十数歳で逝去したらしい。同じく韓元吉の言に「吾友蘇季眞欲誌公墓、而自以病弱、不能致思(6)（吾が友蘇季真は公（蘇峴）の墓を誌さんと欲するも、自ら病弱を以て、思ひを致す能はず）」とあるため、彼らは兄弟揃って「病弱」であったと見える。

弟の蘇峴については、墓誌銘が現存するために、蘇嶠より明らかである。彼は、まず楚州塩城県の監塩となり、後に泰州海陵県の県丞に任じられた。そして、乾道元年（一一六五）頃、参知政事の銭端礼の推挙によって太常寺主簿となり、乾道三年（一一六七）に太府寺丞に昇った。周必大がその頃のことを以下のように記録している。

辛丑晩、臨訖釋服而歸、邂逅新太府寺丞蘇峴叔子。東坡曾孫而過之孫、居潁昌陷敵、尚書符奉待、時挈以歸、今爲駕部迨之後。……以錢端禮薦、除太常簿、令代太府。

辛丑の晩、釈服を訖へて帰るに臨み、新太府寺丞蘇峴叔子に邂逅す。東坡の曾孫にして過の孫たり、潁昌に居して敵に陥るも、〔礼部〕尚書符の奉待せしとき、時に挈して以て帰り、今駕部〔員外郎〕迨の後と為る。……銭端礼の薦を以て、太常簿に除せられ、太府〔寺丞〕に代はれり。

周必大「泛舟遊錄」起乾道丁亥七月盡是年九月（『文忠集』巻一百六十八）

ここから、蘇軾の子孫の系統や来歴は、当時の士大夫の耳目を集める事柄であったことが窺える。更に、蘇峴は戸部尚書であった外舅の曾懐の推挙によって、乾道五年（一一六九）頃に通直郎将作監丞に至ったが、後に知郴州軍州事に遷され、その数箇月後には福建路提挙市舶使となり、長く務めた。しかし、淳熙四年（一一七七）前後、礼部侍郎兼同知枢密院事の趙雄の推薦によって中央に召還され、吏部侍郎、太府卿を歴任した。淳熙九年（一一八二）に再び転出して、福建路転運副使兼提挙市舶使となり、最後は江南西路転運副使に移った。この際、孝宗によって「東坡之孫、唯峴有家法在、宜與職名（東坡の孫は、唯た峴のみ家法在る有り、宜しく職名を与ふべし）」と称揚され、秘閣修撰を与えられた。ここから、蘇軾の曾孫としては、兄の蘇嶠よりも高い評価を得ていたことが推察される。そして、淳熙十年（一一八三）十二月七日、肺病の悪化により、「疾旬餘、卻醫藥不肯視（疾すること旬余、医薬を卻けて肯へて視ず）」に亡くなった。蘇峴は蘇軾と同じく享年六十六で逝去したため、その臨終の際、「東坡之年止此、吾何德視之（東坡の年　此に止むに、吾　何の徳ありてか之（医薬）を視ん）」と言ったと墓誌銘に伝わる。これは自らと偉大な父祖を比較しての慨嘆であるが、蘇嶠・蘇峴兄弟は、南渡以降も蘇軾の遺徳を意識した人生を歩んだのである。

二　蘇嶠による『東坡別集』の出版――坡の曾孫給事嶠季真、家集を建安に於いて刊す

一方で、北宋末期から南宋初期にかけての政治的弾圧や戦災を経たことにより、蔵書家に収集された多くの蘇軾詩文は散佚してしまった。(7) それは潁昌府の蘇家でも同様であったが、蘇嶠たち子孫は、戦禍を逃れた蘇軾の真筆を南宋の文人たちの要請に応じて示したという。例えば、周必大は蘇嶠所蔵の蘇軾の墨跡三書に題書を寄せており、そのうちの一篇において次のように述べた。

見『内制集』、當時眞蹟、未知存否、茲其一也。蘇氏宜世寶之。淳熙戊申四月六日、東里周某書、而歸之公玄孫朴。

『内制集』を見れば、当時の真蹟は、未だ存否を知らざるも、茲(これ)は其の一なり。蘇氏　宜しく世よ之を宝とすべし。淳熙戊申四月六日、東里　周某　書して、之を公の玄孫朴に帰す。

周必大「題蘇季眞家所藏東坡墨蹟」(8)（『益公題跋』巻十一）

周必大がこの題書を寄せた淳熙十五年（一一八八）、蘇嶠・蘇峴兄弟はともに世を去っており、蘇軾の玄孫蘇朴が蘇嶠の家を継いでいた。周必大は、貴重な「真蹟」を所有する蘇朴に対し、代々家宝とすべきであると書き贈ったのであった。(9)

また、蘇峴は兄の蘇嶠に先がけて蘇軾詩を顕彰したが、蘇軾詩の注釈者として名高い施元之がそれを目にしたという。

東坡曾孫叔子、名峴、刻所藏眞跡於泉南舶司、間與集本不同。所作類多晩歳、當是集本有誤。今從石本。

東坡の曾孫叔子、名は峴、所蔵の真跡を泉南舶司に刻すに、間ま集本と同じからず。作る所類ね多くは晩歳にして、当に是れ集本に誤り有るべし。今石本に従ふ。

施元之注　蘇軾「和陶歸園田居六首」（『施顧註東坡先生詩』巻四十一）

このように、施元之はその注釈の中で、蘇峴が家蔵の蘇軾「和陶帰園田居六首」を参照し、泉州（福建省泉州市）にある提挙市舶司にてその石本を刻したと述べた。実際、蘇峴は乾道末から淳熙初めにかけて同地で提挙市舶使を務めており、その任期中に行ったことであろう。施元之は、その「石本」を検分して自著の底本としたのである。このように、蘇嶠たちは、北宋末期の戦時の混乱の中でも曾祖父蘇軾の真筆を守り、それを南宋の文人に提供し、その偉業を顕彰したのである。

そして、その集大成が蘇嶠の刊行した『東坡別集』四十六巻であった。[10]『東坡別集』は、現在は散佚しているものの、蘇嶠によって建寧府建安県（福建省南平市）で刊行されたことが判っている。蘇嶠が知建寧府軍府事に在任中の淳熙四年（一一七七）から同六年（一一七九）の間に行われたものと推察するが、淳熙九年（一一八二）頃に蘇峴が福建路転運副使兼提挙市舶使に任じられているので、編纂した蘇嶠が刊行を蘇峴に託した場合も考えられる。いずれにせよ、『東坡別集』は、蘇過が家蔵した遺文が、蘇嶠等の編纂を経て刊行されたものと言えよう。この書について、陳振孫は次のように述べた。

『東坡別集』四十六卷。坡之曾孫給事嶠季眞、刊家集於建安、大畧與杭本同。蓋杭本當坡公無恙時已行於世矣。……有張某、爲吉州、取建安本所遺、盡刊之、而不加攷訂、中載應詔・策論。蓋建安本亦無『應詔集』也。

『東坡別集』四十六巻。坡の曾孫給事嶠季真、家集を建安に於いて刊するに、大略は杭本と同じ。蓋し杭本は当に坡公の恙無き時に已に世に行はるるなり。……張某なる有り、吉州を為めしとき、建安本の遺す所を取りて、尽く之を刊するも、攷訂を加へず、中に応詔・策論を載す。蓋し建安本も亦た『応詔集』無きなり。

陳振孫『直齋書録解題』巻十七「別集類中」[11]

ここに「大略は杭本と同じ」とあるように、蘇嶠刊『東坡別集』は、蘇軾健在時に刊行された杭州本『東坡集』四十巻と、祖父の蘇過も編纂に携わった『東坡後集』二十巻が底本であり、また、『応詔集』所収の「応詔策論」については省略したらしい。散佚したためその内容や形態は不明であるが、同時期の淳熙六年（一一七九）に蘇轍の『欒城集』『欒城後集』『欒城三集』計八十四巻を再刊した蘇轍の曾孫蘇詡は、『欒城集』の善本の有無について孝宗から下問された際に、「臣假守筠陽、日以家藏及筠・蜀本三考是正、鏤板公帑。字畫差太粗、亦可觀。容臣進呈（臣　筠陽に仮守たりしとき、日び家蔵及び筠・蜀本を以て三たび考して是正し、公帑に鏤板す。字画は差太粗なるも、亦た観るべし。臣の進呈を容れられよ）」と奏上し、再刊本を進呈したという[12]。このことに鑑みて、蘇嶠も同様に家蔵本と世間に流伝する各地の刻本を以て校正し、編纂した可能性が高い。更に、権知筠州軍州事として赴任した蘇詡と同様に、知建寧府軍府事の蘇嶠、もしくは福建路転運副使兼提挙市舶使の蘇峴も、「公帑」で出版した可能性が高い。

但し、蘇嶠は、蘇轍の八十四巻にも及ぶ文集全てを再刊した蘇詡と違って、省略した形態の文集を刊行した。また、趙希弁『郡斎読書志附志』の記述は、『直斎書録解題』とは異なる。[13]

『東坡先生別集』三十二巻、『續別集』八巻。右『東坡先生別集』『續別集』、乃蘇公嶠刊置建安。而刪署者、淳祐甲辰、廬陵郡庠刻。

『東坡先生別集』三十二巻、『続別集』八巻。右『東坡先生別集』『続別集』は、乃ち蘇公嶠　建安に刊置す。而して刪略たる者は、淳祐甲辰（淳祐四年、一二四四）、廬陵郡庠刻す。

趙希弁『郡齋讀書志附志』巻五下「別集二」

つまり、『東坡別集』は刊年や地域によって巻数及び内容に相違があったようである。そのような不備もあったためであろうか、蘇嶠と同時代を生きた洪邁には冷評された。淳熙六年（一一七九）夏に蘇嶠の後任として知建寧府軍府事となった洪邁は、その随筆の中で東坡の「生擒西蕃鬼章奏告永裕陵祝文」を取り上げ、それが「蘇氏眉山功德寺所刻大小二本、及季眞給事在臨安所刻、幷江州本、麻沙書坊大全集（蘇氏眉山功徳寺の刻する所の大小二本、及び季真給事の臨安に在りしときに刻する所、幷びに江州本、麻沙書坊の大全集）」において脱文があり、完全なのは「成都石本法帖」のみであると述べた。そして、司馬光の族曾孫である司馬伋（字は季思）を同様の事例として挙げ、蘇嶠・司馬伋の出版について以下のように断じた。

司馬季思知泉州、刻『温公集』。有「作中丞日彈王安石」章、尤可笑。温公以治平四年、解中丞還翰林。而此章乃熙寧三年者。二集皆出本家子孫、而爲妄人所誤、季眞・季思不能察耳。

司馬季思は泉州を知せしとき、『温公集』を刻す。「中丞と作りし日王安石を弾ず」の章有るは、尤も笑ふべし。温公は治平四年（一〇六七）を以て、中丞を解かれて翰林に還る。而して此の章は乃ち熙寧三年（一〇七〇）の者なり。二集は皆本家の子孫より出づるに、妄人の誤る所と為りて、季真・季思 能く察せざるのみ。

洪邁「擒鬼章祝文」[14]（『容齋五筆』巻九）

司馬伋は、淳熙九年（一一八二）から淳熙十二年（一一八五）までのおよそ四年間、泉州の知州事を務め、そこで司馬光の文集『司馬温公集』を出版した[15]。しかし、洪邁は、蘇嶠・司馬伋の校正は杜撰なもので、「本家の子孫」たる彼らは「妄人の誤る所」をそのまま鵜呑みにし、その過誤を察知できていないと評したのである。

一方で、洪邁の批判は、当時の社会において『東坡別集』の信頼性・話題性が高かったことを表している。このことは、『東坡別集』が全国的に流布されていたことからも推察される。洪邁は、都の臨安で刻された『東坡別集』を参照したと述べ、陳振孫も、蘇嶠の歿後に張某という人物が知吉州軍州事となった際に、『東坡別集』の遺漏を補った文集を刊行したと記している。この吉州（江西省吉安市）における普及には、最晩年に江南西路転運副使として江西に赴任した蘇峴の影響が少なからず有るのかも知れない。また、『郡斎読書志附志』に「淳祐甲辰（淳祐四年、一二四四）、廬陵郡庠刻す」とあることから、この吉州本は「廬陵郡庠」、即ち吉州の州学において刊行されたものと判る。このように、蘇嶠の『東坡別集』は、その杜撰な校正のために一部から酷評されたものの、一定の評価と名声を得て建安から更に臨安・吉州へと広まり、再刊されたのである。

三　南宋における父祖文集出版の潮流——未だ其の交好の美、文采風流の盛たること遠からず

蘇嶠は曾祖父の蘇軾の詩文を編纂して『東坡別集』を出版したが、その弟の蘇峴も、淳熙二年（一一七五）に友人の韓元吉と協力して、祖父である蘇迨・蘇過とその友人たちによって詠まれた『許昌唱和集』を出版した。その唱和集もまた現存しないが、同年に韓元吉によって撰述された序文が遺っている。

葉公爲許昌時、先大父貳府事、相得歡甚。……紹興甲子歳、某見葉公于福唐、首問詩集在亡。抵掌慨嘆、且曰「昔與許昌諸公唱酬甚多、許人類以成編。他日當授子。」其後見公石林、得之以歸。又三十餘年矣、今年某叨守建安、蘇峴叔子爲市舶使者。會于郡齋、相與道郷閭人物之偉、因出此集披玩、始議刻之。蓋叔子父祖諸詩亦多在也。箕潁隔絶、故家淪落、殆盡典型、未遠其交好之美、文采風流之盛、猶可概見于此云。

淳熙二年九月、具位韓某謹書。

葉公（葉夢得）は許昌を為（をさ）めし時、先大父（韓瑨）は府事に貳して、相ひ歡びを得ること甚だし。……紹興甲子歳（紹興十四年、一一四四）、某　葉公に福唐に見え、首（はじめ）に詩集の在るや亡きやを問ふ。抵掌慨嘆して、且つ曰く「昔許昌の諸公と唱酬すること甚だ多く、許人　類して以て編を成す。他日当に子に授くべし」と。其の後　公に石林に見え、之を得て以て帰る。又た三十余年して、今年某　叨（みだ）りに建安に守たるに、蘇峴叔子　市舶使者と為る。郡斎に会して、相ひ与に郷閭の人物の偉たるを道ひ、因りて此の集を出して披玩し、始めて之を刻するを議す。蓋し叔子の父祖の諸詩も亦た多く在る。箕潁は隔絶し、故家は淪落し、殆ど典型

を尽くるも、未だ其の交好の美、文采風流の盛たること遠からずして、猶ほ概ね此に見るべし。淳熙二年（一一七五）九月、具位　韓某　謹しんで書す。

韓元吉「書許昌唱和集後」（『南澗甲乙稿』巻十六）

「葉公」こと葉夢得（字は少蘊、号は石林居士）は、重和元年（一一一八）から宣和二年（一一二〇）までの三年間、知潁昌府軍府事を務めた。前述したように、潁昌府には党禍を逃れて隠棲した旧法党人が多く、韓元吉の高祖父韓維も蘇軾と同様に物故していたにも関わらず、元祐党禁によって断罪されたため、韓氏一族は故郷でもある潁昌府に避難していた。そして、祖父韓瑨（字は君表）が通判潁昌府軍府事であった折、知府事として赴任した葉夢得や閑居していた蘇過等と詩文の応酬を行って交遊を深めたのである。[16]『許昌唱和集』は、その軌跡をまとめたものであり、韓元吉は、この『許昌唱和集』を三十数年前に葉夢得から託され、淳熙二年（一一七五）に知建寧府軍府事に任じられた際、福建路提挙市舶使であった蘇峴とともにこれを再刊したという。このように、彼らは『許昌唱和集』を再刊することによって、祖父たちの文業を顕彰したのである。

蘇嶠・蘇峴兄弟がかかる父祖文集出版の大業を成し得たのには、彼らが生きた南宋初期の時代背景が影響している。前述したように、北宋末期においては蘇軾の詩文は元祐党禁の標的として、頻りに発禁焚書が命じられたが、南宋に至ると、逆に時の皇帝自ら蘇軾の偉業を掲揚したらしい。

光堯太上皇帝、朝盡復軾官職、擢其孫符自小官至尚書。今上皇帝、尤愛其文。梁丞相叔子、乾道初、任掖垣兼講席、一日内中宿直召對。上因論文問曰「近有趙夔等注軾詩、甚詳。卿見之否。」梁奏曰「臣未之見。」

上曰「朕有之。」命内侍取以示之。至乾道末、上遂爲軾御製文集敍贊、命有司與集同刊之。因贈「太師」、謚「文忠」、又賜其曾孫嶠出身、擢爲臺諌・侍從。

光堯太上皇帝（高宗）は、朝して尽く軾の官職を復し、其の孫符を擢して小官より〔礼部〕尚書に至らしむ。今上皇帝（孝宗）は、尤も其の文を愛す。梁丞相叔子（梁克家）は、乾道の初め、掖垣に任じられて講席を兼ね、一日内中宿直して召対せらる。上　文を論ずるに因りて問ひて曰く「近ごろ趙䕫等の軾詩に注する有り、甚だ詳たり。卿　之を見しや否や」と。梁　奏して曰く「臣未だ之を見ず」と。上　曰く「朕　之を有す」と。内侍に命じて取りて以て之を示さしむ。乾道の末に至りて、上　遂に軾の為に文集の敍賛を御製し、有司に命じて集と同に之を刊せしむ。因りて「太師」を贈り、「文忠」と謚し、又た其の曾孫嶠に〔進士〕出身を賜ひて、擢して台諌・侍従に為らしむ。

陳巌肖『庚溪詩話』[17]巻上

このように、高宗・孝宗二帝の蘇軾に対する恩寵はその子孫にも及び、蘇軾の嫡孫である蘇符は礼部尚書にまで引き立てられ、曾孫の蘇嶠は御史台の侍御史に抜擢された上、侍従たる起居郎給事中に昇り、蘇峴もまた同様の栄達を得た。特に孝宗は、乾道六年（一一七〇）九月に「文忠」を諡号し、乾道九年（一一七三）二月には「太師」の位を贈るほど、蘇軾に傾倒していた。流転を繰り返す人生において常に楽しみを見出そうとした蘇軾の詩文は、南北間の緊張状態が続く南宋時代の人々の共感と尊崇を集めるものとなり、時の皇帝である孝宗もまた、そのような信奉者の一人であったのである。陳巌肖の言によると、孝宗は、『王状元集百家註分類東坡先生詩』の前身でもある「趙䕫等の軾詩に注する」文集を乾道年間（一一六五―七三）の初頭に手に入れ、侍読の梁克家に薦めたという。また、後に蘇軾の「文集の敍賛」を制作し、それを蘇嶠に下賜したらしい。この序文は、現在、郎曄撰注『経進東坡文集事略』六十巻（四部叢刊）に収められており、その末尾に「乾道九年閏正月望、選徳殿、書賜蘇嶠（乾道九年（一一七三）閏正月望、選徳殿、書して蘇嶠に賜ふ）」と附記されている。時期的に見て、蘇嶠はこの序文を賜ったのを契機に、『東坡別集』四十六巻の出版に着手したと思われる。

そして、前に少しく言及したが、この孝宗の治世下、特に淳熙年間（一一七四―八九）以降において、父祖文集の出版を行う子孫が次々と出現した。しかも、左表に示すように、彼らの多くは元祐党禁の標的として著名な文人を父祖としていた[18]。つまり、こうした子孫による父祖文集の復刊が盛んになった最大の要因として、南宋に至って元祐党人であった父祖の罪が公的に許され、名誉回復を果たしたことが挙げられるのではないか。

刊行年	文集名	編集者（当時の官職）	父祖名	場所	刊行内容・背景など
淳熙元年	『南陽集』	韓元吉（知婺州軍州事）	韓維	婺州	家伝の詩文を基にした再刊
淳熙二年	『許昌唱和集』	韓元吉（知建寧府軍府事） 蘇峴（福建路提挙市舶使）	韓瑨 蘇過・蘇迨	建安	葉夢得から譲渡されたものを再刊
淳熙五年	『盡言集』	（劉孝騫）	劉安世	處州	劉孝騫が処州通判の梁安世に託す
淳熙五年頃	『東坡別集』	蘇嶠（知建寧府軍府事）	蘇軾	建安	北宋の杭州本を基礎とした選集
淳熙六年	『欒城集』	蘇詡（権知筠州軍州事）	蘇轍	筠州	家集の完全な形での再刊
淳熙九年頃	『司馬温公集』	司馬伋（知泉州軍州事）	司馬光	泉州	家伝の別集を基にした再刊
淳熙九年	『豫章黄先生別集』	黄䓨（不詳）	黄庭堅	―	『内集』『外集』未収の家伝の詩が中心

元来、元祐党人の子孫たちは、父祖の文業を世に伝える責務を有していたが、北宋末期にはそれが叶わない状況にあった。しかし、南渡して高宗及び孝宗の治世となり、社会的にその責務の遂行が却って歓迎される時代に移行した。それを察知した子孫は、競うように父祖の文集を刊行したのである。そして、蘇嶠・蘇峴の出版活動も、このような潮流の中で行われたと言える。

また、南宋に移行する際の戦乱とその終結よりおよそ半世紀が経過し、社会的にも経済的にも出版事業ができるほどの回復が見えてきたことも、彼らの出版を後押ししたと言えよう。中でも、政治経済の中心である都の臨安を有した浙江（臨安の他にも紹興・明州など）、出版の材料となる山林が多く、また、貿易を中心に発展した福建（建寧府・福州・泉州など）、南宋に移行する際の戦災を免れた四川（成都・眉州など）、南宋における経済の重要行路に位置する江西（吉州・筠州など）といった地方は、当時、出版業が大変盛行していた。子孫たちは、これらの出版産業地に任官し、その公帑を以て父祖の文集を刊行し、父祖の偉業を広めた。特に、蘇軾は四川や浙江との縁が深かった。このような因縁も、蘇軾の詩文が大いに流伝した一因であろう。

この蘇嶠等の出版は、南宋時代の蘇軾詩文の注釈書に少なからず影響を与えた。それは彼らが出版活動の拠点とした福建地方におけるものである。先に挙げたように、施元之は、福建路提挙市舶使の蘇峴が建てた蘇軾詩の石刻を、その注釈書に反映させた。また、福建における蘇軾文集の出版で有名なものとして、『王状元集百家註分類東坡先生詩』[19]が挙げられる。これは、実際は状元である王十朋の名に仮託した書肆による刊行という説が有力であり、主に建安及び泉州でその出版が行われた。王十朋は、乾道四年（一一六八）から乾道六年（一一七〇）まで知泉州軍州事を務めており、その影響から福建地方において「王状元」の名が冠された『王状元集百家註分類東坡先生詩』が刊行されたのであろう。また、前述したように、孝宗が乾道の初頭に『王状元集百家註分類東坡先生詩』の前身の注釈書について「近ごろ趙夔等の軾詩に注する有り、甚だ詳たり」と言及したことにより、早くても乾道年間（一一六五―七三）末頃、編纂及び出版に至る時間的配慮を行うと、淳熙年間（一一七四―八九）からそれ以後に出版されたと考えるのが妥当であろう。つまり、蘇嶠や蘇峴が出版活動を行った時期と、王十朋の泉州赴任やそれ以降に行われた『王状元集百家註分類東坡先生詩』の出版時期とは、ほぼ同じ頃なのである。よって、この『王状元集百家註分類東坡先生詩』の出版を促した一因として、前述した蘇軾の曾孫である蘇嶠や蘇峴の文集製作や石刻製作などによる父祖の顕彰が挙げられるのではないか。戦禍を逃れて南移を果たした蘇軾の曾孫たる兄弟が、知府事や提挙市舶使として赴任し、父祖の文集を出版した。そのような彼らの業績は、福建地方における蘇軾の詩文への関心を否応なく高めたと考えられるからである。

小　結

朝廷誹謗の罪を得て嶺南で晩年を過ごした蘇軾の詩文は、末子蘇過に受け継がれ、更に蘇過の孫にあたる蘇嶠・蘇峴兄弟に継承された。彼らは、北宋から南宋に移行する混乱期に蘇軾の詩文を死守し、晩年に外任した福建において、各々の出版事業を展開した。蘇嶠は、蘇過が家蔵した蘇軾の遺文を時の文人に披露し、更にそれを『東坡別集』四十六巻に結実させた。蘇峴も、福建路提挙市舶使在任中に石刻を建て、また、蘇過や蘇迨の詩文を収めた『許昌唱和集』を友人の韓元吉とともに再刊した。これと同時期に、文人の子孫が父祖の遺徳に酬いるために、家伝の文集を復刊する現象が数例見られるようになる。こうした出版の潮流は、孝宗朝初期に北宋末期に迫害されていた元祐党人の名誉が完全に回復し、その偉業の称揚が可能になったことが影響している。このような政治情勢や世相に後押しされて、彼らは父祖の文集を出版することが出来たのであった。

一方で、蘇嶠の出版事業には校正の面での問題点を指摘する声もあり、それを行った蘇嶠に対する批判もあったらしい。しかし、これは、蘇軾という大文人の曾孫に対する期待や注目度が如何に過大なものであったかを示すものでもあろう。そして、蘇軾詩文の注釈が行われる中で、彼ら曾孫の出版は様々な影響を及ぼすことになった。特に、彼らが赴任した福建地方において、蘇軾への関心を更に高めることになり、更に他の地方においても『東坡別集』は再刊され、多くの読者を得た。このように、南宋初期の蘇軾の文集出版にとって、蘇軾の曾孫蘇嶠・蘇峴の出版活動は大きな意義を持ったのである。

▽注

（1）本書で引く晁説之の詩文は『嵩山文集』（上海書店、四部叢刊續編、一九八五年）を底本とするが、この引用部分は『嵩山文集』の永楽大典本にのみ記載されている。

（2）蘇山「先公行狀」については、舒大剛『三蘇後代研究』（巴蜀書社、一九九五年）に付されたものを参照。

（3）李心伝『建炎以來繫年要錄』によると、蘇過の次子蘇籒は、紹興年間（一一三一―六二）初めに右承事郎、次いで紹興十年（一一四〇）に太常寺主簿に任じられたが、紹興十二年（一一四二）二月に蘇符とともに秦檜の政策に反対して罷免された。その後、紹興二十五年（一一五五）四月に、右朝散郎を以て荊湖南路提点刑獄公事となったらしい。また、孫覿「與蘇守季文」（『内簡尺牘』巻七）によると、孫覿は蘇籒に「奏議・制誥、世間所傳、初無定本。公家集可以一見乎。……如制誥・奏議及二集所不載者、願季文速出、與天下共之（奏議・制誥、世間に伝はる所は、初め定本無し。公の家集以て一見すべきか。……制誥・奏議及び二集の載せざる所の者は、願はくは季文速やかに出して、天下と之を共にせん)」と、家蔵する蘇軾の『内制集』十巻・『外制集』三巻及び『奏議集』十五巻の再刊と、未公開の遺文の出版を要請した。それを受けて蘇籍が編纂したのが南宋に刊行された『奏議補遺』三巻であるかもしれない。祝尚書『宋人別集敍録』巻九の四〇四頁に孫覿「與蘇守季文」を挙げた後、「所謂《奏議補遺》三巻、不詳即蘇籍所出否(所謂『奏議補遺』三巻が、この蘇籍による出版か否かはっきりしない)」とあり、少しくその可能性が指摘されている。

(4)韓元吉「朝散郎秘閣修撰江南西路轉運副使蘇公墓誌銘」(『南澗甲乙稿』巻二十一)。以下、韓元吉の詩文は、『南澗甲乙稿』(清乾隆敕刻の武英殿聚珍版叢書、芸文印書館、一九六九年)を底本とする。

(5)蘇嶠の履歴については、曾棗荘「三蘇後代考略」(『三蘇研究　曾棗荘文存之二』、巴蜀書社、一九九九年)の他に、『宋史』や現存の通志、また、韓元吉による蘇峴の墓誌銘である「朝散郎秘閣修撰江南西路轉運副使蘇公墓誌銘」(『南澗甲乙稿』巻二十一)や「擧蘇嶠自代狀」(同巻九)、「送蘇季眞赴湖北憲司屬官」(同巻二)などを参照した。また、当時の福建の官職については、李之亮『宋福建路郡守年表』(巴蜀書社、二〇〇一年)や、凌郁之『洪邁年譜』(上海古籍出版社、二〇〇六年)なども参照した。但し、蘇嶠の後に知建寧府軍府事となった洪邁の就任時期は両書で異なるが(『宋福建路郡守年表』は淳熙七年説、『洪邁年譜』は淳熙四年説)、洪邁「建寧府謝上表」(『古今事文類聚外集』巻十)や彼の「瀟湘圖」の跋文(『珊瑚網』巻二十八)等の一次資料を勘案した結果、両説はどちらも採らず、その任期は淳熙六年(一一七九)夏から翌淳熙七年(一一八〇)秋までと判断した。よって、その前任の蘇嶠は淳熙四年(一一七七)から同六年(一一七九)夏まで知建寧府軍府事であったとする。

(6)韓元吉「故中散大夫致仕蘇公墓誌銘」(『南澗甲乙稿』巻二十)。

(7)韓維の外孫沈晦が「俄金賊犯闕、外家殲於潁昌、群從散亡、書籍煨燼(俄かに金賊　闕を犯し、外家は潁昌に殲し、群従は散亡し、書籍は煨燼す)」(韓維『南陽集』跋文)と述べたが、潁昌府の蘇家も同様の被害を負ったと考えられる。

(8)周必大『益公題跋』巻十一(芸文印書館、一九六六年)を底本とする。

（9）他にも、陸游『老學庵筆記』巻五に、蘇嶠から蘇軾の詩句や挿話を聴いたという記事が見える。また、何薳『春渚紀聞』巻六「翰墨之富」に、「又於先生諸孫處、見海外五賦。字皆如「醉翁亭記」而加老放（又た〔東坡〕先生の諸孫の処に於いて、海外の五賦を見る。字は皆「酔翁亭の記」の如くして老放を加ふ）」とある。

（10）上篇第一章の注（14）に挙げる曾棗荘著「南宋蘇軾著述刊刻考略」及び村上哲見「蘇東坡書簡の伝来と東坡集諸本の系譜について」（『中国文学報』第二十七冊、中国文学会、一九七七年）に『東坡別集』の論究がある。

（11）陳振孫『直齋書録解題』（徐小蛮・顧美華点校、上海古籍出版社、一九八七年）を底本とする。

（12）蘇詡の再刊にあたっての序文である「宋淳熙刻本蘇詡序」が残存する。また、引用した蘇詡の言は、蘇詡の子である蘇森が再刊した際に述べた序文「宋開禧刻本蘇森序」に記載されている。これらの序文はともに『蘇轍集』第四冊に所収。

（13）趙希弁『昭德先生郡齋讀書志附志』（晁公武『昭德先生郡齋讀書志』巻五下、上海古籍出版社、一九九〇年）を底本とする。ここで記述される『續別集』八巻が張某の編纂した吉州本ではないかとする説もある。また、村上哲見「蘇東坡書簡の伝来と東坡集諸本の系譜について」では、両書を挙げ、「すなわちともに蘇嶠刊建安本の遺を集め、吉州（廬陵）で刻されたという。従って全く別の本とは思われず、巻數が異なっているのはおそらく郡齋附志著録の方が初編本で、直齋著録の方は増輯本なのであろう。」とある。

（14）蘇軾「生擒西蕃鬼章奏告永裕陵祝文」は、『東坡内制集』巻四所収。洪邁『容齋五筆』（『容齋随筆』（上）（下）、上海古籍出版社、一九七八年）を底本とする。

（15）司馬伋は、知泉州軍州事であった際に石本も建てた。周必大「跋司馬文正公手抄富文忠公使北録」（『益公題跋』巻三）に、「淳熙癸卯、公曾孫吏部侍郎季思、刻石泉南屬（淳熙癸卯（淳熙十年、一一八三）、公（司馬光）の曾孫吏部侍郎季思、泉南の属に刻石す）」とある。

（16）蘇過『斜川集校注』巻五には、韓瑨の詩に和韻した「次韻和韓君表讀淵明詩、餽曾存之置酒唱酬之什」、また、韓縝の子である韓宗武（字は文若）の詩に和韻した「次韻韓文若展江六詠」が収録されている。因みに、韓元吉の祖父である韓瑨は、後に名を縉、字を公表に改めている。また、同巻には「次韻少蘊二首」など葉夢得との交流詩も多い。

（17）陳巖肖『庚溪詩話』（商務印書館、一九三六年）を底本とする。

（18）新たに例として挙げた黄𦬊刊『豫章黄先生別集』二十巻は現存しており、黄𦬊による跋文もある。黄𦬊については、浅見洋二「黄庭堅詩注の形成と黄𦬊『山谷年譜』——真蹟・石刻の活用を中心に」（『集刊東洋学』百号特別記念号、中国文史哲研究会、二〇〇八年）に詳しい。

（19）『王狀元集百家註分類東坡先生詩』の編纂経緯については、甲斐雄一「「王狀元」と福建—南宋文人王十朋と『王狀元集百家注東坡先生詩』の注釈者たち—」（『中国文学論集』第三十七号、九州大学中国文学会、二〇〇八年）に詳しい。

【コラム④】
蘇軾と禁書

「禁書」とは、時の統治者によって特定の書物が焚棄・発禁処分になることであり、「禁書の問題は程度の差こそあれ、文化政策の反映である」と言われる。[1] 例として戦国時代を終わらせた秦の始皇帝による「焚書坑儒」が有名である。しかし、統治を行う関係上、経書や史書、場合によっては緯書などが禁書となることは多かったが、文集までもが禁じられるのは大体宋代に至ってからであった。この場合、出版業の隆盛によって文学の影響力が広範に及んだことが大きく作用したと言えよう。

蘇軾の文集が正式に禁書となったのは、その晩年のことである。元祐更化の終結後、以下のような大がかりな禁書が行われた。

紹聖の間、朝廷は元祐の大臣を貶責し、元祐の学術文字を禁毀するに及ぶ。「司馬温公神道碑は、乃ち蘇軾の撰述なり」と言ふもの有り、合はせて除毀を行ふ。是に於いて州牒巡尉、碑楼を毀折し、碑を砕くに及ぶ。

紹聖年間（一〇九四―九七）、朝廷は元祐年間（一〇八六―九三）の大臣たちを官位を下げて責めを負わせ、元祐の学術や文章を禁じて毀すことにした。「司馬温公（司馬光）の神道碑は、蘇軾が撰述したものです」と言う人がおり、これも一緒に処分された。ここに至って、各州に回される公文書や巡回を行う県尉の業務として、碑楼が毀され、碑文も破壊されたのである。

何薳『春渚紀聞』巻五「張山人謔」

　このように、紹聖年間（一〇九四—九七）になると、元祐年間（一〇八六—九三）に政務を司った旧法党の大臣の「学術文字」が禁書となった。当然ながら、兵部尚書や礼部尚書を務めた経験のある蘇軾についても「貶責」され、その著作は「禁毀」された。よって、蘇軾晩年の作品については、出版によって流通したのではなく、大体が墨跡として伝わり、それが書写されて広がったのである。但し、元符三年（一一〇〇）に哲宗が崩御してから翌建中靖国元年（一一〇一）までの間、新旧両党の融和が図られたことにより、その禁書は一時的に解かれたようである。だが、崇寧元年（一一〇二）、再び旧法党人への政治的な弾圧——「元祐党禁」が始まった。「元祐党禁」の端緒となったのは、「元祐及び元符末の宰相文彦博等、侍従蘇軾等、余官秦観等、内臣張士良等、武臣王献可等凡そ百有二十人」もの党人の名を刻んだ「元祐党籍碑」である。『宋史』徽宗本紀によると、崇寧元年（一一〇二）九月のことで端礼門に建てられた。同じく『宋史』徽宗本紀の崇寧二年（一一〇三）九月に、「天下の監司長吏庁をして各おのに元祐姦党碑を立てしむ」とあるように、この石碑は全国の役所に設置され、名を刻まれた旧法党人とその子孫は、住居や任官、婚姻などにおいて制限されることとなった。

　この政策は時に緩和されることもあったが、ほぼ北宋末期の基本的な政治方針であり、特に警戒されたのが蘇軾の文学の影響力である。『続資治通鑑』巻八十八によると、まず、崇寧元年（一一〇二）十二月に元祐党人の「学術政事」の教授が禁止され、翌崇寧二年（一一〇三）四月には次のような詔書が出された。

乙亥、「蘇洵・蘇軾・蘇轍・黄庭堅・張耒・晁補之・秦観・馬涓の文集、范祖禹『唐鑑』・范鎮『東斎記事』・劉攽『詩話』・僧文瑩『湘山野録』等の印板、悉く焚毀を行はしむ」と詔す。

崇寧二年（一一〇三）夏四月乙亥の日、「蘇洵・蘇軾・蘇轍・黄庭堅・張耒・晁補之・秦観・馬涓の文集と、范祖禹『唐鑑』・范鎮『東斎記事』・劉攽『詩話』・僧文瑩『湘山野録』等の印板は、全て焼いて毀すようにせよ」という詔（みことのり）があった。

蘇軾関係について云えば、三蘇（蘇洵・蘇軾・蘇轍）及び蘇門四学士（黄庭堅・張耒・晁補之・秦観）の文集や、蘇軾の姻戚でもある范鎮と范祖禹の著作などの版木が焼却され、発禁処分となった。更に、『宋史』徽宗本紀の宣和六年（一一二四）に、「冬十月庚午、詔して蘇黄の文を収蔵習用せし者有らば、並びに令して焚毀せしめ、犯す者は大不恭なるを以て論ず」とあるように、蘇軾・黄庭堅の著作についてはその所有さえも禁じられたという。

この禁書と、元豊二年（一〇七九）八月から十二月にかけて起こった筆禍事件「烏台詩案」との違いは、蘇軾個人の文学だけでなく、蘇軾と密接に繋がる文人のそれも標的となっている点であろう。勿論、「烏台詩案」でも連座して王詵・蘇轍・王鞏など二十二人もの士大夫が貶謫・罰銅等に処されたが、主に蘇軾と交遊し、その詩文を受け取ったことが罪に問われたのであり、彼ら自身の文学まで言及されることはなかった。[2] よって、「元祐党禁」における禁書からは、当時の蘇門の影響力の大きさとともに、それを文壇から排除しようとする統治者の強い意向が窺える。蘇氏一族や蘇門の門人たちは、そうした政治的圧力の中で蘇軾の文学を後世に伝えるために尽力したのである。

「元祐党禁」によって文学統制が始まる直前の崇寧元年（一一〇二）冬、黄庭堅は、かつて「烏台詩案」の後に蘇軾が左遷された黄州にて同門の張耒に再会し、そこで以下のように詠んだ。

汀洲鴻鴈未安集
風雪戸牖當塞向
有人出手辦茲事
政可隱几窮諸妄
經行東坡眠食地
拂拭寶墨生楚愴
水清石見君所知
此是吾家秘密藏

汀洲の鴻鴈　未だ安集せず、
風雪の戸牖　当に向を塞ぐべし。
人の手を出して茲の事を弁ずる有り、
政に几に隠れて諸妄を窮むべし。
東坡　眠食の地を経行して、
宝墨を払拭して楚愴を生ず。
水清くして石見(あらは)るるは君の知る所なり、
此れ是れ吾が家の秘密蔵なり。

今、川の中洲にいる鴻や雁のように民衆は安心して暮らせないでいるのだから、風雪に戸を閉め窓をふさぐように対応策を講ずるべきなのだろう。

しかし、手ずからこの難事を処理しようという新法党の者もいることだし、私たちは机にもたれて諸々の心残りを吹っ切れるまで考えていればいいさ。

東坡先生がかつて生活していた地を巡って、そこに遺る石墨をなでれば悲痛な思いがわき起こる。

水が清らかならば石が自ずと見えるのは君も知っていること、これこそ私の秘密の智慧の宝庫である。

黄庭堅「次韻文潛」（『山谷詩集注』巻十七）

残念ながら原詩たる張耒の詩は散佚してしまったが、ここから当時の政治情勢や門人たちの蘇軾への尊敬の念が窺える。中でも黄庭堅は、蘇軾の偉業を熱心に見て回り、その顕彰に努めた。例えば、元符三年（一一〇〇）の秋から冬にかけて、蘇軾が黄州流謫時代に書した「寒食帖」に題跋を揮毫したことは有名であり、この

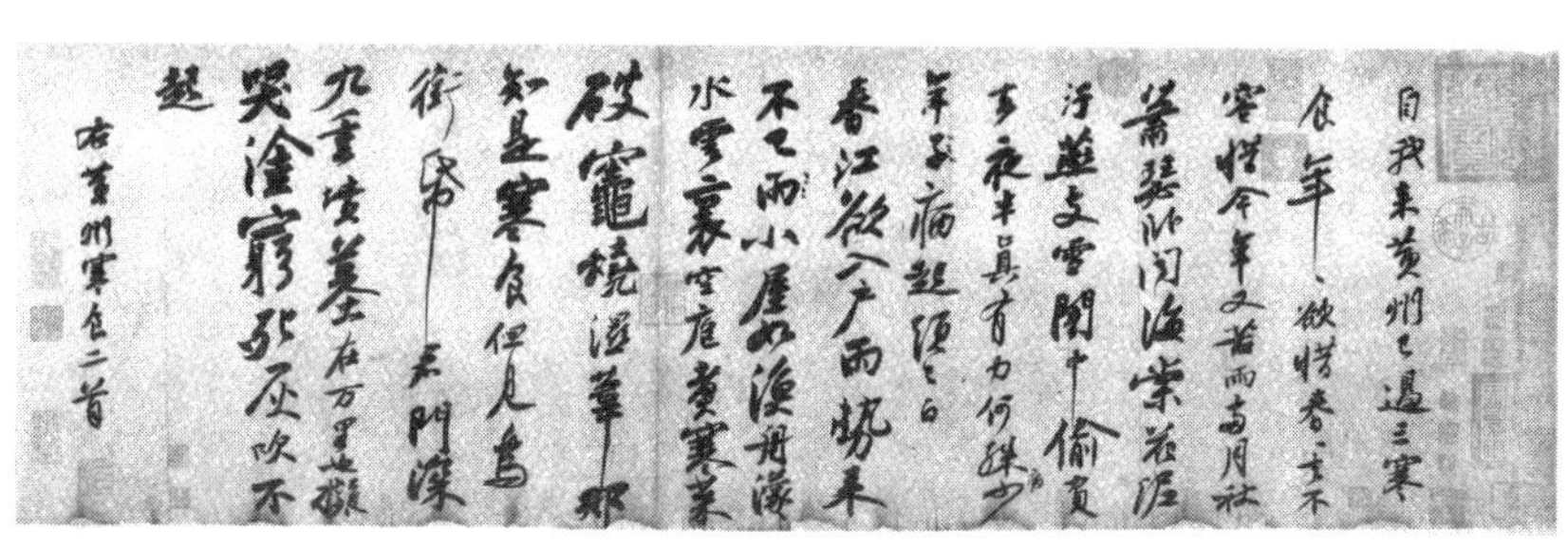

蘇軾筆「寒食帖」（部分）

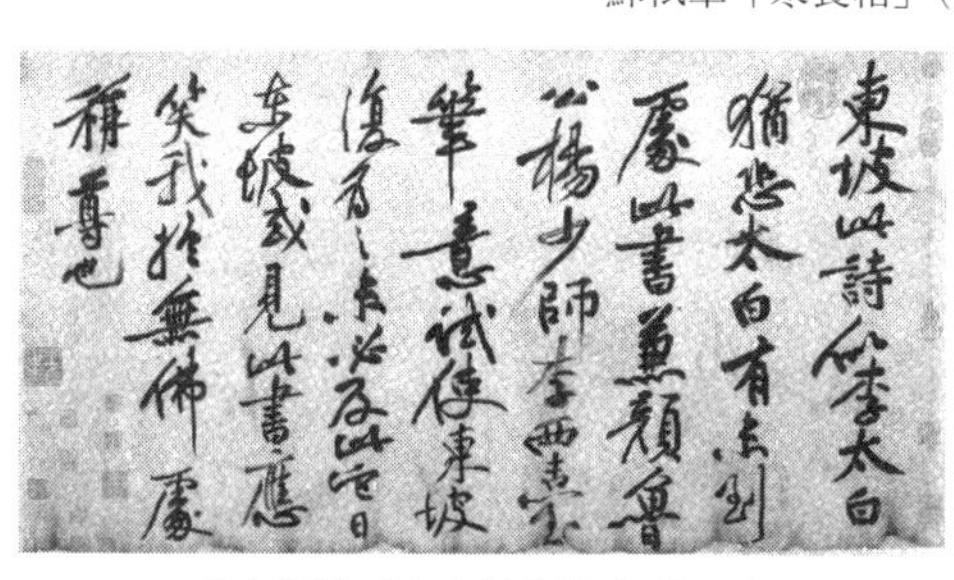

黄庭堅筆「寒食帖題跋」（部分）

両者の「寒食帖」は、台湾故宮博物院に所蔵されている。黄庭堅は、黄州においても同様に蘇軾の「宝墨」の跡を巡った。「水清くして石見る」とは、今は正邪相乱れているが、いつか一切が明白になり、蘇軾の素晴らしい業績が正統に評価される日が来るだろうという意味である。そして、黄庭堅を始め門人たちの「秘密蔵」には、先師蘇軾の文学と彼から受け継いだ教えが内包されていたのであろう。

▽注

（1）章培恒・安平秋主編、氷上正・松尾康憲訳『中国の禁書』（新潮社、一九九四年）、その十五頁に引く「中国禁書簡史序言」を参照。

（2）「元祐党禁」における詔勅と蘇軾詩文の関係については、内山精也「「東坡烏台詩案」流伝考――北宋末～南宋初の士大夫における蘇軾文芸作品蒐集熱をめぐって」（初出『横浜市立大学論叢』人文科学系列四七―三、横浜市立大学学術研究会、一九九六年）に詳しい。「烏台詩案」については、内山精也「東坡烏臺詩案考―北宋後期士大夫社會における文學とメディア―（上）」・「同（下）」（初出『橄欖』第7號、第9號、宋代詩文研究會）がある。これらの論攷は、後に内山精也『蘇軾詩研究――宋代士大夫詩人の構造』（研文出版、二〇一〇年）に収録された。

（3）二〇一四年六月二十四日―九月十五日に東京国立博物館にて「特別展 台北國立故宮博物院―神品至宝―」が開催され、「寒食帖」も展示され、筆者も九月に観覧に行った。写真はそこで購入した図録より引く。

第五章▼蘇轍の後裔と蘇轍文集の編纂

北宋中期から末期を生きた文人蘇轍は、父の蘇洵・兄の蘇軾とともに唐宋八家の一人に数えられる文章家であり、その詩文集はほぼ完全な形で今に伝わっている。そのうち、蘇軾主編の『和陶詩集』以外は、全て蘇轍の「自編」であり、『欒城後集』と『欒城三集』の編纂は、潁昌府にて致仕した後のことであった。しかし、「古文家としては、蘇軾が太陽ならば蘇轍は月である」[1]と評されるように、月たる蘇轍の文才は太陽たる蘇軾ほどには輝かず、蘇軾無しでは時代に埋没していた可能性すら否めない。「子瞻之文奇、予文但穏耳[2]（子瞻の文は奇なるも、予の文は但だ穏なるのみ）」と自ら述べるように、蘇轍もそれを自覚していたようである。

では、このように注目度の高くない蘇轍の詩文がどのような経緯で今日まで伝承されたのか。その要因として、蘇轍とその子孫による継続的な文集編纂が挙げられる。また、このことは蘇軾文集の伝承にも関わる問題であるが、先行研究では、これについての総括的な論究がほとんど見られなかった。本章では、蘇轍とその子孫による書籍編纂について明らかにすることで、宋代の文人と子孫の文学継承における一典型を考察しようと思う。

一　最晩年の蘇轍とその隠棲生活――廃興　自ら時有り、詩書　西京に付す

崇寧元年（一一〇二）閏六月、蘇轍は前年の建中靖国元年（一一〇一）七月二十八日に病歿した蘇軾のために墓誌銘を撰述したが、その中で亡父蘇洵から続く「蘇学」の編纂について次のように言及した。

> 作『易傳』未究、疾革、命公述其志。公泣受命、卒以成書。然後千載之微言、煥然可知也。復作『論語説』、時發孔氏之祕。最後居海南、作『書傳』。推明上古之絶學、多先儒所未達。
>
> 〔先君〕（蘇洵）『易伝』を作るも未だ究めずして、疾革（せま）り、公（蘇軾）に命じて其の志を述べしむ。公 泣して命を受け、卒に以て書を成す。然る後に千載の微言、煥然として知るべし。復た『論語説』を作り、時に孔氏の秘を発す。最後は海南に居り、『書伝』を作る。上古の絶学を推明し、多くは先儒の未だ達せざる所なり。
>
> 蘇轍「亡兄子瞻端明墓誌銘」（『欒城後集』巻二十二）

このように、蘇軾は蘇洵の遺命を拝し、嶺南・海南島に流謫された後も『易経』『論語説』『書伝』等の「蘇学」の完成に努めた。また、それを蘇氏一族の子孫に伝承すべく、自らの子である邁・迨・過、そして、蘇轍の子である遅・适・遠に寄せて、以下の詩を詠んだ。

會當洗眼看騰躍
莫指癡腹笑空洞
譽兒雖是兩翁癖
積德已自三世種
豈惟萬一許生還
尚恐九十煩珍從
六子晨耕簞瓢出
衆婦夜績燈火共
春秋古史乃家法
詩筆離騷亦時用
但令文字還照世
糞土腐餘安足夢

会ず当に洗眼して騰躍を看るべくも、
癡腹を指して空洞を笑ふこと莫れ。
児を誉むるは　是れ両翁の癖と雖も、
積徳して　已に自ら三世種う。
豈に惟だ万一に生還を許すのみならんや、
尚ほ九十に珍従を煩はすを恐る。
六子　晨に耕して簞瓢もて出で、
衆婦　夜に績して燈火をば共にす。
春秋と古史とは乃ち家法にして、
詩筆の離騒のごときも亦た時に用ふ。
但だ文字をして還た世を照らしむれば、
糞土腐余　安んぞ夢みるに足らん。

蘇軾「過於海舶得邁寄書酒作詩、遠和之、皆粲然可觀。子由有書相慶也。因用其韻賦一篇、幷寄諸子姪」（『蘇軾詩集』巻四十二）

詩題に「過　海舶に於いて邁の書と酒とを寄せるを得て詩を作り、遠　之に和するに、皆粲然として観るべし。子由　書に相ひ慶せる有り。因りて其の韻を用いて一篇を賦し、幷せて諸子姪に寄す」とあるように、これは海南島に居住していた元符元年（一〇九八）に、子姪間の応酬の中で詠まれた蘇過詩に蘇軾が継和したものである。蘇軾は、蘇氏一族の前途を担う「六子」の躍進と自らの帰還を信じつつ、蘇轍の執筆した『春秋集伝』や『古史』等を始めとする蘇学の書や、『楚辞』の「離騒」に学んだ一家の詩文が後世に盛行せんことを願い、後裔の彼らに託したのである。蘇過や蘇遠の詩編の出来を蘇軾と喜び合った蘇轍も、こうした思いを共有しており、文業の伝承に対する姿勢もそれと同様であった。蘇轍が著した自伝にて、その編纂活動が次のように総括されている。

凡居筠・雷・循七年、居許六年、杜門復理舊學。於是『詩』『春秋傳』『老子解』『古史』四書皆成。嘗撫卷而嘆、自謂得聖賢之遺意。繕書而藏之、顧謂諸子「今世已矣。後有達者、必有取焉耳。」家本眉山、貧不能歸、遂築室於許。先君之葬在眉山之東、昔嘗約祔於其庚。雖遠不忍負也、以是累諸子矣。予居潁川六年、歲在丙戌、秋九月、閲篋中舊書、得平生所爲、惜其久而忘之也、乃作「潁濱遺老傳」、凡萬餘言。

凡そ筠・雷・循に居ること七年、許に居ること六年、門を杜ぢ復た旧学を理む。是に於いて『詩〔集伝〕』『春秋伝』『老子解』『古史』の四書皆成れり。嘗て巻を撫して嘆き、自ら聖賢の遺意を得たりと謂ふ。書を繕ひて之を蔵し、顧みて諸子に謂ふ「今世已みなん。後に達する者有らば、必ず取ること有らんのみ」と。家は眉山を本とするも、貧しくて帰る能はず、遂に室を許に築く。先君の葬は眉山の東に在り、昔嘗て其の庚に祔せんと約す。遠くして負ふに忍びずと雖も、是を以て諸子に累す。予　潁川に居ること六年、歳　丙戌〔崇寧五年、一一〇六〕に在り、秋九月、篋中の旧書を閲し、平生の為る所を得、其の久しくして之を忘るるを惜しみ、乃ち「潁濱遺老伝」を作る、凡そ万余言たり。

蘇轍「潁濱遺老傳下」（『欒城後集』巻十三）

即ち、元符三年（一一〇〇）の大赦によって北帰を果たした後、蘇轍は主に潁昌府において「蘇学」の撰述に専念し、崇寧五年（一一〇六）九月にはひとまずの完成を見た。蘇洵・蘇軾・蘇轍が心血を注いで完成させたこれらの書は、蘇氏一族にとって「家学」であり、家宝であったと言える。そこで、蘇轍は、息子たちにその継承を促し、後世に到達し得る者の出現を期したのであった。

これと同時に、彼は自らの別集たる『欒城後集』を編纂した。更に、死の前年にあたる政和元年（一一一一）にも『欒城三集』を編み、子孫に託したのである。蘇轍は、その序文である「欒城第三集引」[3]において次のように述べた。

崇寧四年、余年六十有八、編近所爲文得二十四巻、曰之『欒城後集』。又五年、當政和元年、復收拾遺稿、以類相從、謂之『欒城第三集』。方昔少年、沉酣文字之間、習氣所薫、老而不能已、既以自喜、亦以自笑。今益以老矣、餘日無幾、方其未死、將復有所爲。故隨類輒空其後、以俟異日附益之、云爾。潁濱遺老書。

崇寧四年（五年の誤り）[4]、余年六十有八なり、近く為る所の文を編みて二十四巻を得、之を『欒城後集』と曰ふ。又た五年、政和元年に当り、復た遺稿を収拾して、類を以て相ひ従ひ、之を『欒城第三集』と謂ふ。方に昔少年のとき、文字の間に沉酣し、習気の薫する所、老いても已むる能はず、既に以て自ら喜びとし、亦た以て自ら笑ふ。今益ます以て老い、余日幾くも無し、方に其れ未だ死せざるも、将に復た為る所有らんとす。故に類に随ひて輒ち其の後を空しくするも、以て異日之を附益するを俟たんとして、爾か云ふ。潁濱遺老書す。

このように、崇寧五年（一一〇六）、六十八歳の蘇轍は『欒城後集』二十四巻を編纂した。そして、その五年後の政和元年（一一一一）にも、自らの死期を悟って、最後の別集である『欒城三集』の編纂を決行したのである。当然ながら、『欒城三集』には翌政和二年（一一一二）十月三日の蘇轍逝去に至るまでの詩文も収録されており、これは、蘇轍の子孫が遺言に沿って増補したものと考えられる。つまり、最晩年に潁昌府に隠居した蘇轍は、蘇洵・蘇軾の遺命を遵守して蘇学を纏め、また、優秀な子姪が幾人かいるにも関わらず、自ら別集の編纂を行った。かかる蘇轍の行動の背景には、当時の政情が大きく影響していよう。崇寧元年（一一〇二）、「元祐党籍碑」が建てられたことに象徴される所謂「元祐党禁」が起こり、崇寧二年（一一〇三）四月には、蘇洵・蘇軾・蘇轍や蘇門四学士の黄庭堅・張耒・晁補之・秦観などの著作の印板を尽く焚毀するように詔書が発せられた。故に、蘇轍は早々に別集を自編し、子孫にその伝承を依託することにしたのである。

以後もこうした元祐党人の著述を禁ずる詔勅は度々下されたが、特に蘇軾の詩文については、集中的に発禁とされ、時には所有すら禁じられた。蘇轍は、そうした苦境下において蘇軾の遺稿編纂に献身した蘇軾の末子蘇過を物心両面から支援し、政和元年（一一一一）には、その遺稿に対して次のような詩を寄せた。

少年喜爲文　少年より文を為るを喜び、
兄弟俱有名　兄弟　倶に名有り。
世人不妄言　世人　妄言せず、
知我不如兄　我の兄に如かざるを知る。
篇章散人間　篇章　人間に散り、

墮地皆瓊英
凛然自一家
豈與餘人爭
多難晚流落
歸來分死生
晨光迫殘月
回顧失長庚
展卷得遺草
流涕濕冠纓
斯文久衰弊
涇流自爲清
科斗藏壁中
見者空嘆驚
廢興自有時
詩書付西京

地に堕つるも　皆瓊英たり。
凛然たる自が一家、
豈に余人と争はんや。
多難にして晩に流落し、
帰来するも　死生を分かつ。
晨光　残月に迫り、
回顧して長庚を失ふ。
巻を展きて遺草を得、
流涕して冠纓を湿ほす。
斯文　久しく衰弊するも、
涇流　自ら清しと為す。
科斗　壁中に蔵し、
見る者　空しく嘆驚す。
廃興　自ら時有り、
詩書　西京に付す。

蘇轍「題東坡遺墨卷後」（『欒城三集』巻二）

即ち、蘇轍は、少年時代からの詩友であり、常に己に優る才華を見せた亡兄蘇軾の詩文が、時の政治情勢故に「衰弊」に至ったことを悲嘆した。彼は、大観三年（一一〇九）作の「己丑除日二首」其一に「春秋似是平生事、屋壁深藏付後賢[5]（春秋　是くの似く平生の事にして、屋壁　深く蔵して後賢に付す）」と、自らの著した『春秋集伝』十二巻を家蔵する旨を詠んだが、蘇軾の「遺墨」もまた、家中に秘蔵して伝承せんとしたのであった。更に、西京に任官した次子蘇适に、その保存の一端を委せ、一所に収蔵する危険を回避した[6]。このように、蘇轍は、「蘇学」や自らの別集の編纂のみならず、『東坡集』の保管・伝承にも尽力したのである。

二　長孫蘇籀の祖述——嗚呼、二祖道徳の範、筆墨に見る

潁昌府隠棲後の蘇轍に付き従った子孫として、まず長子蘇遲の子で、次子蘇适の継嗣となった蘇籀（字は仲滋）が挙げられる[7]。彼は祖父蘇轍が尚書右丞という要職に在った元祐六年（一〇九一）に出生したが、物心が付く時分には蘇轍は配流の身であった。そのため、蘇轍が北帰した元符三年（一一〇〇）冬、彼はやっと蘇轍との対面を果たしたのである。但し、「元祐党禁」の災禍を避けるために、崇寧二年（一一〇三）正月から約一年間、蘇轍は潁昌府から汝南（河南省駐馬店市）に移居していたため、蘇籀が本格的に蘇轍の薫陶を受けるのは、蘇轍が潁昌府に再帰した後のことであった。蘇籀が後年編纂した『欒城先生遺言』には、最晩年の蘇轍の隠棲生活の様子が回想されている。

籀年十有四、侍先祖潁昌。首尾九年、未嘗暫去侍側。見公終日燕坐之餘、或看書籍而已。世俗藥餌玩好、公漠然忘懷。一日、因爲籀講『莊子』二三段、訖公曰「顏子簞瓢陋巷、我是謂矣。所聞可追記者、若干語。

傳諸筆墨、以示子孫。」

籀　年十有四にして、先祖の潁昌に侍す。首尾九年、未だ嘗て暫くも侍側を去らず。公を見れば終日燕坐するの余、或は書籍を看るのみ。世俗の薬餌と玩好とは、公　漠然として忘懐す。一日、因りて籀の為に『荘子』二三段を講じ、訖はりて公　曰く「顔子　簞瓢もて陋巷にあり、我是れ謂ふなり。聞く所　追記すべき者は、若干の語なり。諸を筆墨に伝へて、以て子孫に示さん」と。

つまり、崇寧三年（一一〇四）正月から政和二年（一一一二）十月に蘇轍が歿するまでの約九年間、蘇籀は常に蘇轍に近侍していたのである。前述したように、蘇轍は潁昌府において経書の注釈や別集の編纂などを行ったが、同時に子孫に家学、即ち「蘇学」を教授していた。[8] 特に、長孫たる蘇籀には格別の期待を寄せ、「聞吾言、當記之勿忘。吾死無人、爲汝言此矣（吾が言を聞き、当に之を記して忘るること勿からしむべし。吾死して人無ければ、汝の為に此に言はん）」と語り、蘇籀に自らの立言の伝承を託した。そのため、蘇籀は、後年蘇轍の『古史』六十巻の校讐を行うなど、蘇轍の遺意を明らかにする決意を示したのである。[9]

政和四年（一一一四）、蘇籀は除服した後、祖蔭によって陝州儀曹掾に任じられ、三年間務めた。その頃、蘇門の門人であり、蘇過等の詩友でもあった晁説之が陝州（河南省三門峡市）に立ち寄り、蘇籀に詩を寄せた。[10] 晁説之は、先ず「欒城孫子何來此、華國文章肯謾休（欒城の孫子　何ぞ此に来る、華国の文章　肯へて謾ろに休せん）」と激励した上で、更に、該詩の其二において次のように結んだ。

河擁秋聲客恨新　河　秋声を擁して　客恨　新たなり、

誰能出語共輪囷　　誰か能く語を出して輪囷を共にせん。
信知五采生丹穴　　信に知る　五采の丹穴より生ずるを、
不許文章屬外人　　文章をば外人に属するを許さず。

晁説之「過陝州贈蘇儀掾仲滋二首」其二（『嵩山文集』巻七）

晁説之は、丹穴山に住む鳳凰の如き逸材として蘇籀を称えつつ、何があろうとも父祖伝来の「文章」を門外の人に託すことなく守り伝えるよう求めた。これは、発禁に処された蘇軾を始めとする元祐党人の詩文が所謂プレミアムを見込まれて裏取引されていた当時の状況に鑑みたものであろう。そして、ここから、蘇門において蘇籀が蘇轍の後継者と見なされていたことが判る。

但し、後世の蘇籀の評価は毀誉相半ばする。蘇籀は、南遷の後に南宋の朝廷に出仕し、紹興三年（一一三三）に知大宗正司丞事に、紹興十三年（一一四三）に将作監丞に至ったが、その時分に、金との和議を支持する旨を重ねて秦檜に上書するなど、後に奸臣とされた秦檜に追従したからである[11]。また、紹興十四年（一一四四）にも、高宗朝の雑史編纂統制の契機となる建議を行ったという[12]。こうした蘇籀の姿勢は、同時期に和議に反対して秦檜と対立し、礼部尚書を解任された蘇籀の族兄蘇符（蘇軾の孫、蘇籀より四歳年長）と比較され、偉大な父祖の名を汚したとして後世の文人の批難の的となったのであった。

しかし、かかる政治的見解の相違がありながらも、蘇氏一族は父祖の名の下に結束していたらしい[13]。蘇籀は、蘇軾の遺文について次のように言及している。

伯祖父東坡先生琢紫金石爲硯、圭首箕製、寘雪堂中。形範卓豁、鴻筆鉅墨、寛然運而有餘、先生以遺先人。此硯與詩書並藏于家、子孫不忘。遭亂後、不知所在、僕憂患餘生悼失。故歩北苑鳳味山溪石、先生所謂勝龍尾者、因命工採斸、復爲斯製。庶幾乎不失舊物也。嗟夫、所以記錄遺書軼事、傳君子百世之澤、點黼殆非復世俗器矣。

伯祖父東坡先生は紫金石を琢して硯を為り、圭首箕製にして、雪堂の中に寘く。形範は卓豁にして、鴻筆鉅墨、寛然として運ぶこと余り有り、先生以て先人に遺る。此の硯と詩書とは並びに家に蔵し、子孫忘れず。遭乱の後、所在を知らず、僕　余生に悼失せるを憂患す。故に北苑鳳味山の渓石に歩きて、先生の謂ふ所の龍尾に勝りし者、因りて工に命じて採斸せしめ、復た斯の製を為る。庶幾はくは旧物を失せざらん。嗟夫、遺書軼事を記録する所以は、君子百世の沢を伝へるにあり、點黼として殆ど世俗の器に復するに非ざるなり。

蘇籀「雪堂硯賦幷引」引（『雙溪集』巻六）

このように、蘇籀の家には蘇軾が蘇适に譲渡した「雪堂硯」とともに、その「詩書」が伝わっていたという。これは前述の蘇轍が蘇适に委ねた「詩書」を指すのではないか。これらは「靖康の変」によって散佚したものも多かったらしいが、[14]ここで蘇籀が「遺書軼事を記録する所以は、君子百世の沢を伝えるにあり」と、子孫としての強い使命感を見せるように、全てが無に帰したわけではなかったと考えられる。また、蘇籀は、次のような詩を詠んだ。

門　庭　桃　柳　人　人　護　　門庭の桃柳　人人護るも、

焚屋新遭盗跖餘　焚屋　新たに盗跖の余に遭ふ。
鄰社蕭條近尤劇　隣社　蕭条として　近尤　劇しきも、
孫孫子子寶公書　孫孫子子　公の書を宝とす。

蘇籀「東坡三絶句」其一（『雙溪集』巻一）

即ち、蘇軾の子孫のみならず、蘇轍の後裔も盗難などの被害を受けながら、いつか日の目を見ることを信じ、蘇軾の書を家宝として代々受け継いでいたのであった。それ故に、蘇籀は鑑定依頼を受けることもあったらしく、任氏所蔵の父祖の詩文を鑑定した際、以下の跋文を寄せた。

嗚呼、二祖道德之範、見於筆墨。傳示來世、不容擬議、觀其述二大夫樂賢之意、炳然著矣。辨書眞贋、僕粗能焉。古人謂「辭之不可已。」故黽勉而題。
嗚呼、二祖道徳の範、筆墨に見る。伝えて来世に示し、擬議を容れず、其の二大夫の楽賢の意を述ぶるを観れば、炳然として著る。弁書の真贋、僕粗や能くす。古人（叔向）謂ふ「辞の已むべからず」と。故に黽勉して題す。

蘇籀「跋任氏東坡詩及所書黃門記」（『雙溪集』巻十一）

ここに云う「嗚呼、二祖道徳の範、筆墨に見る」は、蘇軾・蘇轍の遺文に見える規範を指すものであり、蘇籀としては特に子孫として為すべき道を意識していたであろう。このように、政治的言動はともかく、蘇氏一族の遺文継承に関しては、蘇籀の姿勢は一貫していたと言える。
蘇籀は、伯父であり実父である蘇遅の縁により晩年は婺州（浙江省金華市）に隠棲し、そこで自らの別集『雙溪集』十五巻を編纂した。また、その長子である蘇詡に対して、次のように諭している。

屬詞更聽三年後　詞を属し更に聴くこと三年の後、
爲善須無一念乖　善を為らば須らく一念の乖無かるべし。
孔里高高若崧岱　孔里　高高として　崧岱の若し、
論思積習見巖崖　論思　積習にして　巌崖を見ん。

蘇籀「示兒子詡」（『雙溪集』巻三）

蘇籀は蘇詡に対して、詩文創作における「論思」の習慣の重要性を説いた。それによって蘇詡が高い境地へと進むことを望んだのである。「著書」と題する詩においても「駕説精心是家訓、修辭肆筆體人情（駕説精心は是れ家訓にして、修辞肆筆は人情を体す）」と詠んだ蘇籀の文学に熱心且つ慎重な姿勢は、晩年の蘇轍に通じるものである。[15]そして、蘇籀から家訓を伝授されたこの蘇詡こそが蘇轍の『欒城集』の再刊を果たした人物であった。

三　曾孫蘇詡の出版——庶幾はくは其の伝ふるところ広まらん

蘇轍の曾孫である蘇詡の詳しい事跡は不明であるが、彼が自ら述べるように、淳熙六年（一一七九）の時点で権知筠州軍州事であったことは確かである。その七月十五日、蘇詡は、蘇轍を顕彰するために別集の出版を行った。蘇轍の死から約六十年もの歳月を経て、ようやく子孫による正式な刊行が叶ったのであった。そして、これには孝宗朝において元祐党人の名誉回復が公的に行われたことが大きく影響している。蘇轍について云えば、淳熙三年（一一七六）二月、礼部侍郎であった蜀の名士趙雄が、孝宗に蘇轍に対する賜諡を勧めたという。

臣伏見故門下侍郎蘇轍、……而寥寥數十年、易名之恩未加。在於盛明之朝、總覈之政、誠爲闕典。況自頃歳、陛下加惠蘇軾、賜謚「文忠」、徳音流行、天下傳誦。轍之平生梗槩與軾略同、而宦達過之。臣愚欲望聖明依軾近例、特與蘇轍賜謚、以示褒勸。

臣伏して見るに故門下侍郎蘇轍、……寥寥たること数十年にして、易名の恩　未だ加へず。盛明の朝、総覈の政に在りて、誠に闕典と為す。況んや頃歳より、陛下　蘇軾に加恵して、「文忠」と賜謚し、徳音流行し、天下伝誦す。轍の平生　梗概は軾と略ぼ同じにして、而も宦達は之に過ぐ。臣愚かなるも聖明　軾の近例に依りて、特に蘇轍に与へて賜謚し、以て褒勸を示すを望まんと欲す。

趙雄はこれとほぼ同時期に蘇軾の曾孫たる蘇峴を推挙するなど、蜀を故郷とする蘇氏一族に好意的な人物であった。乾道六年（一一七〇）九月に蘇軾に諡号として「文忠」が贈られたことを受け、彼は、蘇轍にも追諡するよう孝宗に持ちかけた。そして、趙雄の他にも建議する者がおり、淳熙三年（一一七六）七月十三日、遂に蘇轍に「文定」の諡号が贈られたのである。[16]

かかる時代の潮流を受けて、蘇詡は蘇轍別集の出版を決意した。因みに筠州は、蘇轍にとって生涯二度に亘って左遷された因縁があり、[17]筠州の人々にとって蘇轍は馴染み深い偉人の子孫であった。刊行に際して撰述した序文「宋淳熙刻本蘇詡序」において、蘇詡は次のように述べた。[18]

太師文定『欒城公集』、刊行于時者、如建安本頗多缺謬、其在麻沙者尤甚、蜀本舛亦不免。是以覽者病之。今以家藏舊本、『前』『後』並『第三集』合爲八十四卷、皆曾祖自編類者。謹與同官及小兒輩校讎數過、鋟版於筠之公帑云。旹淳熙己亥中元日、曾孫朝奉大夫權知筠州軍州事詡謹書。

太師文定（蘇轍）の『欒城公集』、時に刊行する者、建安本の如きは頗る缺謬多く、其れ麻沙に在る者は尤も甚し、蜀本も舛として亦た免れず。是を以て覧る者　之を病む。今家蔵の旧本を以て、『前〔集〕』『後〔集〕』並びに『第三集』合はせて八十四巻と為すは、皆曾祖　自ら編類する者なり。謹んで同官及び小児の輩と校讎すること数過、版を筠の公帑云に於いて鋟む。旹は淳熙己亥（淳熙六年、一一七九）中元の日、曾孫朝奉大夫権知筠州軍州事詡　謹しんで書す。

このように、蘇詡は蘇轍の『欒城集』『欒城後集』『欒城三集』計八十四巻を刊刻した。その際、蘇詡は建安本（閩本、または麻沙本とも称される）[19]・蜀本などの杜撰な通行本の誤りを指摘しつつ、それらと家蔵本を以て

「同官及び小児の輩」と校勘を行ったという。この文末に校勘官として「文林郎筠州軍事判官倪思・従政郎充筠州州學教授鄧光・奉議郎知筠州高安縣事閭丘泳」の三名が列記されており、そのうちの一人である鄧光の撰した序文にも「右『欒城先生家集』、校閩蜀本、篇目間有增損、從郡齋紬繹其故（右『欒城先生家集』は、閩〔本〕と蜀本とを校するに、篇目の間に増損有り、郡斎に従りて其の故を紬繹す）」とある。また、ここから、この蘇轍文集の再刊は、権知筠州軍州事である蘇詡を始め、軍事判官・州学教授及び知高安県事といった筠州の官主導の下、筠州の公金によって刊刻されたものであり、筠州における文化事業の一環でもあったことが判る。更に蘇詡の子である蘇森（字は仲厳）の撰した序文「宋開禧刻本蘇森序」によると、この『欒城全集』八十四巻は蘇詡によって孝宗に献上されたらしい。

先文定公『欒城集』、先君吏部、淳熙己亥、守筠陽、日以遺稿校定、命工刊之。未幾、被召到闕除郎、因對。孝宗皇帝玉音問曰「子由之文、平淡而深造於理。『欒城集』天下無善本、朕欲刊之。」先君奏曰「臣假守筠陽、日以家藏及閩・蜀本三考是正、鏤板公帑。字畫差太粗、亦可觀。容臣進呈。」對畢、得旨速進來。翌朝、上詣德壽宮、起居升輦之際、宣諭左右催進。後聞丞相魯國王公、丞相鄭國梁公云「上置諸御案。上日閲五板。」

先の文定公（蘇轍）の『欒城集』は、先君吏部（蘇詡）、淳熙己亥（淳熙六年、一一七九）、筠陽に守せしとき、日び遺稿を以て校定し、工に命じて之を刊せしむ。未だ幾ばくならずして、召されて闕に到り郎に除せられ、因りて対す。孝宗皇帝　玉音もて問ひて曰く「子由の文は、平淡にして深く理に造る。『欒城集』は天下に善本無く、朕　之を刊せんと欲す」と。先君　奏じて曰く「臣　筠陽に仮守たりしとき、日び家蔵及び筠・蜀本を以て三たび考して是正し、公帑に鏤板す。字画は差（やや）太粗なるも、亦た観るべし。臣の進呈を容れられよ」と。対し畢りて、旨を得て速やかに進来す。翌朝、上　徳寿宮に詣で、起居して升輦するの際、左右に宣諭して催して進ましむ。後に丞相魯国王公（王淮）より聞く、丞相鄭国梁公（梁克家）「上　諸（これ）を御案に置く。上　日に閲すること五板なり」と云ふを。

即ち、蘇詡は、蘇轍の全集八十四巻を全て再刊した上に、それを孝宗に当世一の「善本」として進呈するなどして、その正統性を認知させたのである。更に彼は、同年八月十五日にも以下の出版を行った。

先公監丞、欒城公長孫也。在潁濱、親炙教誨、十五餘年。建炎初、南渡侍伯祖侍郎居婺州、近三十載。裒其平昔所述古律論、撰爲十五卷、目曰『雙溪集』。幷所記『欒城公遺言』一巻、因鏤板於筠之公帑。庶幾廣其傳焉。淳熙六年中秋日、男朝奉大夫權知筠州軍州事詡謹誌。

先公監丞（蘇籀）は、欒城公（蘇轍）の長孫なり。潁濱に在りしとき、親炙教誨すること、十五余年なり。建炎の初め、南渡して伯祖侍郎（蘇遅）に侍して婺州に居すこと、三十載に近し。其の平昔述ぶる所の古律論を裒め、撰して十五巻と為し、目して『双渓集』と曰ふ。記する所の『欒城公遺言』一巻を幷せ、因りて筠の公帑に鏤板す。庶幾（こひねが）はくは其の伝ふるところ広まらん。淳熙六年中秋日、男朝奉大夫権知筠州軍州事詡　謹しんで誌（しる）す。

蘇詡「雙溪集後跋」（蘇籀『雙溪集』巻尾）

つまり、蘇詡は、蘇轍のみならず、蘇籀の別集『双渓集』十五巻も出版し、更には蘇籀が記録した蘇轍の言行録『欒城先生遺言』一巻も刊行したのである。第四章において既述したが、これとほぼ同時期に蘇軾の曾孫蘇嶠が『東坡別集』四十六巻を出版し、蘇峴が蘇過等の詩文を収録した『許昌唱和集』の再刊を行うなど、当時はこのような父祖のための出版――特に元祐党人の子孫による父祖文集の出版が盛行していた。そして、蘇嶠の『東坡別集』が完全版ではなく、また、同時代の洪邁から杜撰な校正を指摘されたことと比較すると[20]、蘇轍の完全版の別集を再刊し、それを時の皇帝に献上した上に、また、その蘇轍を支えた蘇籀の別集なども全て世に出した蘇詡の編纂姿勢は、文人の子弟としてより望ましいものであったと言える。蘇詡に倣って出版活動を行った息子の蘇森の存在を考え合わせると、その差は歴然としている。

四　玄孫蘇森の再版――此の集の再刊も亦た邦人の請ふに従ふなり

管見の及ぶところでは、蘇嶠・蘇峴等より以後の蘇軾の子孫も、時の文人に蘇軾の遺墨を示したらしいが[21]、彼らが出版活動を行ったという記録は見えない。しかし、蘇詡の子蘇森は、父に倣って蘇轍の文集を再刊し、その偉業を称えている。この蘇轍にとっては玄孫にあたる蘇森の経歴で判明しているのは、淳熙五年（一一七八）に定海県尉に任じられ、紹熙三年（一一九二）には潭州（湖南省長沙市）の通判を務めていたということである。その頃、蘇森は当代随一の文人であった周必大の知遇を得た。

三年前、寓陽羨、嘗考坡公到邑歳月、書于楚頌帖之後。茲來長沙、値二別乘、皆賢而文。南廳張唐英毘陵人、北廳蘇仲嚴則文定公四世孫也。復書以遺之。紹熙壬子五月一日。

三年前、陽羨に寓せしとき、嘗て坡公（蘇軾）の邑に到りし歳月を考へ、楚頌帖の後に書す。茲に長沙に来たりて、二別乗に値へば、皆賢にして文たり。南庁の張唐英は毘陵の人、北庁の蘇仲厳は則ち文定公（蘇轍）四世の孫なり。復た書して以て之を遺る。紹熙壬子（紹熙三年、一一九二）五月一日。

周必大「重題」（『文忠集』巻十九）

この「蘇仲厳」こそ蘇森であり、これよりおよそ二箇月前の同年三月十九日、周必大は蘇森を知柳州軍州事に推薦している。周必大は、そこで蘇森のことを「開爽練達、恪守家法（開爽練達にして、恪しんで家法を守る）」と評した[22]。つまり、蘇森はさっぱりとした明朗な性格にして、且つ父祖伝来の「家法」を固く守る人物であったらしい。そのことは、蘇森の出版に関する姿勢にも表れている。

慶元四年（一一九八）正月、周必大は、当時、道州（湖南省永州市道県）の知州事であった蘇森の求めに応じ、『欒城先生遺言』に対する以下の跋文を寄せた。

記諸善言、孝子慈孫・門人弟子之任。然門弟子非一、先後不齊傳授、或不審。……蘇文定公晩居許昌、造道深矣。避禍謝客、從有門人亦罕與言、其聞緒論者、子孫而止耳。然諸子宦遊、惟長孫將作監丞仲滋、諱籀、年十有四、才識卓然、侍左右者九年、記遺言百餘條。未嘗增損一語、既老以授其子郎中君詡、郎中復以授其子道州使君森。予嘗與道州同僚、故請題其後。

諸の善言を記すは、孝子慈孫・門人弟子の任なり。然るに門弟子は一に非ず、先後斉しく伝授せざれば、或は審（つまび）らかならず。……蘇文定公　許昌に晩居し、道の深きに造（いた）る。禍を避け客を謝し、従ふに門人の亦た罕に与に言ふ有るも、其れ緒論を聞く者は、子孫にして止むのみ。然るに諸子は宦遊し、惟だ長孫の将作監丞仲滋、諱は籀、年は十有四、才識卓然たるもののみ、左右に侍すること九年、遺言の百余条を記す。未だ嘗て一語も増損せず、既に老いて以て其の子郎中君詡に授け、郎中は復た以て其の子道州使君森に授く。予嘗て道州と同僚にして、故に其の後に題せんことを請ふ。

周必大「蘇文定公遺言後序」（『文忠集』巻五十二）

即ち、周必大は、師父の「善言」を記録して伝承するのは、子孫・門弟の任務であるとし、歴代にわたってそれを忠実に果たしてきた蘇轍の子孫たちを称えたのである。そして、蘇森は、かつての上官であった周必大の協力を得て、蘇轍から蘇籀・蘇詡・蘇森へと至る文学継承の系統を明示したのであった。

また、前掲の「宋開禧刻本蘇森序」によると、開禧三年（一二〇七）正月十五日、その前年から権知筠州軍州事に任じられていた蘇森は、父蘇詡と同様に蘇轍『欒城集』の再刊を行ったという。

到官之初、重念先君所刊家集、遭際乙夜之觀、實爲榮遇。其板以歳久、字畫皆漫滅、殆不可讀。今樽節浮費、廼一新之。昔文忠・文定二祖、筠實舊遊之地、邦人建祠祝之。又況先君嘗守是邦、遺愛在人。此集之再刊亦從邦人之請也。開禧丁卯上元日、四世孫朝奉郎權知筠州軍州事蘇森謹書。

官に到りし初め、重ねて先君の刊する所の家集、乙夜の観に遭際して、実に為に栄遇さるるを念ふ。其の板　歳久しきを以て、字画は皆漫滅し、殆ど読むべからず。今樽節して浮費し、廼ち之を一新す。

昔 文忠・文定の二祖の、筠は実に旧遊の地にして、邦人 祠を建て之を祝ふ。又た況んや先君 嘗て是の邦に守たりて、遺愛 人に在り。此の集の再刊も亦た邦人の請ふに従ふなり。開禧丁卯（開禧三年、一二〇七）上元日、四世孫朝奉郎権知筠州軍州事蘇森 謹しんで書す。

蘇森の言によると、蘇詡の出版した『欒城集』は孝宗の「栄遇」をもたらしたものの、その版木が経年劣化し、新たに彫り直す必要に迫られたらしい。蘇森の再刊本の様態については、蘇詡の刊本を踏襲したと考えて良かろう。そして、「此の集の再刊も亦た邦人の請ふに従ふなり」とあるように、蘇森は父祖を敬愛する筠州の人々の要請があったことを再刊の動機としており、彼らが当地を蘇軾・蘇轍兄弟の「旧遊の地」として誇り、その敬愛の念がなお深いこと、また、かつて権知筠州軍州事であった蘇詡の遺徳が偲ばれていることなどを述べた。このように、蘇詡・蘇森父子は、蘇轍の文業を後世に伝承すべく、蘇轍ゆかりの地である筠州において、周囲の協力を得ながら厳密な編纂と着実な宣伝に努めたのである。

小結

嶺南流謫時代の蘇軾が、父蘇洵の友人史経臣とその弟の史沆について、「博学能文」であったにも関わらず、「皆早死且無子、有文數百篇、皆亡之[23]（皆早死して且つ子無く、文の数百篇有るも、皆之を亡ふ）」に至ったと追懐したように、文人に継承者となる子弟がいない場合、その文業が伝わらないことが往々にしてあった。まして北宋末期の如き混乱期においては、子孫がいる場合でも伝承が一層困難になった。蘇門の門弟であり、後に師と同様に元祐党人として弾劾された王鞏（字は定国）の別集はそれに該当する。

蘇黄門子由薨於許下、王鞏定國作挽詩三首。……右三詩、予在高郵、於公之子處、見其遺稿、因録之、皆當時事。今公之後邈然、家集不復存、惜其亡也、因附於此。

蘇黄門子由　許下に薨ぜしとき、王鞏定国　挽詩三首を作る。……右三詩は、予　高郵に在りしとき、公の子の処に於いて、其の遺稿を見、因りて之を録す、皆当時の事なり。今公の後　邈然として、家集復た存せず、其の亡を惜しみて、因りて此に附す。

張邦基『墨莊漫錄』巻三「王定國挽蘇黄門詩」

張邦基は、王鞏が蘇轍の死に際して寄せた挽詩を王鞏の子から見せてもらい、それを記録した。後に、張邦基がわざわざ自著にそれを附記したのは、「今公（王鞏）の後　邈然として、家集復た存せず」という当時の状況のためであった。王鞏の詩集には、蘇軾が序文を寄せて「清平豊融、藹然有治世之音（清平豊融として、藹然として治世の音有り）」と評したこともあったが、南宋に至ってその子孫の行方とともに散亡したのである。[24]

そうした事態を危惧したが故に、最晩年の蘇轍は、潁昌府に隠棲した後、元祐党禁による迫害を受けながらも、父兄の遺命に沿って蘇学の完成や自らの別集編纂などに打ち込み、更に、蘇軾の遺児たちを経済的に支援して、彼らの蘇軾遺文の編纂作業を助けたのである。また、蘇轍は同時に子孫の教育にも力を注ぎ、特に長孫の蘇籀に、その立言の継承を託した。

蘇籀やその子孫の蘇詡・蘇森は、そうした蘇轍の遺志に従い、別集全八十四巻を再刊するに至ったのである。

時　期	子孫名	蘇轍の子孫による編纂・出版事跡	場所
政和二年（一一一二）十月以降	蘇籀	『欒城先生遺言』一巻　編纂	―
時期不明（おそらく晩年期か）		蘇轍撰『古史』六十巻　検讐	婺州
淳熙六年（一一七九）七月十五日	蘇詡	蘇轍撰『欒城全集』八十四巻　出版（それを孝宗に献上す）	筠州
淳熙六年（一一七九）八月十五日		蘇籀撰『雙溪集』十五巻・『欒城先生遺言』一巻　出版	筠州
慶元四年（一一九八）正月	蘇森	蘇籀撰『欒城先生遺言』の跋文制作を周必大に依頼	道州
開禧三年（一二〇七）正月十五日		蘇轍撰『欒城全集』八十四巻　再版	筠州

その際、蘇詡は、時の皇帝である孝宗に献上してお墨付きを得るなど、父祖の文業が当世の評価を得て後世に伝承されるための最も着実な手法を採った。この背景には、孝宗朝に元祐党人の名誉回復が果たされたことや、また、蘇詡・蘇森が出版活動の拠点とした江西地方の出版事業の振興と文化学術に対する関心の高さがあった。そして、何より蘇軾の余光が蘇轍文集の伝承を促したことは、やはり疑い得ない。蘇轍の追謚が蘇軾のそれを受けて為されたことや、蘇轍と縁の深い筠州の人々さえ、兄弟旧遊の地として当地を誇り、その祠を祭ったことからも、それは明らかである。南宋初期の政治情勢の変化は、蘇軾、延いては蘇軾に終生尽くした蘇轍への関心を大いに高めた。そして、かかる当時の時勢に随って、子孫は蘇轍の業績を顕彰したのであった[25]。

▽注

(1) 横山伊勢雄『中国の古典31　唐宋八家文（下）』（学習研究社、一九八三年）、その二八六頁より引く。
(2) 蘇籀『欒城先生遺言』に蘇轍の言として記録されている。
(3) 蘇轍「欒城後集引」及び「欒城第三集引」は『蘇轍集』第四冊に附録として収録されている。
(4) 蘇轍「欒城後集引」では崇寧五年（一一〇六）の編とあり、また、蘇轍六十八歳の年は崇寧五年（一一〇六）である。
(5) 蘇轍「己丑除日二首」（『欒城三集』巻二）。因みに、蘇過がこれに次韻して「次韻叔父黄門己丑除日二首」（『斜川集校注』巻三）を詠んでいる。
(6) 蘇轍の次子蘇适が政和元年（一一一一）に監西京河南倉に任じられたことは、第三章の注（14）に述べた。
(7) 舒大剛「蘇籀與《雙溪集》」（『三蘇後代研究』、巴蜀書社、一九九五年）に、蘇籀の事跡が詳しく論じられている。
(8) 蘇籀『欒城先生遺言』に、『論語』『老子』『孟子』『荘子』『春秋』『易経』の注釈を行い、教授したとある。
(9) 蘇籀「校讐古史二首」（『雙溪集』巻三）参照。以下、蘇籀の詩文は、四庫全書本『雙溪集』を底本とする。
(10) 蘇籀「次韻答晁以道見贈二首」（『雙溪集』巻一）はこの晁説之詩の唱和詩であり、其二において「玉井之泉汲又新、腐陳收拾已空囷。鐵牛城下三年眼、剳見仇池社裏人（玉井の泉　汲みて又た新たなり、腐陳をば収拾して已に囷を空しくす。鉄牛城下　三年の眼、剳して見よ　仇池社裏の人）」と詠まれている。
(11) 蘇籀「上秦丞相第一書」及び同「見秦丞相第二書」（共に『雙溪集』巻八所収）参照。
(12) 紹興十四年（一一四四）の上書は蘇籀「初論經解劄子」（『雙溪集』巻九）を指す。この文字の獄については、章培恒・安平秋主編『中国の禁書』（氷上正・松尾康憲訳、新潮社、一九九四年）参照。
(13) 蘇符は紹興二十六年（一一五六）に亡くなったが、その際、蘇籀は「奠亡兄尚書龍學文」（『雙溪集』巻十五）を作り、蘇符に対する変わらぬ敬愛と哀悼を示した。
(14) 蘇軾「龍尾石硯寄猶子遠」（『蘇軾詩集』巻三十九）によると、この硯は蘇遠に伝わったものかもしれないが、同じく蘇适にも贈った可能性は否定できない。また、紹興元年（一一三一）十月作の蘇籀「跋摸連昌宮辭」（『雙溪集』巻十一）に「伯祖東坡先生嘗爲『易傳』、以眞書發揚伏犧・西伯之旨。嶺海草書老筆精勁、自云『不愧二王』、遭亂後、家藏書帖散失（伯祖東坡先生は嘗て『易伝』を為り、真書を以て伏犠・西伯の旨を発揚す。嶺海の草書は老筆精勁にして、自ら『二王に愧ぢず』と云ふも、乱に遭ひて後、家蔵の書帖　散失す）」とあることから、「靖康の変」の後、蘇家所蔵の蘇軾の「嶺海の草書」の多くが失われたことが判る。

(15) 蘇籀「著書」（『雙溪集』巻二）。該詩より、この蘇籀の訓戒は、蘇轍以来の「家訓」であったと考えられる。

(16) 趙雄の上書と蘇轍への追謚の顛末については、孔凡礼『蘇轍年譜』（学苑出版社、二〇〇一年）参照。また、韓元吉「朝散郎秘閣修撰江南西路轉運副使蘇公墓誌銘」（『南澗甲乙稿』巻二十一）によると、趙雄は、淳熙四年（一一七七）前後に蘇峴を推薦し、吏部侍郎に抜擢したという。

(17) 蘇轍は元豊三年（一〇八〇）に烏台詩案に連座して監筠州塩酒税に左遷され、紹聖元年（一〇九四）にも筠州居住を命ぜられた。

(18) 蘇詡の著した「宋淳熙刻本蘇詡序」及び「宋淳熙刻本鄧光序」、蘇森の「宋開禧刻本蘇森序」は、『蘇轍集』第四冊に収録されている。

(19) この建安本（麻沙本）は日本内閣文庫に『類編增廣潁濱先生大全文集』百三十七巻として伝わるが、巻数・体裁は『欒城集』と異なる。王水照編『宋刊孤本三蘇温公山谷集六種』（全六冊、国家図書館出版社、二〇一二年）の第一冊に収録。

(20) 洪邁「擒鬼章祝文」（『容齋五筆』巻九）に「二集皆出本家子孫、而爲妄人所誤、季眞・季思不能察耳（二集〔蘇嶠刊『東坡別集』・司馬伋刊『司馬温公集』〕は皆本家の子孫より出づるに、妄人の誤る所と為りて、季真・季思　能く察せざるのみ）」とある。これについては、第四章に詳述した。

(21) 下篇第四章に挙げた周必大「題蘇季眞家所藏東坡墨蹟」（『文忠集』巻十八）に述べるように、淳熙十五年（一一八八）四月六日、周必大は蘇嶠の子蘇朴に所蔵の書を見せてもらい、それに題書を与えた。また、陸游「跋中和院東坡帖」（『渭南文集』巻二十七）によると、淳熙六年（一一七九）六月十七日、蘇符の子孫が所蔵する「中和院東坡帖」を参観した陸游は、その跋文を書いたという。

(22) 周必大「同諸司列薦陳自修・蘇森奏狀」（『文忠集』巻一百四十五）。

(23) 蘇軾「思子臺賦引」（『蘇軾文集』巻一）。更に、蘇軾は「思子臺賦」の創作を末子蘇過に命じた。蘇過「思子臺賦」は『斜川集校注』巻七に収録されている。

(24) 蘇軾「王定國詩集敍」（『蘇軾文集』巻十）。

(25) 蘇轍の子孫には、父祖文集以外の編纂に関わった事例も見える。蘇森「題玉堂雜記」（周必大『玉堂雜記』巻頭）によると、紹熙二年（一一九一）五月、蘇森は蔵書を以て周必大『玉堂雜記』の刊行に協力した。また、淳熙十四年（一一八七）作の鄭師尹「劍南詩稿序」（陸游『劍南詩稿』巻頭）に、「太守山陰陸先生劍南之作傳天下、眉山蘇君林收拾尤富、適官屬邑、欲鋟本爲此邦盛事、迺以纂次屬師尹。……『劍南詩稿』六百九十四首、『續稿』三百七十七首、蘇君於集外得一千四百五十三首、凡二千五百二十四首（太守山陰の陸先生　剣南の作は天下に伝はり、眉山蘇君林の収拾すること尤も富み、適たま属邑に官せば、本に鋟（きざ）みて此の邦の盛事と為さんと欲し、迺ち纂次を以て師尹に属す。……『剣南詩稿』六百九十四首、『続稿』三百七十七首、蘇君　集外に於いて一千四百五十三首を得、凡そ二千五百二十四首たり）」とあるように、蘇轍の玄孫蘇林は、知厳州建徳県事であった頃、一千四百五十三首もの陸游詩を収集し、それを鄭師尹に託して『劍南詩稿』出版の一翼を担った。これについては、甲斐雄一「陸游の嚴州赴任と『劍南詩稿』の刊刻」（『橄欖』第十八号、宋代詩文研究会、二〇一一年）に詳しい。

【コラム⑤】
海南島の蘇軾

宋代の文人は帰隠する際、必ずしもその地を故郷としないことが多い。というよりも、当時の文人たちはその立場や状況故に故郷に帰ることが許されず、結果として彼らは故郷とは別の地を選んだと言える。そもそも陶淵明が「帰去来兮辞」で「帰りなんいざ、田園　将に蕪（あ）れなんとす　胡ぞ帰らざる」と詠ったように、帰隠することは、自らのあるべき真実の姿、最も望ましい環境に帰って行くことを示すのだが、当然ながらそれは故郷において趣味を楽しみつつ、安穏と暮らすだけではない。特に宋代において、文学・哲学・史学など人文学三分野それぞれが目覚ましく発展し、集大成が為されたが、その一因として、文人たちが中央から退いた、もしくは引退を余儀なくされた後、自らの政治的な志を表明すべく、主に集団で学術を究めていたことがある。そうしたある種の政治活動を行うには、やはり交通の要衝であり、文化の発信地である地を選ばざるを得ず、従って、故郷が遠い場合は帰るわけにはいかなかった。本書第一章でも述べたが、北宋末期の旧法党人は、洛陽や潁昌府などに集結していたという。

また、本人の意図しないままに地方や辺境に左遷され、そこで生涯を終えねばならない者もいた。元来、蘇軾は故郷に帰ることを望んでいたが、紹聖四年（一〇九七）に瓊州別駕昌化軍安置の命を受けた際にはもはや帰郷が叶わぬことを覚悟したらしく、同じく雷州に流された蘇轍に詩を寄せた。

莫 嫌 瓊 雷 隔 雲 海　　嫌ふこと莫れ　瓊と雷と雲海を隔つるを、

聖恩尚許遙相望　　聖恩　尚ほ許す　遙かに相ひ望むを。
平生學道眞實意　　平生　道を学ぶ　真実の意、
豈與窮達倶存亡　　豈に窮達と倶に存亡せんや。
天其以我爲箕子　　天　其れ我を以て箕子と為し、
要使此意留要荒　　此の意をして要荒を留めしめんことを要するか。
他年誰作輿地志　　他年　誰か輿地志を作らん、
海南萬里眞吾鄕　　海南万里　真に吾が郷なり。

私の行く瓊州と君の住む雷州が雲と海に隔てられていると思い煩うことはない、天子様はご恩情をかけ、海峡をはさんで遙かに望み合うことをお許し下さったのだから。

日頃から道を学び真実の心を修めたが、困窮や栄達によってそれが存在したり無くなったりするものではなかろう。

天は私を（辺境で教化を行った）箕子のように為さしめ、この真実の心をかの僻遠の地に遺そうとしているのだろうか。

いつか輿地志を書く者がいたら、万里彼方の海南こそが私の本当の故郷だと書くだろう。


蘇軾「吾謫海南、子由雷州。被命即行、了不相知。至梧、乃聞其尚在藤也。旦夕當追及、作此詩示之」（『蘇軾詩集』巻四十一）

この直後、彼らは藤州で再会し、最後の別れを惜しんだという。蘇軾も蘇轍も何とか北帰を果たし、常州と潁昌府にて隠棲することができたが、蘇軾が最も期待を寄せた門人である秦観は、元符三年（一一〇〇）に雷州からの北帰の途中、この藤州の地で病歿したのであった。

二〇一〇年三月、筆者は蘇軾の嶺海の遺跡を辿る旅に出た[1]。その際、嶺南では河源・恵州・広州・雷州を、海南島では海口（瓊州）・澄邁・儋州を巡った。蘇軾が海南島において暮らした宋代の儋州の位置は、現在の儋州とは異なる。蘇軾の居た旧の儋州中和鎮に直通で行ける手段が無く、汽車西站発洋浦行きの中巴に乗り、中和鎮入口前で下車した後、自転車タクシー、所謂輪タクで向かったのを覚えている。榕樹（ガジュマル）などの南国の木々が鬱蒼と茂り、色彩鮮やかな花が咲き、大小の田畑があまり舗装の十分ではない道沿いに続き、その路上の彼方此方に落とされた水牛の牛糞が見られる、そんなのどかな田舎町であった。ただ、三月であっても気温（三月の平均気温はおよそ最高二七度・最低二〇度らしい）や日差しの強さなど、筆者には初夏並に感じられたため、この上、灼熱の暑さとされる六月・七月となったときの辛さは如何様なものか、そして、当時六十二歳からの三年間をここで過ごした蘇軾の健康状態はどうであったのかと考えてしまった。

蘇軾は、「海南万里　真に吾が郷なり」と詠んだことを実行するように、気候風土を楽しみ、現地の人と楽しく語らったという。そして、陶淵明の「帰去来兮辞」に和韻した際には「「帰去来兮辞」に追和しよう。この何も無い自然のままのふるさとを我が家としたのだ。海外に居るからといって、帰ろうとしないことはなかった（きっと陶淵明のように帰隠しようと思っていた）のだから[2]」と序した。蘇軾は海南島にあってもそこで帰隠せんとしたのであり、その思いを以下のように賦した。

歸去來兮
吾方南遷安得歸
臥江海之澒洞

帰りなんいざ、
吾　方に南遷して安んぞ帰るを得ん。
江海の澒洞に臥し、

弔鼓角之悽悲
迹泥蟠而愈深
時電往而莫追
懷西南之歸路
夢良是而覺非
悟此生之何常
猶寒暑之異衣
豈襲裘而念葛
蓋得牿而喪微

鼓角の悽悲なるを弔ふ。
迹は泥に蟠（わだかま）りて愈よ深し、
時は電のごとく往きて追ふこと莫し。
西南の帰路を懐ひ、
夢には良に是（まこと）なるも覚（さ）めては非なり。
此の生の何の常あらんことを悟り、
猶ほ寒暑に衣を異とするがごとし。
豈に裘を襲ねて葛を念はんや、
蓋ぞ牿を得て微を喪（うしな）はざる。

さあ帰ろう、しかし、私は南方に謫遷されて、どうして帰ることができようか。広々とした江海の果てを枕にし、鼓角の哀しげな音色を聞く境遇である。我が足跡は泥中に蟠っていよいよ深まり、時の流れは電光のように速く行き過ぎて追いつくことができない。

西南の故郷へ帰る道を思うけれども、夢ではそれが本当であっても、そこから覚めると霧消する。つくづく我が生涯の常ならぬことを悟るが、それは寒暑に応じて衣替えをするようなもの。どうして厚い皮衣を着ながら薄い葛衣を思うだろうか、結局、（陶淵明に倣って帰隠するという）大略を得られていれば、（その場所が何処かといった）微細なことは失ってしまっても良かろうよ。

蘇軾「和陶歸去來兮辭」（『和陶詩集』巻四）

蘇軾は、時に故郷への帰還を夢に見るのだが、現実に目覚めるとそれは絶対に叶わないのだと諦めていた。しかし、蘇軾はそこで悲嘆したり、絶望したりするのではなく、我が人生が常に変化するものであったことを実感し、だからこそ、その変化を不満に思い、無い物強請りをして過ごすこと、つまり、海南島にあって故郷眉山のことばかりを思うのは、今を生きる楽しみに背を向ける行為であるとした。そして、帰隠するか否かを決めるのは結局は自分自身の心であるのだから、それを実行する場所はどこでもかまわないという人生観を表したのである。また、同時に、蘇軾は自らの「帰去来兮辞」を蘇轍・黄庭堅・秦観に示し、継和を求めた。遠くにあってなお自らの文学の力を弟や門人に示そうという、蘇軾の気概も感じられよう。

儋州東坡書院

▽注

(1) 二〇〇九年十月から二〇一〇年三月までの蘇軾の遺跡巡りの旅については、加納留美子氏との共著「東坡巡禮の旅　2009-2010」(『橄欖』第十七号、宋代詩文研究会、二〇一〇年)に詳しく書いた。

(2) 序文に「子瞻　昌化に謫居し、淵明の「帰去来の詞」に追和す。蓋し無何有の郷を以て家と為す。海外に在りと雖も、未だ嘗て帰せずんばあらずして、爾か云ふ」とある。

補論▼蘇軾と蜀の姻戚——程氏一族を中心に

蘇軾の故郷は蜀の眉州眉山県である。嘉祐二年（一〇五七）に科挙に及第してより以後、政界人として生きた蘇軾にとって、蜀の地縁は生涯を通じて重要なものであり、彼は、婚姻によって中央の士大夫との結びつきを強める一方で、父祖の代から行われていた蜀の名士との姻戚関係を強化した。そして、旧法党人への政治的迫害が激化した晩年から歿後においては、蘇軾にとって母族である程氏一族の援助が重要性を増すことになるが、それに言及した論攷は見られない。そこで、この眉州程氏一族が蘇軾等に行った援助と、それが蘇氏一族及び蘇軾の人生や作品に与えた影響について述べ、補論としたいと思う。

一　眉州蘇氏一族の姻戚関係——交朋の分、重んずるに世姻を以てす

蜀は古より独立性・独自性が強い傾向があり、戦乱を避けて多くの人々が漂着した地であった。蘇軾の属する蘇氏一族は、祖を趙郡欒城県の蘇氏に求め、唐代の蘇味道の子が眉州に土着したと主張するが、確かな根拠はない。蘇軾の父蘇洵は、自らに至るまでの系譜を明らかにせんとして、「蘇氏族譜」及び「族譜後録上篇」「族譜後録下篇」「蘇氏族譜亭記」等の蘇氏一族の系図・族譜を編んだが[1]、結局のところ、眉州蘇氏一族は新興豪族

に過ぎず、蘇軾の五代前の蘇釿より以前の先祖についてはその事跡すら判然としないこともその証左であろう。その蘇釿は唐末から五代初期を生き、黄氏から妻を娶り、「以俠氣聞於郷閭（俠気を以て郷閭に聞こ）」えたという。彼らの間に生まれた五人の子のうち、末子の蘇祜は、唐太宗の末裔の李氏から妻を娶り、五人の子に恵まれた。彼は精敏なる才幹を有し、五代末の蜀における戦乱を生き延びて蘇氏を存続させた。その第四子蘇杲は宋氏から妻を迎え、九人の子が生まれたが、そのうちの一人が蘇序であり、彼のみが生き残ったのである。蘇序は「少孤、喜爲善而不好讀書。晩迺爲詩、能白道、敏捷立成、凡數十年得數千篇（少くして孤たり、善を為すを喜び読書を好まず。晩に迺ち詩を為り、能く道を白らかにし、敏捷にして立成し、凡そ数十年に数千篇を得たり）」と記されたように、進んで「善を為す」親分肌であった一方で、「読書」を好まずに晩学した人物であった。

後年、蘇軾は、蘇序の行跡を行状で詳述した際、その妻や子孫について次のように言及した。

公諱序、字仲先、眉州眉山人。其先蓋趙郡欒城人也。曾祖諱釿、祖諱祜、父諱杲、三世不仕、皆有隱德。……娶史氏夫人、先公十五年而卒、追封蓬萊縣太君。生三子、長曰澹、不仕、亦先公卒。次曰渙、以進士得官、所至有美稱、及去、人常思之、或以比漢循吏、終於都官郎中利州路提點刑獄。季則軾之先人、諱洵、終於霸州文安縣主簿。……女二人、長適杜垂裕、幼適石揚言。孫七人、位・佾・不欺・不疑・不危・軾・轍。

公　諱は序、字は仲先、眉州眉山の人なり。其の先は蓋し趙郡欒城の人なり。曾祖　諱は釿、祖　諱は祜、父　諱は杲、三世仕へず、皆隠徳有り。……史氏夫人を娶るに、公に先んずること十五年にして卒し、蓬萊県太君に追封せらる。三子を生み、長は澹と曰ひ、仕へず、亦た公に先んじて卒す。次は渙と曰ひ、進士を以て官を得、至る所美称有り、去るに及び、人常に之を思ひ、或は以て漢の循吏に比し、都官郎中利州路提点刑獄に終はる。季は則ち軾の先人、諱は洵、霸州文安県主簿に終はる。……女(むすめ)は二人、長は杜垂裕に適(とつ)ぎ、幼は石揚言に適(とつ)ぐ。孫は七人、位・份・不欺・不疑・不危・軾・轍なり。

蘇軾「蘇廷評行狀」[2]（『蘇軾文集』巻十六）

蘇氏一族から科挙及第者を輩出したのは蘇洵の次兄蘇渙が嚆矢であり、蘇洵も晩学であることに鑑みても、元来読書人の家柄ではなく、所謂成り上がりであったと言えるであろう。そこで、蘇序は、蘇洵の妻を眉州の名士である程氏一族から迎え、また、長女を杜垂裕に、末女を石揚言に嫁がせた。新興の蘇氏一族がその地盤と勢力を強化するために行った方策の一つが、眉州の富裕な豪族と婚姻関係を結ぶことであったと思われる。

蘇洵もその方策を継承し、末女の八娘を妻程氏の兄の子である程之才（字は正輔、排行は二）に嫁がせ、蘇軾の妻を眉州の名士である王氏から、蘇轍の妻を祖母の一族である史氏から迎えている。新たに王氏を姻戚としながらも、程氏や史氏と婚姻を重ねた背景には、「里閈之游、篤於早歳。交朋之分、重以世姻[3]（里閈の游、早歳に篤し。交朋の分、重んずるに世姻を以てす）」と蘇軾が述べたように、代々婚姻を重ねて関係の継続と強化を図る「世姻」が、蜀で慣習化していたことがある。蘇軾の子女に至ると、欧陽脩の孫女を次子蘇迨の妻とするなど蜀以外の名士との婚姻も行われたが、長子蘇邁の妻として再び石氏から妻を迎え、末子蘇過には成都華陽の有力者范鎮の孫女を娶らせ、蘇轍の娘を梓州梓潼郡出身の文同（字は与可、蘇軾の従表兄）の子文務光に嫁がせるなど蜀の地縁を重視する姿勢は変わらなかったのである。

二　蘇氏一族と程氏一族の紛争と和解――我時に子と皆児童にして、狂走して人に従ひて梨栗を覓む

しかし、こうした蜀の姻戚関係の中でも、蘇軾の母の一族たる程氏一族とは断絶の状態に陥ったことがある。後年、蘇軾に亡母の墓誌銘の作成を依頼された司馬光は、その来歴を以下のように記述した[4]。

夫人姓程氏、眉山人、大理寺丞文應之女。生十八年歸蘇氏。程氏富而蘇氏極貧、夫人入門、執婦職、孝恭勤儉。……凡生六子、長男景先及三女皆早夭。幼女有夫人之風、能屬文、年十九(ママ)既嫁而卒。

夫人　姓は程氏、眉山の人、大理寺丞文応の女(むすめ)なり。生十八年にして蘇氏に帰(とつ)ぐ。程氏は富みて蘇氏は極めて貧しく、夫人門に入り、婦職を執り、孝恭勤倹たり。……凡そ六子を生むも、長男景先及び三女皆早夭す。幼女は夫人の風有り、能く文を属するも、年十九(ママ)にして既に嫁ぎて卒す。

司馬光「蘇軾母程氏墓誌」（『増廣司馬温公全集』巻一百十）

元来放蕩者であった蘇洵を立ち直らせ、終生支え続けた上に、蘇軾・蘇轍を生み育てた程氏は賢夫人として名高い。彼女は六人の子を生んだが、そのうち長子の景先と三女は早世したという。その中でも「夫人の風」を受け継いだと記される「幼女」こと八娘が婚家である程家において虐待に遭い、それによって皇祐四年（一〇五二）に享年十八で急逝したことは、蘇洵に大きな衝撃を与え、以後、蘇氏一族と程氏一族の間に紛争が生じることになった。

まず、嘉祐元年（一〇五六）正月、蘇洵は程家を暗に非難する「蘇氏族譜亭記」を執筆した。また、同年四月に程氏が逝去し、嘉祐四年（一〇五九）にその喪が明けたことにより、蘇洵は憚ることなく「自尤詩（自ら尤むる詩）」を賦して八娘の苦境と程家の内情を暴露し、とりわけ八娘に辛く当たった程濬（程氏の兄で程之才の父。蘇渙と同年及第であった）を激しく糾弾した。これにより両家の関係が完全に破綻したのである。[5]「大家顯人以門族相上、推次甲乙、皆有定品[6]（大家顯人は門族を以て相ひ上び、甲乙を推次して、皆定品有り）」と記述されるように、家柄による独特の序列・格付けが定められていた眉州では、蘇氏は程氏よりも家格が低く、程氏の墓誌銘に「程氏は富みて蘇氏は極めて貧し」とあるように、経済力にも明らかな差があったらしい。「自尤詩」でも述べられているが、当時の蘇氏が学識の浅い成り上がりの一族として低く見られたことが、この紛争の要因であったと言えよう。

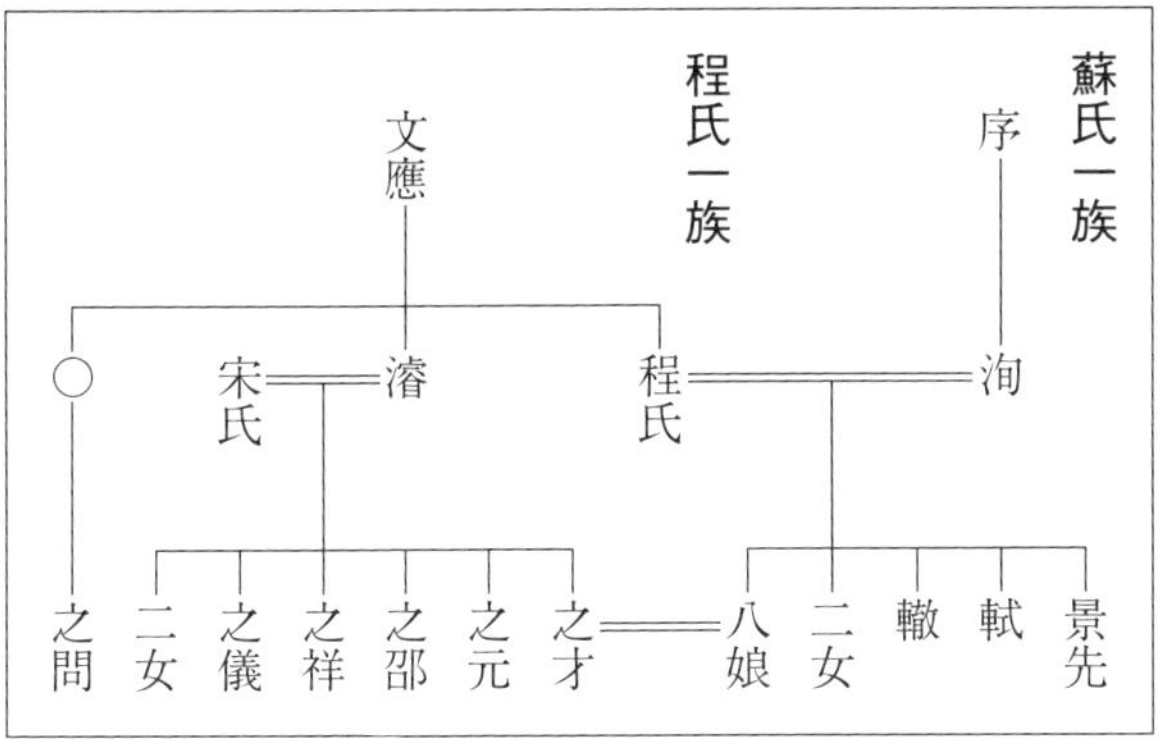

蘇氏一族

序 — 洵 ＝ 程氏
　子：景先、軾、轍、二女、八娘

程氏一族

文應 — 程氏、濬、○
濬 ＝ 宋氏
　子：之才、之元、之邵、之祥、之儀、二女
○ — 之問
之才 ＝ 八娘

　これより以前において、蘇軾・蘇轍兄弟と程家の子息たちとの関係は良好であった。因みに、蘇轍が「我生猶及見大門、弟兄中外十七人[7]（我が生　猶ほ大門を見るに及び、弟兄中外十七人）」と詠んだように、蘇軾・蘇轍とその堂兄弟、表兄弟の合計人数は十七人であり、夭折した者を除けば蘇氏は七人であるため、程氏・石氏・杜氏の表兄弟は計十人いたことになる。このうち、主な程氏の表兄弟として程濬の五子——之才、之元、之邵、之祥、之儀が挙げられる。[8]元祐元年（一〇八六）、蘇軾は在りし日の思い出を回想し、程之元（字は徳孺、排行は六）に次のような詩を寄せた。

炯炯明珠照雙璧
當年三老蘇程石
里人下道避鳩杖
刺史迎門倒鳧舃
我時與子皆兒童
狂走從人覓梨栗
健如黃犢不可恃
隙過白駒那暇惜

炯炯たる明珠　双璧を照す、
当年の三老　蘇・程・石たり。
里人は道を下りて鳩杖を避け、
刺史は門に迎へて鳧舃を倒(さかしま)にす。
我　時に子と皆児童にして、
狂走して人に従ひて梨栗を覓(もと)む。
健たること黄犢の如きも恃むべからず、
隙　白駒を過ぐれば那の暇ありて惜しまん。……

蘇軾「送表弟程六知楚州」（『蘇軾詩集』巻二十七）

このように、蘇氏は姻戚である程氏や石氏と縁故が深く、この三氏の老父は里人に敬われる存在であり、蘇軾と表兄弟たちも幼児の頃から親しんだ幼馴染みであった。しかし、蘇軾が十七歳の時に起こった蘇八娘の急逝とその後の蘇程両家の紛争により彼らの交遊も断絶した。それは治平三年（一〇六六）四月に蘇洵が歿した後も同様であった。両家の関係回復が図られたのは、元豊五年（一〇八二）十一月に享年八十二で程濬が亡くなり、その喪が明けた後のことである。約三十年にも及ぶ両家の因縁から解放された蘇軾は、該詩において交遊が復活したことを喜びながらも、任地の楚州（江蘇省淮安市）に赴かねばならない程之元に離別の悲しみを訴えたのである。そして、晩年の蘇軾の支えとなったのがこの程之元であり、また、両家の確執の原因とも言える程之才であった。

三　蘇軾と表弟程之元――仲氏は新たに道を得、一漚　塵寰を目る

因みに、和解が叶うより以前の若き日の程之才・程之元の官歴は、その弟たちとともに程濬の墓誌銘にまとめて記されている。これと『続資治通鑑長編』等の記述とに鑑みると、程之才は熙寧八年（一〇七五）頃、司農寺丞に任ぜられ、元豊元年（一〇七八）以後、蜀の梓州路・利州路・夔州路の転運判官を歴任し、元豊三年（一〇八〇）三月に梓州路転運判官時代の治世と軍才を見込まれて梓州路転運使となり、元豊五年（一〇八二）十一月には知徐州軍州事に遷った。程之元は瀘州（四川省瀘州市）の江安県令から瀘州通判となり、熙寧六年（一〇七三）十二月頃には戎州（四川省宜賓市）の司戸参軍に任じられ、後に太子中舎・権夔州路転運判官に遷った。元豊二年（一〇七九）には嘉州（四川省楽山市）の知州事となり、元祐元年（一〇八六）には知楚州軍州事に除せられたという。このように、彼らは、蜀や江南の転運司の官や知州事に任じられることが多く、後年も同様の官を歴任した。更に、蘇軾が嶺南に流謫される前後に、程之才・程之元は嶺南の官に就任しているのである[9]。

まず、元祐四年（一〇八九）から程之元が三年に亘って広南東路提点刑獄公事に除せられた。元祐五年（一〇九〇）、蘇軾は程之邵（字は懿叔、排行は七）に詩を寄せた際、そこで程之元の近況にも言及した。

仲氏新得道　　仲氏は新たに道を得、
一漚目塵寰　　一漚　塵寰を目る。
歳晩家郷路　　歳晩　家郷の路、

莫遺生榛菅　　榛菅を生ぜしむること莫れ。

蘇軾「次京師韻送表弟程懿叔赴夔州運判」（『蘇軾詩集』巻三十二）

時に蘇軾は知州事として杭州（浙江省杭州市）に居り、そこで災害対策を行い、西湖を浚って堤を築くなど善政を敷いた。そこに「仲氏」こと程之元が使者として訪ねてきたのである。施注には、次のように記される。(10)

先生元祐五年六月三日、手書此詩、幷自跋云「時德孺在嶺外、適有使至杭、當錄本示之。」德孺書中、自言「學佛有所悟入、寄偈頌十數篇來。」故有「新得道」之語。

〔東坡〕先生は元祐五年六月三日、手づから此の詩を書し、幷せて自ら跋して「時に德孺は嶺外に在り、適（たまた）ま使の杭に至る有り、当に本に録して之に示すべし」と云ふ。德孺の書中に、自ら「仏を学びて悟入する所有り、偈頌十数篇を寄せ来れり」と言ふ。故に「新たに道を得る」の語有り。

施元之注　蘇軾「次京師韻送表弟程懿叔赴夔州運判」（『施顧註東坡先生詩』巻二十九）

つまり、瘴癘の地と言われる嶺南において、改めて仏道を篤く信仰するに至った程之元は、蘇軾にそのことを語り、「偈頌十数篇」を寄せた。蘇軾はそうした程之元の姿勢を高く評価し、該詩を程之元にも示したのである。これは当時としては信仰心を通じて蘇軾と程之元が親密度を高めた思い出を詠んだに過ぎなかったかもしれない。しかし、これから四年の後、蘇軾にとって大きな意味を持つことになるのであった。

元祐七年（一〇九二）六月、程之元は主客郎中として嶺南から中央に帰還した。そして、同年八月に兵部尚書として召還され、次いで十一月に礼部尚書に任じられたという蘇軾と再会を果たした。

嵐薫瘴染却敷腴
笑飲貪泉獨繼呉
未欲連車收薏苡
肯教沈網取珊瑚
不知庾嶺三年別
收得曹溪一滴無
但指庭前雙柏石
要予臨老識方壺

嵐薫　瘴染として却て敷腴たり、
笑ひて貪泉を飲み独り呉に継ぐのみ。
未だ連車に薏苡を収むるを欲せず、
肯へて沈網に珊瑚を取らしめんや。
知らず　庾嶺三年の別れ、
曹溪の一滴を収め得るや無(いな)や。
但だ指す　庭前の双柏石、
予の老いに臨みて方壺を識らんことを要(もと)む。

蘇軾「程德孺惠海中柏石、兼辱佳篇、輒復和謝」（『蘇軾詩集』巻三十六）

即ち、程之元が瘴癘の地と云われる嶺南の韶州（広東省韶関市）に赴任していた三年もの間、蘇軾は知杭州であった。帰朝の後、奇石趣味の蘇軾に、程之元は嶺南の柏石を贈り、蘇軾はその返礼に禅の公案の「庭前の柏樹子」にことよせて詩を賦した。同年、蘇軾は彼の誕生日にも「程德孺生日」という詩を寄せるなど、一層親交を深めたのである。

しかし、翌元祐八年（一〇九三）九月、宣仁太后高氏の崩御により元祐更化は終焉を迎え、旧法党人は左遷や致仕に追い込まれることになる。蘇軾も例外たり得ず、紹聖元年（一〇九四）、末子蘇過を伴って謫地の恵州に赴いた。その途上、蘇軾は韶州の名刹南華寺（原名は宝林寺。南宗禅の祖である六祖慧能が仏法を説いた南宗禅祖庭の一）に立ち寄った。

「程公庵」、南華長老辯公爲吾表弟程德孺作也。吾南遷過之、更其名曰「蘇程」、且銘之。

「程公庵」は、南華長老弁公　吾が表弟程德孺（程之元）の為に作るなり。吾南遷して之に過り、其の名を更めて「蘇程」と曰ひ、且つ之に銘す。

蘇軾「蘇程庵銘并引」（『蘇軾文集』巻十九）

このように、蘇軾は、かつて程之元のために南華寺に建てられた「程公庵」を訪れて「蘇程庵」に改名し、そこで程之元と懇意であったという「南華長老弁公」を始めとする有力な僧と交流した。実際、蘇軾は「書一角・信菴三枚・竹筒一枚」を蘇轍に送る際、南華長老弁公に、「不免再煩差人送達、慚悚之至[11]（再び煩はせて人を差はして送達せしむるを免れず、慚悚の至りなり）」と、再びの仲介の労に感謝の意を表している。

また、建中靖国元年（一一〇一）二月、北帰を許された蘇軾はその途上で蘇轍に以下のような書簡を寄せた。

子由弟、得黄師是遣人、賫來二月二十二日書、喜知近日安勝。……兄近已決計從弟之言、同居潁昌、行有日矣。適値程德孺過金山、往會之、并一二親故皆在坐。頗聞北方事、有決不可往潁昌近地居者。事皆可信、人所報、「大抵相忌安排、攻撃者衆。北行漸近、決不靜耳。」今已決計居常州、借得一孫家宅、極佳。

子由弟、黄師是の人を遣はすを得て、二月二十二日に書を賫来す、喜びて近日安勝なるを知る。……兄近く已に決計して弟の言に従ひ、同に潁昌に居せんとし、行に日有り。適たま程徳孺（程之元）の金山に過ぎるに値ひ、往きて之に会し、幷せて一二の親故　皆坐に在り。頗りに北方の事を聞くに、潁昌近地に往きて居するべからざる者を決する有り。事皆信ずべきは、人の報ずる所にして、「大抵　安排するを相ひ忌み、攻撃する者衆し。北のかた行くこと漸く近ければ、決して静ならざるのみ」と。今已に常州に居するを決計し、一孫家宅を借り得て、極めて佳し。

蘇軾「與子由」第八簡（『蘇軾文集』巻六十）

蘇軾と蘇轍の書簡を仲介したという黄寔（字は師是）も、蘇轍の子である蘇适・蘇遜の舅であり、蘇氏一族の姻戚である。蘇軾は潁昌府にて蘇轍とともに隠棲することを期していたが、金山で程之元を始めとする親類や友人から中央の情報を提供されて取り止め、結局、常州に終の住処を定めたのであった。

四　蘇軾と表兄程之才――何れの時にか曠蕩　瑕讁を洗ひ、君と駕を帰して相ひ追攀せん

蘇軾の表兄であり、姉婿でもあった程之才は、蘇軾が恵州に流された翌年の紹聖二年（一〇九五）より広南東路提点刑獄公事に任ぜられた。かつて程之元も務めたことのあるこの官職は、広南東路における司法・行政の監察官であり、官の不正の監督もその職掌である。この人事については時の執政である章惇が、両家の確執を伝聞して悪意を以て行ったとする説もある。実際、程之元等との和解が果たされた際も、程之才との蟠りはまだ解消されず、更なる時間を要したらしいが(12)、蘇軾が嶺南に左遷された頃には既に落着しており、程之才の広

南東路提点刑獄公事着任は「人言得漢吏、天遣活楚囚[13]（人は漢吏を得たりと言ふも、天は〔程之才を〕遣はして楚囚〔蘇軾〕を活かしむ）」というのが実状であった。紹聖二年（一〇九五）二月、任務により恵州に赴いた程之才がおよそ十日間の逗留を経て韶州に帰還する際、蘇軾は惜別の詩を寄せ、そこで次のように詠んだ。

君應回望秦與楚
夢渉漢水愁秦關
我亦坐念高安客
神遊黃蘗參洞山
何時曠蕩洗瑕謫
與君歸駕相追攀
梨花寒食隔江路
兩山遙對雙煙鬟
歸耕不用一錢物
惟要兩脚飛孱顏
玉牀丹鏃記分我
助我金鼎光爛斑

君　応に秦と楚とを回望すべし、
夢に漢水を渉りて秦関を愁ふ。
我も亦た坐ろに念ふ　高安の客、
神は黄蘗に遊びて洞山に参す。
何れの時にか曠蕩　瑕謫を洗ひ、
君と駕を帰して相ひ追攀せん。
梨花　寒食　隔江の路、
両山　遙かに対す　双煙の鬟。
帰耕して一銭の物を用いず、
惟だ両脚の孱顔に飛ぶを要するのみ。
玉牀の丹鏃　記して我に分かち、
我が金鼎の光の爛斑たるを助けよ。

蘇軾「追餞程正輔表兄至博羅、賦詩爲別」（『蘇軾詩集』巻三十九）

蘇軾は、程之才が弟たちを夢想するように、自らも「高安の客」、即ち同時期に筠州に左遷されていた蘇轍を思い遣らずにはいられないことを訴えつつ、自分たちもこれから別れゆくことに考え至った。それ故、「何れの時にか曠蕩瑕謫を洗ひ、君と駕を帰して相ひ追攀せん」と詠んで、いつか罪を許されて程之才とともに帰朝せんことを望んだのである。ここから、蘇軾・蘇轍の免罪について、程之才とその背後にある程氏一族による政治的働きかけに期待する意があったことが窺える。

また、蘇轍に「獨喜爲詩、精深華妙、不見老人衰憊之氣[14]（独り詩を為るを喜び、精深華妙にして、老人衰憊の気見えず）」と評されたように、蘇軾は流謫された後も詩文の創作を意欲的に進めたが、中でも有名なのが古人である陶淵明の詩百二十四首に和韻した「和陶詩」であった。程之才は、蘇軾からこの和陶詩の書写を贈呈されたという。蘇軾から程之才への書簡に以下のように記されている。

某啓。和示「香積詩」、眞得淵明體也。某喜用陶韻作詩、前後蓋有四、五十首、不知老兄要錄何者。稍間編成一軸附上也。只告不示人爾。

某啓す。和して「香積の詩」を示すに、真に淵明の体を得るなり。某は陶韻を用いて詩を作るを喜び、前後蓋し四、五十首有り、老兄の何者を録さんと要むるかを知らず。稍や間あれば一軸に編成して附して上らん。只だ人に示さざらんことを告ぐるのみ。

蘇軾「與程正輔」第十一簡（『蘇軾文集』巻五十四）

ここに云う「香積」とは、先年に程之才と遊んだ恵州にある「香積寺」のことであり、程之才は蘇軾の詠んだ「與正輔遊香積寺」に陶淵明の詩体に倣って和韻し、[15] それを蘇軾に示した。そこで、蘇軾は四、五十首もの「和陶詩」を一軸の巻物にして贈ったのである。蘇軾は紹聖二年（一〇九五）三月四日に本格的に和陶詩の創作を始めたが、それから以後、ほぼ蘇軾が恵州に居た紹聖四年（一〇九七）頃までに計四、五十首もの和陶詩を詠んだ。別の程之才宛の書簡に、「兄欲寫陶體詩、不敢奉違。今寫在揚州日二十首寄上、亦乞不示人也（兄は陶体の詩を写さんと欲せば、敢へて違ふるを奉らず。今揚州に在りし日の二十首を写して寄せ上（たてまつ）り、亦た人に示さざらんことを乞ふ）」とあることから、先の書簡とは別の機会に、蘇軾が最初の和陶詩である「和陶飲酒二十首」を程之才に贈与したこと、程之才自身が陶淵明の詩体を会得せんとするほど陶淵明に強い関心を持っていたことなどが判る。[16] また、彼らはこれ以外でも詩文の応酬を行っており、更に、蘇軾は「書外曾祖程公逸事」を創作して程之才に贈ったという。[17] これらの詩文は子孫に伝承されたらしい。

建中靖国元年（一一〇一）七月二十八日、蘇軾は常州にて波乱に満ちた生涯を閉じた。享年六十六であった。それから約十年後の政和元年（一一一一）正月、程之邵の子によって蘇軾の「遺墨」が蘇轍のもとに届けられた。

政和改元辛卯歳正月、表姪都水程君、自郷里赴京師、道出潁川、爲予少留、出其先君懿叔龍圖所收亡兄子瞻及予昔日往還詩書四卷相示。子瞻與懿叔兄弟相繼淪沒、今十餘年、遺墨如新、覽之潸然出涕。

政和改元辛卯歳正月、表姪都水程君、郷里より京師に赴き、道に潁川に出でて、予の為に少しく留まり、其の先君懿叔龍図（程之邵）の収むる所の亡兄子瞻及び予の昔日往還せし詩書四巻を出して相ひ示す。子瞻と懿叔兄弟とは相ひ継いで淪没し、今十余年なるも、遺墨新なるが如く、之を覧るに潸然として涕出づ。

蘇轍「與表姪程君觀子瞻遺墨題後」（『宋搨成都西樓帖』）

蘇轍によると、当時、蘇軾は勿論のこと程之才・程之元・程之卲も既に逝去していた[18]。それ故、程之卲の遺児が「亡兄子瞻及び予の昔日往還せし詩書四巻」を潁昌府に居住する蘇轍に届けたのである。つまり、蘇轍は自著の一部の管理を程氏兄弟に委託していたと言える。彼らの程氏兄弟に対する信頼を示すものであり、蜀の独立性の高さも彼らの念頭にはあったのであろう。程氏兄弟もその信頼に応え、遺墨を「新なるが如く」大切に保存していたのであった[19]。

小結

新法党政権が台頭した北宋末期において、蘇軾・蘇轍やその子弟は政治的に排斥されるべき存在であった。そのような苦境において、程之才・程之元による援助は、蘇軾にとって非常に重要な意味を持っていたであろう。それは婚姻関係にある一族同士が連繫し、協力し合うべきであるという基本的な総意による。蘇程両家の繋がりは蘇洵の代に起こった紛争によって断絶してしまったものの、次世代の蘇軾・蘇轍や程氏兄弟の尽力によって回復した。その結果、程氏兄弟は蘇軾たちに様々な面から援助し続け、「心腹」と見なされるほどに至ったのである[20]。実際、こうした協力態勢は、新旧両党による政争の激しい当時にはしばしば見られた。

また、前述したように、当時の姻戚としての社会的な通念だけでなく、蘇軾と程之元が仏道への信仰心を共有していたことや、程之才とは陶淵明への尊崇によって繋がっていたことにも注目したい。つまり、如何なる艱難辛苦に直面しても真摯に仏道を信仰し、また、陶淵明に倣って自由な境地に至らんとする蘇軾の強靱な生き方とそれが表れた詩文に対して、程之才・程之元は敬愛の念を持ったのではないだろうか。そして、それこそが蘇軾と程氏兄弟の強固な信頼関係の要であったと思われる。

▽注

(1) 蘇洵「蘇氏族譜」等の族譜は全て『嘉祐集』巻十四所収。この前後の蘇軾の父祖の評は「族譜後錄下篇」より引く。

(2) 蘇軾「蘇廷評行狀」は蘇洵の撰述した系図・族譜に従って一部の人名を改めた。例えば、孫七人のうち、『蘇軾文集』では「份」であるが、『東坡外集』や蘇洵「蘇氏族譜」では「佾」とあり、ここでは後者に従ったことなどである。

(3) 蘇軾「與邁求婚啓」(『蘇軾文集』巻四十七)より引く。

(4) 蘇軾「辭免撰趙瞻神道碑狀」(『蘇軾文集』巻三十三)に「近日撰「司馬光行狀」、蓋爲光曾爲亡母程氏撰埋銘。又爲范鎭撰墓誌、蓋爲鎭與先臣洵平生交契至深、不可不撰。及奉詔撰司馬光・富弼等墓碑、不敢固辭、然終非本意(近日「司馬光行状」を撰するは、蓋し光に曾て亡母程氏の為に撰して銘を埋めしむるを為すなり。又た范鎮の為に墓誌を撰するは、蓋し鎮と先臣洵に平生交契の深きに至らしむるを為して、撰せざるべからず。奉詔して司馬光・富弼等の墓碑を撰するに及び、敢えて固辞せざるは、然るに終に本意に非ず)」とある。また、蘇洵「祭亡妻文」(『嘉祐集』巻十五)に「二子告我、母氏勞苦(二子我に告ぐ、母氏の労苦を)」とあり、「昔予少年、游蕩不學。子雖不言、耿耿不樂。我知子心、憂我泯沒。感歎折節、以至今日(昔予少年なりしとき、游蕩して学ばず。子言はざると雖も、耿耿として楽しまず。我子の心を知る、我の泯没たるを憂ふ。折節に感歎して、以て今日に至る)」と慨嘆した。

(5) 蘇洵「蘇氏族譜亭記」には「某人」、「斯人」としか記されていないが、「自尤並敍」(『嘉祐集箋註』佚詩)の序文には「蓋壬辰之歲而喪幼女、始將以尤其夫家、而卒以自尤也。女幼而好學、慷慨有過人之節、爲文亦往往有可喜。既適其母之兄程濬之子程之才、年十有八而死。而濬本儒者、然内行有所不謹、而其妻子尤好爲無法。吾女介乎其間、因爲其家之所不悦。適會其病、其夫與其舅姑遂不之視而急棄之、使至於死(蓋し壬辰の歳にして幼女を喪ひ、始め将に以て其の夫家を尤めんとするも、而るに卒に以て自ら尤むるなり。女は幼くして学を好み、慷慨して人に過ぐるの節有り、文を為るも亦た往往として喜ぶべきこと有り。既に其の母の兄程濬の子程之才に適ぐに、年十有八にして死す。而して濬は本もと儒者なるも、然るに内行に謹しまざる所有りて、其の妻子尤も無法を為すを好む。吾が女其の間に介するや、因りて其の家の悦ばざる所と為れり。適ま其の病に会ひ、其の夫と其の舅姑とは遂に之を視ずして急して之を棄て、死に至らしむ）」とあり、詩にもその経緯が詳述されている。

（6）蘇軾「眉州遠景樓記」（『蘇軾文集』巻十一）より引く。以下に「謂之江鄉。非此族也、雖貴且富、不通婚姻（之を江郷と謂ふ。此の族に非ざるにや、貴にして且つ富むと雖も、婚姻を通ぜず）」と続く。

（7）蘇轍「程八信孺表弟、剖符單父、相遇潁川、歸鄉待闕、作長句贈別」（『欒城三集』巻二）より引く。

（8）系図に記す程之問については、『東坡志林』巻三「先夫人不許發藏」に「夫人之姪之問者、欲聞之欲發焉（夫人（程氏）の姪之問なる者は、之を聞きて発かんと欲す）」と登場し、程氏の兄弟の子と判る。

（9）呂陶「太中大夫武昌程公墓誌銘」（『淨德集』巻二十一、四庫全書本）に、「維程氏爲眉大姓、世有令德。曾祖諱沼、祖諱仁霸、値時季亂、爵祿不及。考諱文應、以公故累封、贈官光祿大夫。……子男五人。之才朝奉郎、嘗爲司農寺丞、歴梓・利・夔三路轉運判官。瀘蠻犯邊、王師西伐、朝廷頼其才、復還梓州路。之元奉議郎、嘗從使者、治淯井叛夷。遂知瀘州江安縣、以功通判本州、又從辟渝南平寇、有異效、除夔州路轉運判官。歳滿、請便郡得知嘉州。之邵奉議郎、嘗爲三司磨勘官、辟勾當公事、又從使者、按視江廣鹽筴、還對如旨、除廣南東路轉運判官。之祥宣德郎、之儀未仕（維れ程氏は眉の大姓為り、世に令徳有り。曾祖諱は沼、祖諱は仁霸、時の季乱に値ひ、爵禄及ばず。考諱は文応、公の故を以て累封せられ、光禄大夫を贈官せらる。……子男は五人なり。之才は朝奉郎にして、嘗て司農寺丞為り、梓・利・夔三路轉運判官を歴す。瀘蛮　辺を犯し、王師　西伐せしとき、朝廷　其の才を頼み、復た梓州路に還す。之元は奉議郎にして、嘗て使者に従ひて、淯井の叛夷を治む。遂に瀘州江安県を知し、功を以て本州に通判し、又た従ひて渝南に辟せられて寇を平らぐるに、異效有りて、夔州路転運判官に除せらる。歳満ちて、便郡を請ひて嘉州に知するを得る。之邵は奉議郎にして、嘗て三司磨勘官為りて、勾当公事に辟せられ、又た使者に従ひ、江広塩筴を按視し、還りて対するに旨の如く、広南東路転運判官を除せらる。之祥は宣徳郎たり、之儀は未だ仕へず）」とある。

(10) 該詩に引く蘇軾の自注に「君之兄徳孺自云『近於佛法有得。』（君の兄徳孺自ら云ふ『近く仏法に於いて得るところ有り』と。）」とある。

(11) 蘇軾「與南華辯老」第二簡（『蘇軾文集』巻六十一）より引く。彼は南華寺のために「南華寺六祖塔功徳疏」（同巻六十二）や「南華長老題名記」（同巻十二）等も著した。書簡や物資の仲介は程之才や成都の宝月大師や曇秀（芝上人）も行った。

(12) 蘇軾「送表弟程六知楚州」（『蘇軾詩集』巻二十七）の施注に「此詩云『炯炯明珠照雙璧』、「次前韻送徳孺漕江西」又云『君家兄弟眞聯璧』、獨指徳孺・懿叔、不復及正輔、猶以舊怨故也（此の詩に『炯炯たる明珠　双璧を照らす』と云ひ、「次前韻送徳孺漕江西」も又た『君の家の兄弟　真に聯璧なり』と云ふは、独り徳孺・懿叔を指すのみにして、復た正輔に及ばず、猶ほ旧怨の故を以てするなり）」とある。元祐三年（一〇八八）に詠まれた「次前韻送徳孺漕江西」は、正式には「次前韻送程六表弟」（『蘇軾詩集』巻三十）であり、元祐元年（一〇八六）作の「送表弟程六知楚州」に畳韻した作である。よって、蘇軾と程之才の和解は少なくとも元祐三年（一〇八八）以後であろう。

(13) 蘇軾「聞正輔表兄將至、以詩迎之」（『蘇軾詩集』巻三十九）より引く。邵博『邵氏聞見後録』巻二十に「後謫惠州、紹聖執政妄以程之才姉之夫有宿怨、假以憲節、皆使之甘心焉。然季常・之才從東坡甚驩也（東坡）後に恵州に謫せられしとき、紹聖の執政は妄らに程之才姉の夫の宿怨有るを以て、仮して憲節を以てするに、皆之をして甘心せしめんとす。然るに季常・之才は東坡に従ふこと甚だ驩ぶなり）」とある。

(14) 蘇轍「子瞻和陶淵明詩集引」（『欒城後集』巻二十一）より引く。

(15) 蘇軾「與正輔遊香積寺」（『蘇軾詩集』巻三十九）。

(16) ここに引く蘇軾の別の書簡とは「與程正輔」第二十一簡（『蘇軾文集』巻五十四）のことである。これと併せて考えると、同第十一簡に云う巻物にして進呈された「四、五十首」の和陶詩は、恵州時代のものと思われる。

(17) 蘇軾が程之才等に寄せた詩は現存しており、程之才に十首、程之元に六首、程之邵に二首ある。また、蘇軾「書外曾祖程公逸事」（『蘇軾文集』巻六十六）には、「紹聖二年三月九日、軾在惠州、讀陶潛所作外祖「孟嘉傳」、云『凱風寒泉之思、實鐘厥心。』意悽然悲之。乃記公之逸事以遺程氏、庶幾淵明之心也（紹聖二年三月九日、軾恵州に在りしとき、陶潜の作る所の外祖「孟嘉伝」を読むに、『凱風と寒泉との思ひ、実に厥の心に鐘まる』とあり。意悽然として之を悲しむ。乃ち公の逸事を記して以て程氏に遺せば、淵明の心に庶幾きや）」と、陶淵明との関連性が見え、また、「是歳九月二十七日」に書したとある。そして、蘇軾「與程正輔」第二十八簡（『蘇軾文集』巻五十四）に「外曾祖遺事録呈（外曾祖遺事を録呈す）」とある。

(18) この二年前の大観三年（一一〇九）正月に詠まれた蘇轍「程八信孺表弟、剖符單父、相遇潁川、歸鄉待闕、作長句贈別」（『欒城三集』巻二）の自注に「兄弟中、惟僕與程八・程九在耳（兄弟中、惟だ僕と程八（程之祥）・程九（程之儀）在るのみ）」とある。

(19) 蘇轍「與表姪程君觀子瞻遺墨題後」（『宋搨成都西樓帖』所収）は『蘇轍集』第四冊に収録のものを参照した。また、黄革「司馬溫公全集序」（『增廣司馬溫公全集』巻頭）に「昔東坡先生撰公「神道碑」幷「行狀」、得『迂叟集』於其家、以備鋪述。……先生之表姪、謹守固藏、不敢示人、杜友傳道（昔東坡先生は公（司馬光）の「神道碑」幷びに「行狀」を撰し、『迂叟集』を其の家に得、以て備へて鋪述す。……先生の表姪、謹守固蔵し、敢へて人に示さず、友に杜して道に伝ふ）」とあるが、この「先生の表姪」も程氏兄弟の子である可能性がある。

(20) 『宋史』呉材伝に「黨論復起、材首論范純禮爲朋附黨與、前日大臣變更神考法度、故引之執政、不宜復其職。程之元爲蘇軾心腹、不宜亞九卿。（党論復た起き、（呉）材は首に范純礼の朋の為に党与を附するを論じ、前日大臣は神考の法度を変更して、故に之を引きて執政し、宜しく其の職を復すべからずとす。程之元は蘇軾の心腹為りて、宜しく九卿を亜ぐべからず）」とある。

【コラム⑥】

蘇軾の帰る処——三蘇の絆

景祐三年（一〇三六）十二月十九日、蘇軾は父蘇洵、母程氏の次子として生を受けた。因みに、その約二年後の宝元二年（一〇三九）二月二十日には、弟の蘇轍が生まれている。蘇洵は、数年後、この二子に名を与えた際、その命名の理由を以下のように述べた。

輪・輻・蓋・軫は、皆車に職有り。而れども軾のみ独り為す所無き者の若し。然りと雖も、軾去らば、則ち吾未だ其の完車たるを見ざるなり。軾や、吾　汝の外飾せざるを懼るるなり。天下の車、轍に由らざる莫し。而れども車の功なる者を言へば、轍は与らざるなり。然りと雖も、車仆れ馬斃るるも、患ひ（わざわ）は亦た轍に及ばず。是れ轍は、善く禍福の間に処するなり。轍や、吾　免がるるを知る。

輪（車輪）・輻（車輪の矢）・蓋（車上のかさ）・軫（車体の枠）は、どれも車において役割がある。しかし軾（車の前に渡してある横木、手すりのようなもの）だけはすべき役割など無いように見える。しかしながら、軾が無ければ、私はそれを完全な車と見なさない。軾よ、私はそなたがあまりに外を飾らないことを恐れるのだ。どんな車でも、轍によって進まないものはない。しかし、車において功績となるところを言えば、轍はそれに当たらない。しかしながら、車が転倒し馬が死ぬような時でも、その災いはまた轍にまでは及ばない。このように、轍は、災禍と幸福の中間にうまく身を保っているものだ。轍よ、私はそなたが災いを免がれることができるだろうと思う。

蘇洵「名二子説」（『嘉祐集』巻十五）

即ち、蘇洵は、車において「軾」は何ら有用性の無いものであるが、それが無ければ「車」の体を為さない重要な「外飾」であるとした。そして、あまりに飾ることのない天真爛漫な息子の行く末を心配して「軾」と命名したのである。その弟の「轍」の字が「天下の車、轍に由らざる莫し」に従って「子由」と付けられたのと同様に、「軾」が車から外を「瞻（見上げ）」て挨拶するためのものであることから、蘇軾の字は「子瞻」となったのであろう。蘇洵は、他者に対する敬意と外物に対する配慮を忘れずに行動するように蘇軾に訓戒し、蘇轍には功績を被ることがなくとも憂患を免れ、あらゆる禍福に適切に対処できるように願いを込めたと考えられる。蘇洵の我が子に対する深い愛情が感じられる。

眉山の三蘇祠

村上哲見氏曰く「宋代版教育パパ」である蘇洵は、この二人の息子に自らの夢を託すために、熱心に教育を施した。嘉祐元年（一〇五六）に科挙を受ける際にも、確実に二人が世に出られるように、応挙に有利な開封府試に奇応（本貫でない他の地で解試に応じること、厳しい条件がある）させようと考え、無理を押して上京した。村上氏もその断固とした決行を「おそらく一族の命運を賭ける思いであったかと想像される」と述べている(1)。その後、蘇軾・蘇轍兄弟は見事揃って府試・省試・殿試に及第して、蘇洵の思いに応えたのである。

ただ、蘇軾・蘇轍にとっての痛恨事は、これより以後、ほとんど生まれ育った故郷に帰ることが出来なくなったことであった。彼らが故郷の土を踏んだのは、嘉祐二年（一〇五七）四月に母程氏が四十八歳で、治平三年（一〇六六）四月に父蘇洵が五十八歳で亡くなり、その父母の埋葬と服喪のために帰郷したときだけである。父母の愛情に包まれて育った彼らの故郷への思いは断ち難く、いつの日かともに故郷に帰り、「夜雨対牀」を行うことを望んでいた[2]。しかし、流転する人生の中で、故郷に帰ることはおろか、ともに隠居することも叶わなかったのである。その故郷——眉州眉山県城内紗縠行は、現在の四川省眉山市の西南に位置する。元代より屋敷跡には蘇洵・蘇軾・蘇轍を祀る「三蘇祠」が建てられており、筆者も二〇〇九年十月に訪れた。観光客で大いに賑わっていたが、池と竹林に包まれた空間は思いのほか広く、時間の都合上、全てを見て回れなかったのが心残りであった。

蘇轍の撰述した蘇軾の墓誌銘によると、建中靖国元年（一一〇一）六月、蘇軾は常州において病に伏し、七月二十八日、傍にいた三人の子——邁・迨・過に「吾が生　悪無し、死するに必ず墜ちず、慎しんで哭泣して以て化を怛（おそ）るること無かれ」と言い、湛然として逝ったという。享年六十六。翌崇寧元年（一一〇二）閏六月二十日、蘇軾の息子たちは、亡父の遺骸を蘇轍の隠棲していた潁昌府の隣州の汝州郟城県釣台上瑞里に埋葬した。そこは、蘇轍が用意したところであった。

筆者は、蘇軾たちが眠るこの「三蘇墳」にも訪れた。二〇一〇年一月のことである。現在の河南省平頂山郟県の西北の小峨眉山山麓に位置し、主に三蘇陵園・広慶寺・東坡湖で構成されている。町外れにあって約四十五ヘクタールと規模も大きい。蘇轍は「再祭亡兄端明文」において、次のように賦した。

嗚呼我兄　嗚呼　我が兄、
而止斯耶　斯に止むるや。
昔始宦游　昔　始めて宦游せしとき、

誦韋氏詩　韋氏の詩を誦す。
夜雨對床　「夜雨対床、
後勿有違　後に違ふること有る勿れ」と。
欲復斯言　斯の言を復さんと欲するも、
而天奪之　而して天　之を奪ふ。
先壟在西　先壟　西のかた、
老泉之山　老泉の山に在り。
歸骨其旁　骨を其の旁に帰するは、
自昔有言　昔より言ふ有り。
勢不克從　勢　従ふ克はず、
夫豈不懷　夫れ豈に懐はざらんや。
地雖郟鄏　地は郟鄏と雖も、
山曰峨嵋　山は峨嵋と曰ふ。
天實命之　天　実に之を命ず、
豈人也哉　豈に人ならんや。

ああ、私の兄は、ここに人生を終えた。
昔、官吏となって故郷を離れ任地に行ったばかりのとき、一緒に韋応物の詩を朗誦したことを思い出す。「致仕したら夜の雨を聴きながら床を並べて語り合おう、後になってこれを違えることなど無いように」と言っていた。

この言葉を実現しようと思っていたのに、天は兄を奪ってしまった。

亡父の墓は西方の、蜀の老泉の山にある。

兄の遺骨をその傍らに帰そうとしたのは、昔からそう言われていたから。

しかし、今日の情勢からその遺言に従うことが出来ず、いろいろと懐旧せずにはいられない。

この地は郟鄏というけれど、山は蜀の峨嵋山と同じ名前を冠している。

天がこれを運命づけているのであろう、どうして人智の及ぶところであろうか。


蘇轍「再祭亡兄端明文」（『欒城後集』巻二十）

蘇洵の墳墓があるという「老泉の山」は、眉山の街から東北に十キロほど離れた郊外にある。現在、蘇墳山とも呼ばれ、程氏との合奏墓と蘇軾の最初の妻である王弗の墓もあるという。当初は蘇軾も蘇轍も自らの墳墓をそこにつくるつもりであったが、政治情勢から果たせなかった[3]。そこで、蘇轍はせめて蜀の名山である「峨眉」の名を持つ山麓に墳墓を隣り合わせ、泉下において父と兄に従いたいと望んだのである。政和二年（一一一二）十月三日に潁昌府において蘇轍が享年七十四で歿した後、彼もここに葬られている。

残念ながら、筆者が訪れた日は白雲垂れ込める曇り空だったので、「三蘇墳」の傍に聳える小峨眉山をはっきりと見ることが出来なかったが、霧がかった風景はあたかも仙境のような風情があった。そして、向かって真ん中に蘇洵の衣冠塚、右側に蘇軾、左側に蘇轍の墳墓が、生前の三人を象徴するかのように仲良く並んでいた。

蘇軾墓

蘇洵衣冠塚

蘇轍墓

▽注

（1）村上哲見『科挙の話』（講談社学術文庫、二〇〇〇年）は唐宋の科挙の実態と変遷を究明しており、その二〇三頁から蘇軾たちの応挙の経緯を紹介している。

（2）蘇轍「逍遙堂會宿二首幷引」（『欒城集』巻七）の序文に「既に壮にして将に四方に遊宦せんとするとき、韋蘇州の詩を読みて「安んぞ知らん　風雨の夜、復た此に対床して眠るを」に至り、惻然として之に感じ、乃ち早に退きて閑居の楽を為さんことを相ひ約す」とある。蘇軾はこれに次韻詩を返した（『蘇軾詩集』巻十五所収）。

（3）蘇墳山には何故か蘇軾・蘇轍の墓もあるが、これは現代に至って観光向けに増設されたものであろう。

終　章

一　本書の総括――孝悌の重要性

蘇軾・蘇轍の文学を集めたそれぞれの別集の編纂時期とその所収作品を分析したところ、『東坡集』と『欒城集』は編纂した頃合がほぼ重なっている（次頁表参照）。それは官界に生きた彼ら兄弟が人生の変遷を共にしたためである。彼らが苦境下にあっても情愛深い文学交流を行ったことは有名であるが、特に元祐七年（一〇九二）に詠み始めた蘇軾晩年の傑作「和陶詩」は、後に不遇な境涯に置かれた蘇氏一族の紐帯を強化せんとする蘇軾の思いが表れており、その成立と伝承には、生涯を通じての理解者でもあった蘇轍の協力が不可欠であった。和陶詩は全百二十四首あり、その全てが蘇氏一族に向けたものではないが、蘇軾が蘇轍に寄贈した和陶詩は六十五首、その他の族人に寄せたものは十四首を数える。蘇轍もまた、蘇軾の求めに応じて五十二首の和陶詩を詠み、且つ『和陶詩集』序文も作成した。そして、彼ら兄弟の間で交わされた和陶詩には、古の理想的師弟である「孔子と顔回」を模した兄弟間の敬愛の情が表れており、そうした彼らの在り方は、後の蘇氏一族の模範となったのである。

編纂時期	作者	年齢	文集名	所収の詩文の制作期間	場所
元祐六年（一〇九一）頃	蘇軾	56	『東坡集』四十巻	嘉祐六年（一〇六一）～元祐六年（一〇九一）	開封府
元祐六年（一〇九一）	蘇轍	53	『欒城集』五十巻	嘉祐四年（一〇五九）～元祐六年（一〇九一）	開封府
元符三年（一一〇〇）頃	蘇軾 蘇轍	65 62	『和陶詩集』四巻	元祐七年（一〇九二）～建中靖國元年（一一〇一）	儋州 循州
元符三年（一一〇〇）頃	蘇軾	65	『東坡後集』二十巻	元祐六年（一〇九一）～建中靖國元年（一一〇一）	儋州（常州）
崇寧五年（一一〇六）	蘇轍	68	『欒城後集』二十四巻	元祐六年（一〇九一）～崇寧五年（一一〇六）	潁昌府
政和元年（一一一一）	蘇轍	73	『欒城三集』十巻	崇寧五年（一一〇六）～政和二年（一一一二）	潁昌府

実際、本書では蘇軾・蘇轍のみならず、彼らの子孫にあたる兄弟をしばしば取り上げた。そして、直接的にしろ間接的にしろ、彼らの連繋は、その父祖によって説かれたものである。以下、簡単な系図（次頁）によって列挙する。

そもそも『礼記』礼運篇に「父子篤、兄弟睦、夫婦和、家之肥也（父子篤く、兄弟睦じく、夫婦和するは、家の肥えたるなり）」とあり、また、父子は「孝」、兄弟は「悌」という概念によって強調されてきたが、古よりこうした一族間の融和は繁栄の基盤である。特に、政界を生きる士大夫の兄弟は、時に年齢の差や性別の違いのある父子や夫婦よりも強い相互扶助の関係を維持する必要があった。晩年、嶺南・海外に貶謫され、その著書の流通をも禁じられた蘇軾は、当時の政治情勢に鑑みて、①陶淵明から五子へ、また、②蘇洵から自分たちへ向けた訓諭に改めて感じ入ったのであろう。それ故に、主に「和陶詩」を通して、③蘇軾は六子に対する期待と訓戒を表明し、彼らはその思いに応えたのである。

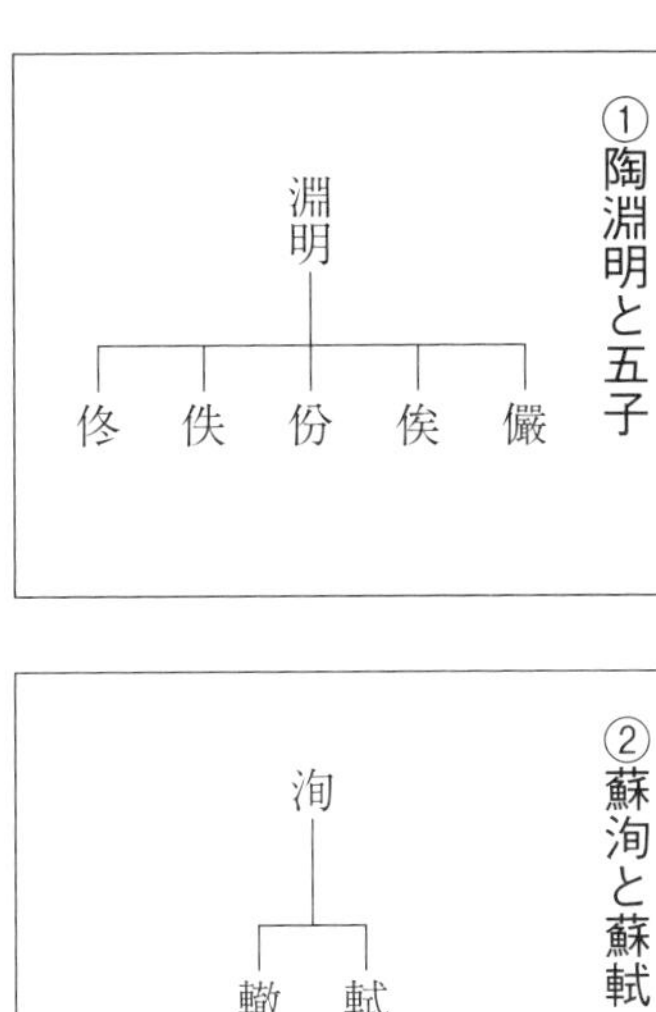

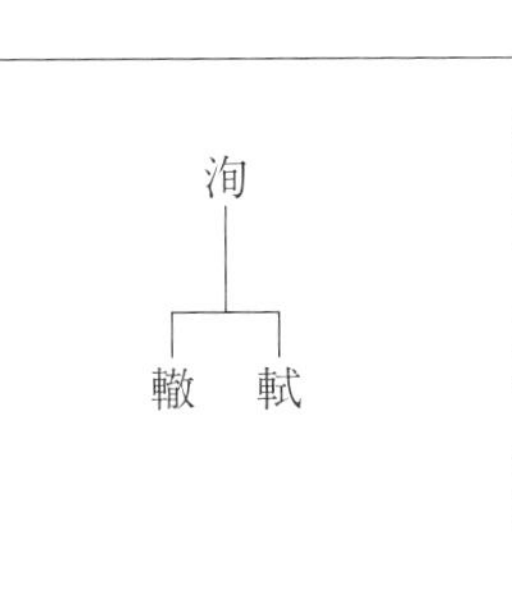

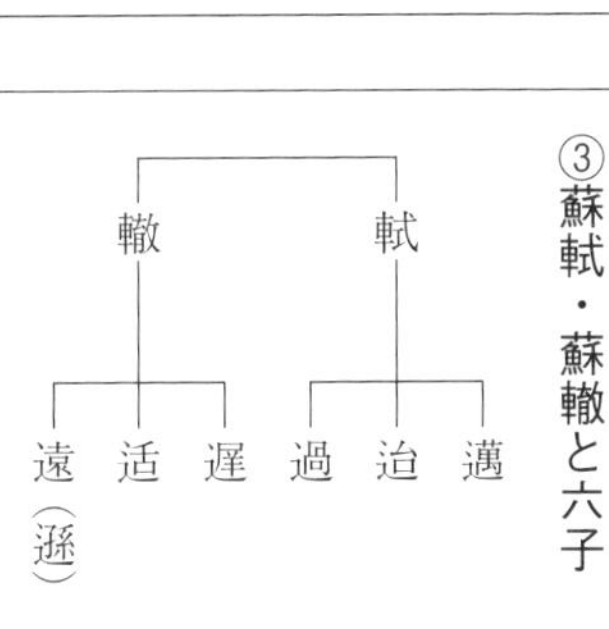

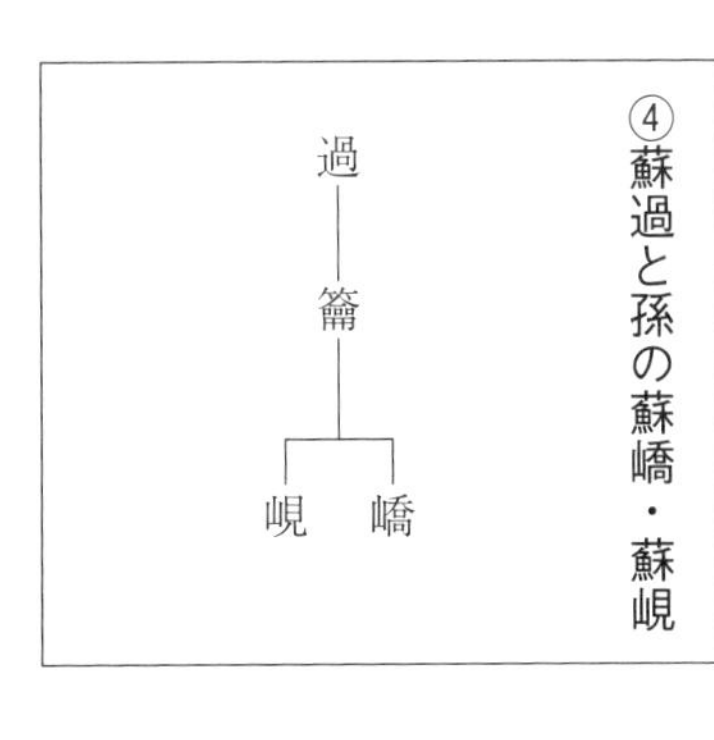

こうした蘇氏一族の「孝悌」の念は、蘇軾歿後の蘇氏一族にとって最大の危機であり、且つ正念場でもあった「元祐党禁」前後の彼らの言行にも表れた。北宋の末頃、蘇軾の文学は「元祐党禁」によって断絶期に入った。この党禁によって、蘇軾の身分は剥奪され、その詩文に対する焚毀が度々勅命されたのである。また、希少価値が生まれることで却って蘇軾の人気が高まり、その結果、素封家や内府による無闇な収奪のみならず、プレミアムを見込まれての高額取引や贋作の横行を招いた。このようにして、世に伝わる蘇軾の詩文は正邪の乱れたものとなってしまったのである。晩年の蘇軾に随行し、嶺南及び海外における彼の言行を把握していたであろう末子の蘇過は、そうした状況を苦々しく思いながらも、生涯を通じて公的に正す機会を持たなかった。彼は、叔父である蘇轍の庇護の下、兄弟と協力して蘇軾の遺文の収集と編纂を行いつつ、いつか日の目を見ることを信じて後世に伝承していくほかなかったのである。

後に金による宋への侵攻、即ち「靖康の変」を経て南宋に移行することで、蘇氏一族にとっての冬の時代は終わりを迎えた。奇しくも国難を経ることによって、蘇軾の名誉は回復し、詩文の通行が認められるようになったのである。そうした情勢を受けて行われた④蘇嶠・蘇峴兄弟による出版や、また、蘇軾の孫蘇符と蘇轍の孫蘇籀が政治上の見解を異としながら一族内では連繫していた事実も、そうした蘇氏一族の強い結びつきを示すものであろう。浅見洋二氏は「草稿から文集＝定稿への「命がけの飛躍」——このように言ってもいいかもしれない」[1]と述べたが、蘇軾・蘇轍の文集編纂と蘇氏一族の継承も、それに該当するだろう。彼らは蘇軾と彼を支えた蘇轍への崇敬の念によって結束し、その文業を固守せんと正に命をかけて努め、編纂活動を展開した。そして、南宋時代になって、その偉大な父祖の業績は、蘇氏一族の名声を高からしめ、繁栄をもたらしたのである。

二　蘇軾文学の源泉を守るもの

このように、宋代の文人が文人としての実績を遺し、相応の名声を獲得するには、生前のみならず、歿後においても一族の尽力を必要とした。こうした事象は、出版業が発展した宋代に至って一層顕著に表れるようになったものであり、逆に言うと、文人の子孫にとっても、偉大なる父祖の功績を出版によって称えることは、彼らの責務であると同時に彼ら自身とその一族の未来に寄与する行為でもあった。

そして、この蘇軾の文学が中国のみならず、東アジア全体に大きな影響を及ぼしたことは周知のことである。日本では、室町時代の五山僧が仏教を篤く信仰した蘇軾の文学に注釈を施し、天文三年（一五三四）に『四河入海』を成したことが殊に有名であろう。また、苦境下にあっても、常に互いを思い遣る蘇軾・蘇轍の詩文はやはり大きな感動を呼んだ。明治から昭和初期を生きた文豪の幸田露伴は、蘇軾を「大天才」と絶賛したのみならず、昭和十四年（一九三九）、『改造』三月号に「蘇東坡と海南島」(2)を発表し、そこで主に蘇軾の「烏台詩案」の苦難を中心に、蘇軾と蘇轍の詩文交流を紹介した。露伴は、特に彼らの「夜雨対牀」を標榜する詩文について論じ、その発端を以て「何と品格のある、清らかな、美しいことであらう」と称揚したのである(3)。

蘇家子孫編纂事跡表

名前	文集編纂・出版等の事跡	場所
蘇過	『東坡後集』二十巻　増補編纂 『先公手沢』編纂	潁昌府
蘇嶠	『東坡別集』四十六巻　出版	建寧府
蘇峴	『許昌唱和集』出版 「和陶歸園田居六首」石刻製作	建寧府 泉州
蘇籀	『欒城先生遺言』一巻　撰述 『古史』六十巻　校讐	婺州
蘇詡	『欒城全集』八十四巻　出版 『欒城先生遺言』一巻　出版 『雙溪集』十五巻　出版	筠州
蘇森	周必大に『欒城先生遺言』跋文を依頼 『欒城全集』八十四巻　再版 （周必大『玉堂雜紀』の編纂協力）	道州 筠州 ―
蘇林	（陸游『劍南詩稿』の編纂協力）	嚴州

しかし、蘇軾の文学は、その偉大さ故に、あたかも河が大海に流れるように自然と流伝したものと見なされ、蘇軾自身がそれを後世に伝承していくことに如何に苦心したか、また、蘇氏一族が蘇軾の遺志を受けて如何に尽力したかについては見逃されがちであった。筆者は、言うなれば、本書によって蘇軾の政治的地位が失墜した北宋末期から名誉回復が果たされた南宋初期までの蘇氏一族の編纂活動とその行動原理を究明することで、今に伝わる蘇軾文集の源泉を辿らんとしたのである。本書の考察が、この深淵なる源泉に辿り着くための一歩となれば、何よ

り幸いである。

▽注

（1）浅見洋二「「焚書」と「改定」―唐宋期に於ける別集の編纂あるいは定本の制定をめぐって」（『立命館文学』第五九八号、二〇〇七年）、後に氏の『中国の詩学認識』（創文社、二〇〇八年）に収録。

（2）幸田露伴「蘇東坡と海南島」は未完の評論で、後に『露伴全集』第十五巻（岩波書店、一九五二年）に収録された。露伴は「蘇子瞻・米元章」（初出『改造』大正十五年（一九二六）七月夏季特別号、『露伴全集』第十六巻所収）にて、蘇軾の高雅超俗にして自由闊達な性格・嗜好を論じ、そこで海南島における蘇軾についても言及した。

（3）蘇軾の幸田露伴への影響については、拙稿「蘇軾「代張方平諫用兵書」と幸田露伴」（『中国研究論叢』第十一号、財団法人霞山会、二〇一一年）において論じた。

主要参考文献（敬称略）

［中国宗族研究］

①牧野巽『近世中国宗族研究』（御茶の水書房、一九八〇年）
②井上徹『中国の宗族と国家の礼制――宗法主義の視点からの分析』（研文出版、二〇〇〇年）
③井上徹・遠藤隆俊編『宋―明宗族の研究』（汲古書院、二〇〇五年）
④張剣『宋代家族与文学――以澶州晁氏為中心』（北京出版社、二〇〇六年）
⑤張剣・呂肖奐・周揚波『宋代家族与文学研究』（中国社会科学出版社、二〇〇九年）

［蘇軾「和陶詩」研究］

①合山究「蘇軾の和陶詩（上）―陶淵明との繋がりについて―」（『中国文芸座談会ノート』第十五号、九州大学中国文学会、一九六五年）
②横山伊勢雄「蘇軾の「和陶詩」について」（初出『漢文教室』第九十三号、大修館書店、一九六九年）
※後に横山伊勢雄『宋代文人の詩と詩論』（創文社、二〇〇九年）に収録
③今場正美「揚州における蘇軾の「和陶詩」」（初出『学林』第四号、中国芸文研究会、一九八四年）
「恵州における蘇軾の「和陶詩」」（初出」『学林』、第五号、中国芸文研究会、一九八五年）
「海南島における蘇軾の「和陶詩」」（初出『学林』第七号、中国芸文研究会、一九八六年）
※後に今場正美『隠逸と文学―陶淵明と沈約を中心として―』（中国芸文研究会、二〇〇三年）に収録
④内山精也「蘇軾次韻詩考」（初出『中国詩文論叢』第七集、中国詩文研究会、一九八八年）
「蘇軾次韻詞考―詩詞間に見られる次韻の異同を中心として―」（初出『日本中国学会報』第四十四集、日本

中国学会、一九九二年）
「蘇軾檃括詞考―陶淵明『歸去來の辭』の改編をめぐって―」（初出『中国文学研究』第二十四期、早稲田大学中国文学会、一九九八年）
⑤末䕃敏久「蘇軾の和陶詩について」（『中国学研究論集』第二号、広島大学中国文学会、一九九八年）
※後に内山精也『蘇軾詩研究―宋代士大夫詩人の構造』（研文出版、二〇一〇年）に収録
「次韻詩における韻字について―蘇軾の和陶詩を中心として」（『中国学研究論集』第五号、広島大学中国文学会、二〇〇〇年）
⑥斎藤茂「古人への唱和―蘇軾「和陶詩」を中心に」（『日本中国学会報』第六十四集、日本中国学会、二〇一二年）
⑦保苅佳昭「蘇軾と蘇過を結ぶ詩～「和陶詩」を手がかりとして～」（『総合文化研究』第十六巻三号、日本大学商学部商学研究会、二〇一一年）
⑧劉尚栄「宋刊『東坡和陶詩』略説」（初出『文史』第十五輯、中華書局、一九八二年）
※後に劉尚栄『蘇軾著作版本論叢』（巴蜀書社、一九八八年）に収録
⑨袁行霈「論和陶詩及其文化意蘊」（初出『中国社会科学』二〇〇三年第六期、中国社会科学出版社、二〇〇三年）
※後に袁行霈『陶淵明研究』（北京大学出版社、二〇〇九年）に収録

［蘇氏一族研究］
①曾棗荘「三蘇後代考略」（『三蘇研究　曾棗荘文存之一』所収、巴蜀書社、一九九九年）
②舒大剛『三蘇後代研究』（巴蜀書社、一九九五年）
③馬斗成『宋代眉山蘇氏家族研究』（中国社会科学出版社、二〇〇五年）
④楊景琦『蘇過斜川集研究』（文津出版社　二〇〇七年）

［蘇氏姻戚研究］

①野村鮎子「蘇轍の生母に關する一考察――蘇軾「保母楊氏墓誌銘」と王獻之「保母磚志」をめぐって」（『橄欖』第十一号、宋代詩文研究会、二〇〇二年）
「中国士大夫のドメスティック・バイオレンス――出嫁の女の虐待死と父の哀哭」（『奈良女子大学文学部研究教育年報』第三号、二〇〇七年）
②曾棗莊「三蘇姻親考」（『三蘇研究　曾棗莊文存之一』所収、巴蜀書社、一九九九年）

【附　録】

ここには、蘇軾の和陶詩百二十四首全てを筆者が編年した《蘇軾和陶詩編年表》と、蘇軾の六代前の蘇涇から蘇軾・蘇轍の玄孫世代までの家系図である《蘇氏家系図》、また、蘇軾・蘇轍の足跡を追うための《蘇軾・蘇轍関連地図》を載せた。本書の参照にされたい。

附録1《蘇軾和陶詩編年表》

＊左表は、（清）王文誥輯注『蘇軾詩集』（中華書局、一九八二年）、（清）馮応榴輯注『蘇軾詩集合注』（上海古籍出版社、二〇〇一年）、孔凡礼『蘇軾年譜』（中華書局、一九九八年）等を踏まえ、蘇軾和陶詩以外の詩文も鑑みて、筆者が独自に編年し、作成したものである。

＊蘇軾「和陶繼和胡西曹」（『和陶詩集』巻四）は、恵州で病歿した愛妾の王朝雲を追悼したものとする説があるが（王文誥の説、『蘇軾詩集』巻四十参照）、ここでは孔凡礼氏の説に従う（『蘇軾年譜』巻三十七）。

作品の制作時期	作品名（『和陶詩集』巻数）	被寄贈者（傍線は且つ継和した者）	場所
元祐七年（一〇九二）夏	「和陶飲酒二十首」（巻一）	蘇轍・晁補之	揚州
紹聖二年（一〇九五）三月四日	「和陶歸園田居六首」（巻一）	釋道潛	惠州
三～九月	「和陶詠二疏」（巻一）		
三～九月	「和陶詠三良」（巻一）		
三～九月	「和陶詠荊軻」（巻一）		
三～九月	「和陶形贈影」（巻二）		
三～九月	「和陶影贈形」（巻二）		
三～九月	「和陶神釋」（巻二）		
九月九日	「和陶詠貧士七首」（巻二）	蘇邁・蘇迨・蘇過・蘇遲・蘇适・蘇遠	
十月一日	「和陶己酉歲九月九日」（巻二）		
初冬	「和陶讀山海經十三首」（巻二）	蘇轍	
紹聖三年（一〇九六）三月	「和陶移居二首」（巻二）		
四月	「和陶桃花源詩」（巻四）	卓契順	
十二月二十五日	「和陶歲暮和張常侍」（巻二）	吳復古・陸惟忠	
紹聖四年（一〇九七）二月	「和陶答龐參軍〔六首〕」（巻三）	周彥質	
閏二月	「和陶時運〔四首〕」（巻三）	蘇邁・范祖禹	
六月	「和陶止酒」（巻三）	蘇轍	雷州
八～九月	「和陶勸農〔六首〕」（巻四）	蘇轍	儋州
秋	「和陶辛丑歲七月赴假還江陵夜行塗口」（巻四）		
秋	「和陶示周掾祖謝」（巻四）		
秋	「和陶還舊居」（巻四）		

年	月日	作品	人物
	十月	「和陶怨詩楚調 示龐主簿・鄧治中」（巻一）	
	十月	「和陶停雲〔四首〕」（巻四）	蘇轍
	十一月	「和陶贈羊長史」（巻四）	鄭嘉會
	冬	「和陶雜詩十一首」（巻三）	蘇轍
	冬	「和陶癸卯歳始春懷古田舍二首」（巻四）	黎子雲・黎子明・張中
元符元年（一〇九八）	三月	「和陶乙巳歳三月爲建威參軍使都經錢溪」（巻四）	
	四～五月	「和陶和劉柴桑」（巻二）	
	六月	「和陶歸去來兮辭」（巻四）	蘇轍・黃庭堅・秦觀
	六月	「和陶連雨獨飲二首」（巻四）	
	九月八日	「和陶九日閑居」（巻二）	
	秋	「和陶擬古九首」（巻三）	蘇轍
	十月	「和陶乞食」（巻四）	
	十二月	「和陶庚戌歳九月中於西田穫早稻」（巻四）	
	十二月	「和陶丙辰歳八月中於下潠田舍穫」（巻四）	
	十二月	「和陶五月旦作和戴主簿」（巻四）	
	十二月	「和陶酬劉柴桑」（巻四）	
	十二月	「和陶和胡西曹示顧賊曹」（巻四）	
元符二年（一〇九九）	正月五日	「和陶遊斜川」（巻二）	蘇過
	六月	「和陶與殷晉安別」（巻四）	張中
	十一月	「和陶於王撫軍坐送客」（巻四）	張中
	十二月	「和陶答龐參軍」（巻四）	張中
元符三年（一一〇〇）	二月	「和陶始作鎭軍參軍經曲阿」（巻四）	蘇過
	二月二十四日	「和陶和郭主簿二首」（巻二）	

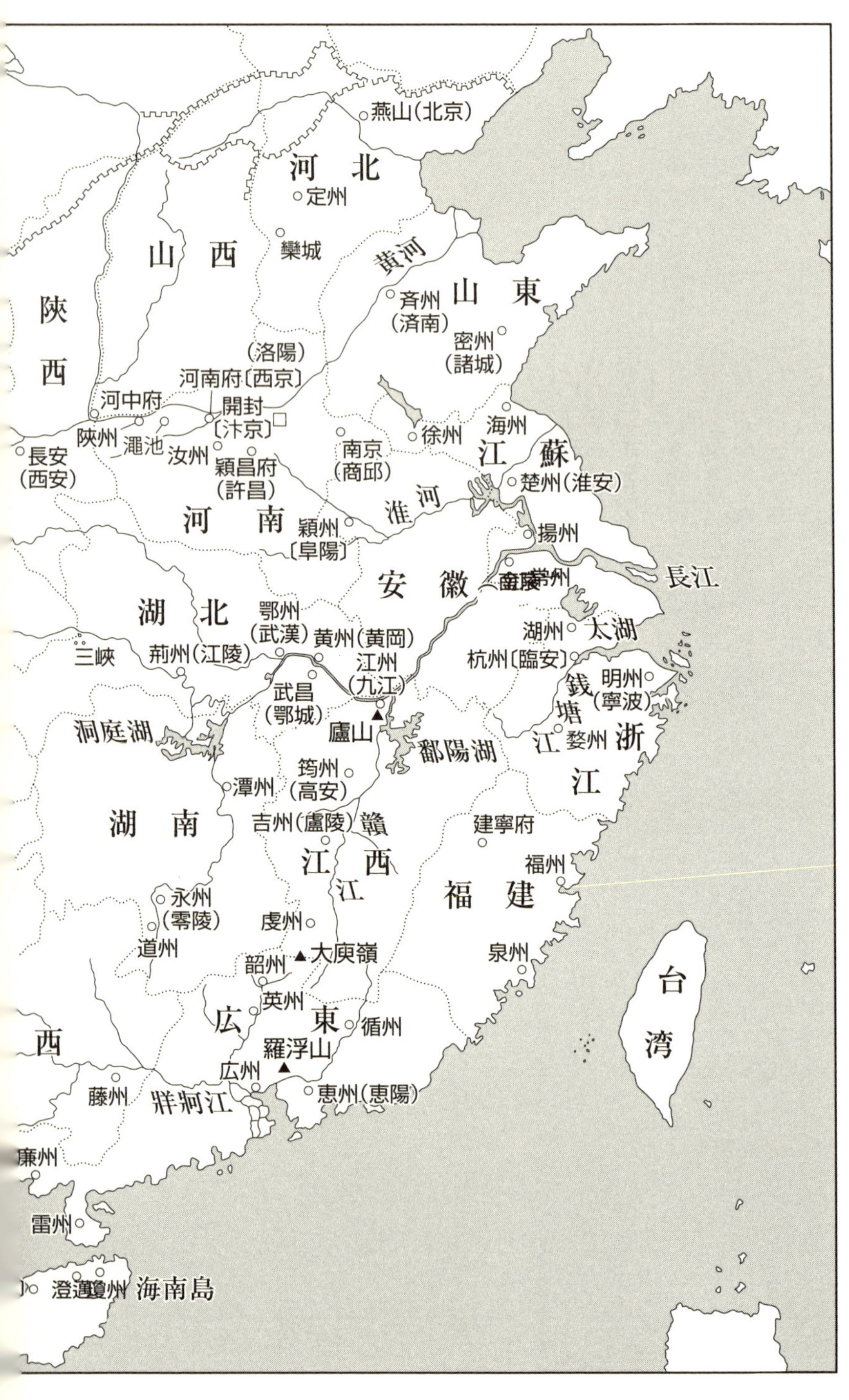

附録2《蘇軾・蘇轍関連地図》

（　）内は今の地名，〔　〕内は宋代の別名，その他の地名はすべて宋代のもの。今の地名が宋代と同じ場合は注記していない。

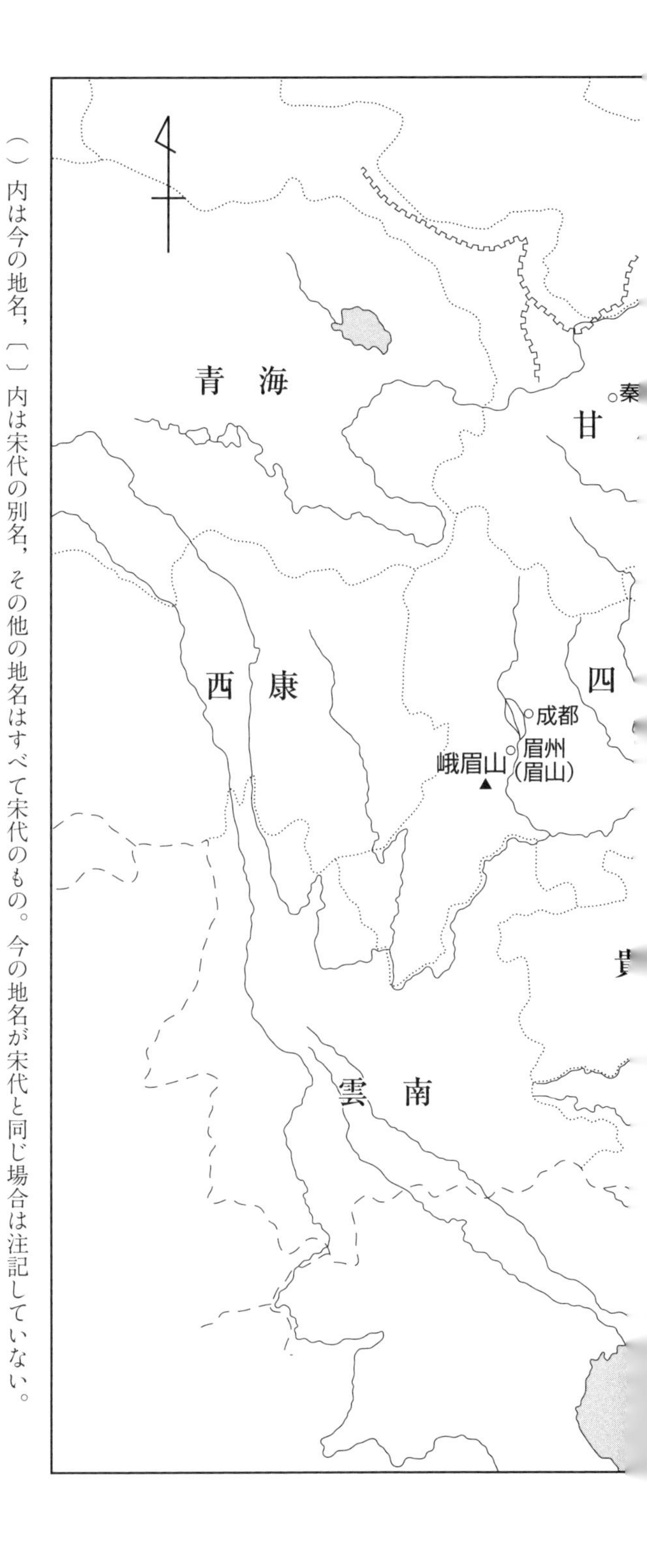

附録3《蘇氏家系図》

……は養子関係、左の（）は妻

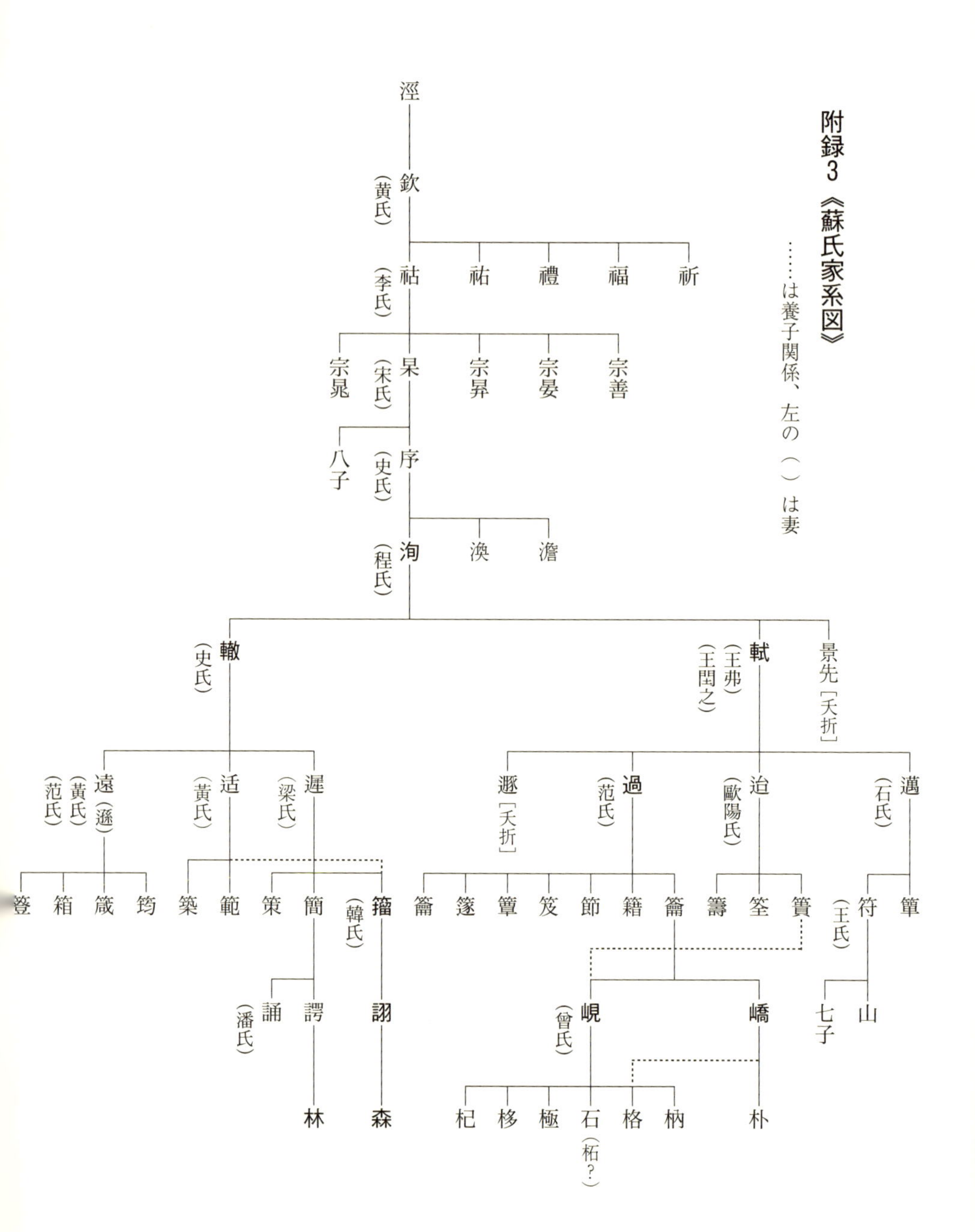

初出一覧

序　章　書き下ろし

上篇　蘇軾「和陶詩」の継承と蘇氏一族

第一章　蘇軾「和陶詩」と蘇轍――蘇軾から蘇轍に継承されたもの
▽「蘇轍による蘇軾「和陶詩」の継承」（『日本中国学会報』第六十三集、日本中国学会、二〇一一年）

第二章　蘇軾「和陶詩」と子孫――蘇軾が子孫に遺したもの
▽「蘇軾「和陶詩」と蘇氏一族――蘇軾が子孫に遺したもの――」（『九州中国学会報』第五十巻、九州中国学会、二〇一二年）

下篇　蘇軾文集の成立と蘇氏一族

第三章　末子蘇過と蘇軾文集の編纂
▽「蘇軾文集の編纂と蘇過」（『中国文学論集』第三十七号、九州大学中国文学会、二〇〇八年）

第四章　曾孫蘇嶠・蘇峴兄弟と蘇軾文集の出版
▽「蘇軾の曾孫と南宋初期の出版」（『橄欖』第十六号、宋代詩文研究会、二〇〇九年）

第五章　蘇轍の後裔と蘇轍文集の編纂・出版
▽「蘇轍の後裔と蘇轍文集の編纂」（『中国文学論集』第四十一号、九州大学中国文学会、二〇一二年）

補　論　蘇軾と蜀の姻戚――程氏一族を中心に

▽「蘇軾と蜀の姻戚――程氏一族を中心に」（『九州中国学会報』第五十二巻、九州中国学会、二〇一四年）

終　章　書き下ろし

コラム①～⑥　書き下ろし

＊本書収録にあたり、題目の改編及び本文の加筆修正を行った。

あとがき

宋代文学の巨人である「蘇軾」、即ち「蘇東坡」を私が初めて研究対象としたのは、卒業論文のときである。正確には、平成十五年（二〇〇三）の十月、九州大学文学部の学部三年で卒業論文の構想発表を控えていたとき、「蘇東坡と月」で報告することを決心した。その年、集中講義のために京都大学から川合康三先生がいらして、「蘇軾・陸游」の詩を読み解かれ、私は初めて蘇軾と彼の詩をじっくりと考える機会を持った。蘇軾の大らかで強靱な精神、自由な発想力に感銘を受け、その印象が強く残っていたためである。そして、翌平成十六年（二〇〇四）一月、構想発表を行い、それに沿って平成十七年（二〇〇五）三月、卒業論文を提出したのであった。

ただ、この構想発表から卒業論文までの間も、その後の研究に関わることが起こった。平成十六年（二〇〇四）二月から七月まで上海交通大学に言語進修生として交換留学をしたのであるが、そこで、同時期に復旦大学にいらしていた福岡大学の松浦崇先生の仲介により、同じく復旦大学にいらした早稲田大学の内山精也先生の知遇を得、また、帰国間際に四川大学に留学中の研究室の先輩によるご縁で、先輩の指導教官であられた曾棗荘先生宅の宴会にお呼ばれしたのである。たまたま内山先生もその宴会の席におられて、あまりの偶然に大変驚いたのを覚えている。ただ、緊張し過ぎたために記憶が曖昧で、思い出してもしどろもどろで話らしい話をしていなかったように思う。今更ながら汗顔の至りであるが、先生方は拙い私の話をじっくりと聴いてアドバイスと激励をして下さった上、曾先生は帰り際に大著『三蘇研究』を下さった。そして、そのことが卒業論文で「蘇轍との詠月詩交流」をクローズアップすることに繋がり、且つ、後に進んだ修士課程で「和陶詩」を取りあげた際にも「蘇轍」、更には一族の役割について考えることに繋がったのであるから、巡り合わせとは本当に不思議なものである。

平成十七年（二〇〇五）、九州大学の修士課程に進学すると、竹村則行先生の指導を仰ぎ、中国文学研究の方法を一から学んでいった。また、竹村先生は、研究発表の準備や作法、研究論文の書き方、そして、中国文学研究者として持つべき文学史的視点のことなど、普段の演習や講義、休み時間の小話などを通してお教え下さった。その厳しくも温かいご指導があってこそ、学外の研究学会などにも参加できるようになったのである。

そして、副指導教官の静永健先生がご紹介下さり、内山先生が主催される「宋代文学研究談話会」（平成二十六年（二〇一四）より「日本宋代文学学会」として新たに発足）に参加するようになった。これにより、国内外の宋代文学研究をリードしてきた多くの先達にお会いして薫陶を頂く機会を得、そこでその偉大な業績を直に見聞できるようになったのである。更に、内山先生は研究内容に対するご助言のみならず、研究の更なる発展に向けて中国留学をお勧めになり、宋代文学の権威であられる復旦大学の王水照先生に推薦までして下さった。

それにより、平成二十一年（二〇〇九）九月から翌二十二年（二〇一〇）七月まで、一般財団法人霞山会の給費派遣留学制度によって、復旦大学に高級進修生として留学した。隔週に一回、一時間ほどの時間を取らせてもらい、私が研究を進めた中で抱いた疑問を呈し、王先生がそれを一つ一つ参考となる資料や研究書など提示しつつ、深い見識から解き明かして下さるということを、留学から帰るまでほぼずっと続けた。よく行き詰まっていた私に優しくお声をかけ、蘇軾詩の細かな解釈のことから宋代の時代性や宋代文学の特徴（特に唱和詩及び和陶詩のこと、宗族意識や蘇門の連帯感のことなど）、これからの私の研究の方向性などまで、幅広くお示し下さった。留学から帰ってからも、王先生の温かい笑顔とお言葉は、私の指針となっている。

また、同大学の朱剛先生や同学の侯体健氏にも大変お世話になった。朱先生は、蘇轍の文学についての優れた研究を蓄積されているほとんど唯一の研究者であり、特に蘇轍の事跡について重点的にお教え頂いた。また、王・朱両先生や侯氏には蘇軾の遺跡を巡る旅を計画したときなど、いろいろと相談を持ちかけたものである。その際、同時期に王先生に師事していた加納留美子さんと連れだって出掛けることが多く、少ない資金をやりくりして西は眉山から南は海南島まで巡ったこと、旅行の失敗談や感想などを先生方や同学たちと語り合ったことなどは、慕わしく懐かしい思い出である。因みに、本書で掲げた写真の多くは、その旅行の際に私が撮影したものである。

およそ一年弱の留学を終えた後、これまでの研究蓄積を基に博士論文の作成に向けて論文を投稿し、そして、平成二十五年（二〇一三）八月、拙稿五本を基に博士論文を提出し、博士（文学）の学位の授与を許された。本書は、その学位論文である「蘇軾文学の成立と蘇氏一族――和陶詩を中心に」を基礎に、その内容や構成を再検討した上で、更にその補論として同年に発表した論攷一本とコラムを加え、全体に加筆修正したものである。審査においては、主査を務められた竹村則行先生を始め、静永健先生、中国哲学史の柴田篤先生、南澤良彦先生、そして、比較社会文化研究院の東英寿先生により、数々の貴重なご教示を賜った。ここに深謝申し上げたい。

ただ、この本書をまとめなおす作業を行う中、来し方を顧みつつ痛感したのが、自らの恵まれた環境と見識の浅さである。恩師と仰ぐ先生方は勿論、学界の内外を問わず多くの先達の方々に見守られつつ、頼りない足取りながらもここまで歩んでくることが出来たことには心から感謝するばかりであるが、その恩に報いるほどの内容には未だ至っていない。しかし、先生方はこの度の出版のことを大変喜び、そして、激励して下さった。また、私は、自分以上に研究に打ち込み、研鑽に勤しむ先輩・同輩・後輩の姿や励ましにいつも引っ張られて来たが、この本書刊行についてもみなが背中を押してくれた。それ故、今の自分の精一杯で、より見られる形に整えた上で上梓したつもりである。己が不見識については、読者の方々によりご批正賜ることを切に願いたい。

そして、最後に改めて……

学部生時代からずっと指導教官として見守って下さった竹村則行先生、副指導教官の静永健先生より、学問研究の心構えは勿論、研究者として社会人として取るべき姿勢の範をご教示頂いてきた。加えて、竹村先生には、私が生来やや病弱であったことや内向的になりがちなところがあったために、度々ご心配とご迷惑をおかけした。それでも根気強くお導き下さったことは、誠に心の支えであり生涯の恩と感じている。

王水照先生には、復旦大学留学終了の後も折に触れて薫陶を賜っていたが、本書を刊行するにあたり、序文の執筆をお頼みしたところ、ご快諾を頂けた。本書の不備をフォローしつつ新たな課題や視点をも提示して下さった、その大らかで包み込むような筆致に、先生のお人柄がにじみ出ているように感じられる。深甚なる感謝の意を表したい。

物心両面で私を支えてくれた両親、そして、兄弟たちにも感謝を述べたい。いつも心配をかけているが、本書によって少しでも安心してもらえたなら嬉しく思う。

また、本書の刊行をご快諾下さった中国書店の川端幸夫社長、校正作業などお世話して下さった花乱社の別府大悟社長ほか、編集にご協力下さった皆様に記して感謝申し上げたい。

なお、本書は、平成二十六年度日本学術振興会科学研究費助成事業の科学研究費補助金（研究成果公開促進費）の学術図書の助成を受けて出版するものである（課題番号：265048）。望外の後押しに感謝しつつ、本書を新たなスタートとし、一層の精進に努めたい。

二〇一四年十一月　福岡 九州大学において

原田　愛

原田　愛（はらだ　あい）
1981年，福岡県に生まれる，2005年，九州大学文学部卒業。
2012年，同大学大学院人文科学府博士課程単位修得後退学。
文学博士。現在，九州大学大学院人文科学研究院専門研究員。

蘇軾文学の継承と蘇氏一族
―和陶詩を中心に―
2015年2月28日　第1刷発行
著　者　原田　愛
発行者　川端幸夫
発行所　中国書店
〒812-0035 福岡市博多区中呉服町5番23号
電話 092（271）3767　FAX 092（272）2946
制　作　図書出版 花乱社
印　刷　モリモト印刷株式会社
製　本　有限会社高地製本所
ISBN978-4-903316-39-0

索　引

＊この索引は，本書における引用作品の頁数を掲げ，繙読の便宜をはかるものである。

＊蘇軾・蘇轍の「和陶詩」については，台湾国立中央図書館蔵宋慶元間黄州刊本『東坡先生和陶淵明詩』に沿って配列した。それ以外の作品は，中華書局刊『蘇軾詩集』『蘇軾文集』及び『蘇轍集』巻数に沿って列記した。陶淵明の作品については，『陶淵明集』（中華再造善本，北京図書館出版社，2003年）に沿って記した。

■歴史書・経書など